W0328376

Mein Scooter ist als Hund eine Katastrophe.
Als Mensch aber ist er unersetzlich.
Johannes Rau

Ein Leben ohne Hund ist ein Irrtum!
Carl Zuckmayer

Teil 1
Die Bedrohung

Chili

Ich war ins Rosenheimer Klinikum gekommen, um zu sterben.

Kemal war sofort tot gewesen. Kemal Hastemir vom K4, Drogen. Kemal hatte mich schon dreimal zum Essen eingeladen. Das letzte Mal zu seinem Lieblingstürken zwei Tage vor Ottakrings Hochzeit. Hatte ich mich da in Kemal verliebt? Ich weiß es nicht mehr. Der Schmerz über seinen Tod hat sich wie ein Dolch in mein Herz gebohrt. Natürlich mache ich mir heute Vorwürfe. Hätte ich meine P7 mitgehabt, hätte ich mich wehren können. Das gilt für Kemal natürlich in gleichem Maß. Doch wer nimmt schon auf eine fröhliche Hochzeit die Dienstwaffe mit? Oder zieht seine schusssichere Weste an? Wir sind nicht in Krasnodarsk, Chicago oder Neapel. Wir sind im glücklichen Oberbayern.

Ja, fröhlich sollte es werden. Endlich hatte Ottakring sich aufgerafft, Lola einen ernsthaften Heiratsantrag zu machen. Und er hatte sein Versprechen gehalten. Nicht aus Mitleid, da bin ich mir sicher. Auch wenn Lolas Augeninfektion wieder aufgekeimt ist und immer noch die Gefahr besteht, dass sie ein Auge verliert. Die Feierlichkeit war noch in vollem Gang, als dieser Typ vor uns stand und sofort feuerte.

Ich hab viel Blut verloren. Hässliche, rot verschmierte Klumpen aus Stoff und Haut klebten an mir. Im ersten Moment hatte ich keinen Schmerz gespürt, nur einen fürchterlichen Schlag. Grelle Blitze zuckten vor meinen Augen, als ich mit dem Kopf gegen die Wand krachte. Als Polizeibeamtin ist man auf so etwas vorbereitet. Es kann immer und überall passieren. Offenbar selbst auf einer Hochzeit in unserem beschaulichen Landstrich. Ottakring, der nachher mitkriegte, wie ich noch einmal die Augen öffnete und mich wohl ziemlich neugierig umgesehen habe, hatte da schon unter Schock gestanden.

Im Notarztwagen fuhren sie das Fenster herunter, obwohl ich am Sauerstoff hing. Automatisch atmete ich ein und aus. Jeder Atemzug konnte der letzte sein. Schmerz! Da war ein stumpfes Drücken in meiner Brust. Schon da wusste ich, dass dieser Schmerz bald zu einer alles vernichtenden, hungrigen Bestie heranwachsen und mich bei lebendigem Leib auffressen würde. Weiß glühender Schmerz.

Schreien wollte ich. Doch ich brachte keinen Ton über die Lippen. Mit jeder Minute auf dem Weg ins Klinikum wurde es schlimmer. Mein Atem wurde schwächer. Ich spürte, ich würde sterben. Die Geräusche wurden weniger und leiser. Töne vibrierten. Das Licht wurde weniger. Leicht wie eine Feder nahte der Tod.

Das Licht geht wieder an. Es ist weich und matt. Ich sehe Gegenstände. Sie sehen verwischt und unscharf aus, als ob sie im Schatten lägen. Ein unbekanntes Gesicht taucht auf, ein weiblicher Kopf mit üppigem Haar. Das Gesicht nimmt einen besorgten Ausdruck an, und die Stirn über mir legt sich in harte Falten. Hände machen sich an meinem Körper zu schaffen. Ihre Bewegungen und der Geruch verraten mir, dass ein Verband gewechselt wird.

Sagen Sie nichts, Frau Toledo.

Der Mund der Ärztin bewegt sich. Ich sehe blendend weiße Zahnreihen. Hören kann ich die Ärztin nicht.

Sie dürfen noch nicht reden.

Sie nimmt das Stethoskop ab, setzt sich neben mein Bett und legt eine Hand auf meinen Arm.

Sie sind seit drei Tagen hier. Sie waren auf der Hochzeit Ihres Chefs. Da kam einer und hat auf Sie geschossen. Sie haben Glück gehabt. Können Sie mich verstehen? Reden Sie nicht. Zeigen Sie.

Mit den Fingern forme ich ein Okay-Zeichen. Ich nicke schwach. Jedenfalls kommt es mir vor, als ob ich nicke. Ich hänge am Tropf. Lebenserhaltende Flüssigkeiten. Sie haben meinen Körper bewegt und massiert, damit die Muskeln sich nicht zurückbilden. Sie haben mich und mein Bett sauber gehalten.

Das weiche Morgenlicht taucht das Krankenzimmer in mattes, cremiges Weiß. Ich kann ohne Schmerzen atmen.

Sämtliche Phänomene, die sich angeblich an der Grenze zum Tod abspielen, sind bei mir nicht eingetreten. Ich sah kein Licht am Ende eines Tunnels. Mein Leben zog nicht wie ein Film an mir vorbei. Meine Seele verließ auch nicht den Körper und blickte von oben auf ihn herab. Ich bin am Leben.

Dachte ich.

Eine Sekunde später fällt das Atmen wieder schwer. Ich lasse mich aufs Kissen zurückfallen. Die Ärztin wischt mir mit einem Tuch übers Gesicht. Unter der Haut spüre ich Hitze, und ein kribbelndes Gefühl kriecht mir die Arme hoch. Ich merke noch, wie der Schweiß ausbricht. Dann spüre ich einen kurzen Nadelstich im Oberarm und falle wieder in Schlaf.

Dass es ein Gebirgsschütze gewesen sein soll, ist mir erst später wieder eingefallen. Zunächst fehlt mir jegliche Erinnerung daran. Dabei hatte alles so harmlos angefangen. Es ging um einen Parkplatz.

EINS

Kriminalrat Josef »Joe« Ottakring hatte eine neue Liebhaberei für sich entdeckt: das Bügeln.

Dafür hatte er sich ein eigenes Bügelzimmer eingerichtet. Ein Bügelbrett, ein Dampfbügeleisen, die weiße Wand, ein mannsgroßer Spiegel und ein offenes Fenster nach Südost – das war's. Für ihn die beste Art der Entspannung, hatte er herausgefunden. Er konnte sich mit Herrn Huber unterhalten, seinem Hund, der sich immer in Hörweite aufhielt. Das Tier besaß alle Merkmale eines Berner Sennenhunds, nur war er kurzhaarig. Weiße Maske, weiße Schuhe, weiße Schwanzspitze. Oder Ottakring legte ein Oboen- oder ein Cellokonzert in den CD-Spieler. Jeden Tag, egal zu welcher Zeit, bügelte er ein Hemd oder zwei, ein T-Shirt oder auch schon mal ein Top oder eine Bluse für Lola. Die Straße, an der gewöhnlich sein Porsche parkte, konnte er vom Bügelzimmer aus nicht einsehen.

Am Morgen des 20. September 2009, einem Sonntag, bügelte er schon sehr früh. Draußen bogen sich im Garten zwei hohe Thujen und eine Zypresse im sanften Wind, nach Osten hin war körniges Morgenlicht. Ottakring dachte über sein Leben nach, das vergangene und das künftige. Ab und zu bohrte seine Zungenspitze Reste seines Morgenmüslis aus den Zähnen. Gedankenlos spuckte er sie auf den Boden. Sachte zischend fuhr das Eisen über die Manschette des blauen Baumwollhemds.

Er hatte schlecht geschlafen, immer am Rand des Wachseins entlang. Nach einem verrutschten Kuss auf Lolas Mund war er schließlich aufgestanden.

Ein schrecklich schrilles Geräusch scheuchte Ottakring vom Bügelbrett. Metall schlug gegen Metall und machte ein langsames, grässlich kreischendes Geräusch. Wie eine Kreissäge kurz vor dem Verenden.

Das war's, was Ottakring hörte.

Herr Huber lag auf seinem Hundebett, ein Ohr heruntergeklappt, das andere gespitzt. Mit dem Kreischen stellte er beide Ohren auf und klopfte mit der Schwanzspitze ein paarmal auf den Boden. Als sein Herr aus dem Haus spurtete, sprang er auf und folgte ihm wedelnd. Ottakring schob zwei Thujen zur Seite und spähte durch den Zaun. Nichts. Er schloss die brusthohe Gartentür auf und trat auf die schmale Straße hinaus. Ein trüber Tag begann, untypisch für den Chiemgau in dieser Jahreszeit. Das Wetter war unentschlossen.

Von dem Jungen sah Ottakring nur mehr die Hacken. Der Bub hatte ein signalgrünes Sweatshirt mit einer Aufschrift am Rücken an und hinkte beim Laufen. In der linken Hand schwenkte er etwas Langes, Blinkendes. Der Junge verschwand nach links und tauchte in eine Nebenstraße ein.

Ottakring prägte sich das Bild ein.

Herr Huber hatte den Porsche umrundet und schnüffelte am linken Hinterreifen. Ottakrings Autospielzeug stand auf dem reservierten Parkplatz vor dem Zaun aus Maschendraht, der das Grundstück umgab. Er wusste gleich, dass das widerliche Geräusch von vorhin etwas mit seinem Wagen zu tun hatte. Fast hätte er laut aufgeschrien, als er den zentimeterbreiten Streifen im gepflegten orangefarbenen Lack sah. Der Riesenkratzer begann kurz hinter dem linken Frontscheinwerfer, lief unterhalb des Fensters quer durch die Seitentür und endete kurz vor den Rückleuchten. Er sah aus wie eine tiefe Fleischwunde. Ottakring fühlte sich, als wäre Herr Huber vor einen Lkw gelaufen. Als hätte Lola sich einen Finger abgeschnitten.

Sollte der Junge …?

In dieser Minute konnte er unmöglich absehen, welche Dimensionen die ekelhafte Schleifspur im orangefarbenen Lack des Porsche annehmen sollte.

Alles war ruhig in Aschbach, dem Zweitausend-Seelen-Ort nahe der österreichischen Grenze. Sonntagsruhe. Ein grauer Tag in einer farbigen Jahreszeit. Nur schwach war die Silhouette der Kampenwand im Südosten erkennbar. Das platt getretene Gras am Straßenrand war stumpf und brüchig. Man hätte nicht glauben wollen, es könne sich jemals wieder mit einem dichten Muster von blauen und gelben Krokusblüten überziehen.

Ottakring blickte nach rechts. Er schaute hinüber zum Russenhaus. Lola und er hatten das schräg gegenüberliegende Zweifamilienhaus so getauft, weil dort vor Kurzem russische Bewohner eingezogen waren. Ein Mann mit einem Jungen, vielleicht zehn Jahre alt, und ein offenbar alleinstehender Mann. Keine Frauen. Die beiden Wohnungen lagen übereinander.

Mit dem Single hatte er sich angelegt. Ein Landrover hatte, als er am Freitag vom Dienst nach Hause kam, auf seinem Parkplatz vor dem Haus geparkt. »RUS« stand auf dem Aufkleber neben der Rosenheimer Nummer am Heck. Wütend hatte Ottakring den Porsche anderswo geparkt.

Am Samstag hatte er den Besitzer zur Rede gestellt. »Würden Sie sich bitte zukünftig einen anderen Parkplatz suchen?« Bestimmt, aber freundlich hatte er das gesagt. Bloß nicht fremdenfeindlich erscheinen.

Der andere verschränkte die Arme vor der Brust. Eine stiernackige Gestalt in einem Trainingsanzug aus blauem Nylon, silbergrauen Sneakers und einem ovalen, bartlosen Gesicht. Kalt und feindselig, so hatte Ottakring ihn nachher beschrieben, als er Lola den Vorfall schilderte. Kalt, feindselig und brutal. Geruch von altem Schweiß. Eine schroffe, scharfe Stimme.

»Du wirst bald den Abgang machen«, sagte der Russe mit hartem Zungenschlag und machte ungeniert die Bewegung des Kehledurchschneidens. »Wenn du so weitermachst.« Das war gestern gewesen.

Nun stand Ottakring vor seinem geschundenen Porsche und schaute hinüber zum Russenhaus. Er war Polizist genug, um zu wissen, dass er im Moment nichts unternehmen konnte. Dem Jungen hinterherrennen? Nein, bestimmt nicht. Herr Huber rieb die Schnauze an seiner Kniekehle.

»Was ist, Schatz?« Lola hatte das Küchenfenster geöffnet. Sie setzte Kaffee auf. »Fehlt dir was?«

Immer noch musste sich Ottakring an den Anblick gewöhnen. Seine schöne Lola wieder mit der Klappe überm Auge. Ihre Augeninfektion hatte als geheilt gegolten. Dann war sie aufs Neue ausgebrochen und hatte sie arg mitgenommen. Doch Lola wäre nicht Lola, wäre sie nicht felsenfest überzeugt davon, dass sich die Krankheit endgültig verziehen würde.

Ottakring wischte die kleinen Tropfen ab, die sich über seiner Lippe gebildet hatten. »Ja«, sagte er. »Beweise. Beweise fehlen mir.«

In der Nacht von Sonntag auf Montag, den 21. September, wurden sie gegen zwei Uhr von Musik geweckt. Mehr noch, sie schreckten hoch, als bebte die Erde. Die Wolken hatten sich an den Horizont verzogen, und der Mond stand hell und hoch am Himmel. Wie ein Unwetter toste der Lärm beängstigend durch den ganzen Hochriesweg. Hallte von den Häuserwänden wie ein Hurrikan und schrie eine unermessliche Drohung hinaus. Ottakring wusste sofort: Es war nicht nur Lärm. Das war Musik. Musik? Eine Weile klang es wie ein wütendes Kampflied. Dann verebbte das aufgebrachte Toben zu einem Klagegesang.

»Schostakowitsch«, flüsterte Lola schlaftrunken.

Denn nun klang es ein wenig wie die Jazzsuiten des russischen Komponisten. Und mischte sich später mit einer Gigantenversion eines Zithersolos. Dann wieder trampelte ein Elefant über die schwarzen Tasten eines Klaviers. Kein Takt und keine Melodie wiederholten sich. Es war wie eine aus allen Fugen geratene Sinfonie.

Herr Huber winselte wie im Gewitter.

Ottakring schlüpfte aus dem Bett und setzte sich auf dem Balkon der Wucht der Musik aus. Das Russenhaus war hell beleuchtet. Tanzende Schatten hinter Fenstern.

Lola schmiegte sich eng an ihn. »Sollen wir uns quälen lassen?«, sagte sie.

»Besser als ein Presslufthammer mitten in der Nacht«, sagte er.

»Oder Fluglärm.« Er lächelte. Doch sein Lächeln wirkte verzweifelt und gequält im Schein des spärlichen Lichts.

Jemand musste die Polizei gerufen haben. Doch als der Streifenwagen ohne Sirene und mit Blaulicht vor dem Haus stand, war alles dunkel drüben. Kein Mucks kam aus dem Russenhaus. Als wären sie gewarnt worden.

»Jooooe! Oootttakriiiing!«

Lolas Stimme. Hatte sie eine Leiche im Garten entdeckt?

Es war keine Leiche.

Es war eine mobile Beschallungsanlage. Ein Verstärker mit angeschlossenem CD-Spieler und zwei Lautsprechern. Die Geräte waren auf dem Rasen zwischen den Thujen und der Zypresse in Ottakrings Garten platziert. Der Balken auf dem Einsatzfahrzeug tauchte die Szene abwechselnd in alarmblaues und nachtschwarzes Licht.

»Hier. Die CD«, rief ein Polizist.

»Abspielen«, sagte Ottakring laut.

»Abspielen? Jetzt?«

»Abspielen, sag ich! Nur leiser stellen.«

Die aufsteigende Wut würgte ihn. Seine Augen schossen Blitze auf den Beamten mit dem Meerschweinchengesicht ab.

»Verdammt!«, brüllte Ottakring. Er holte aus und drosch auf die unschuldige Zypresse ein.

»Mitnehmen, das Ding!«, befahl er. »Untersuchen!«

Dass alle vier Reifen des Porsche aufgeschlitzt worden waren, bemerkte Ottakring erst, als er Montag früh zum Dienst fahren wollte. Es musste sich in der kurzen Zeitspanne seines Sekundenschlafs ereignet haben.

»Soll ich mich hinter den Busch setzen und Wache schieben, Herr Ellmaier?«, fragte Ottakring den Leiter der Polizeiinspektion. »Außerdem hab ich immer noch keinen Zeugen, ums gerichtsmäßig zu machen. Tut ihr doch mal endlich was gegen diesen Terror. Ich kann erst tätig werden, wenn die jemanden umbringen.«

»Was sollen wir machen? So ist unser Rechtssystem halt«, sagte der Polizist. »Und Sie müssen selber aufpassen, Herr Ottakring. Die glauben bestimmt, dass Sie es waren, der uns alarmiert hat. Deshalb sind die Reifen geschlitzt.«

Aber das wusste Ottakring ja selbst.

Am Dienstag früh parkte der russische Landrover wieder vor dem Haus. Eine tote Katze lag auf Ottakrings Rasen neben den Obstbäumen. Die Augen waren starr ins Gras gerichtet, als ob sie dort eine Maus vermutete. Eine rot-weiß gemusterte Schnur war um ihren Hals geschlungen. Niedliche rote Zunge zwischen gefletschten Zähnen.

Nun war das Maß voll. Er ging hinüber. Die P7 steckte routinemäßig im Halfter am Gürtel. Kein Name am Klingelschild. Nur zwei Knöpfe. Er drückte aufs Geratewohl den unteren. Ein kleiner Junge öffnete. Er trug einen grünen Pulli.

»Ich möchte deinen Vater sprechen«, sagte er langsam und so höflich er konnte.

»Vater. Ja«, sagte der Junge. Sein grüner Pulli stank nach kaltem Zigarettenrauch.

Der Bub, der vor ihm weggerannt war! Ottakring machte einen Schritt nach vorn und streckte den Arm nach dem Jungen aus. Wollte ihn fragen, ob er das mit dem Porsche gewesen war.

Vor Ottakrings Nase schlug die Wohnungstür zu.

Der Junge hatte ein Bein nachgezogen. Aha, dachte Ottakring. Doch er sah ein, dass er so nicht weiterkam.

Der Hausflur war verqualmt wie ein Dorfwirtshaus vor dem Rauchverbot. Ottakring setzte einen Fuß auf die Treppe zum ersten Stock.

»Hallooo!«, brüllte er. »Ich möchte den sprechen, der die tote Katze in meinen Garten geschmissen hat.« Er erschrak vor der Gewalt seiner eigenen Stimme. »Und die herrliche Technik im Garten installiert hat.«

Nichts rührte sich. »Und meine Reifen aufgeschlitzt hat.«

»Hallooo!«, brüllte er noch einmal. Unwillkürlich hatte sich seine Hand über den Griff der Dienstpistole am Gürtelholster gelegt. Die Heckler Koch P7, geladen und gesichert, ein Kilogramm schwer, acht Neun-Millimeter-Patronen, Halbautomatik. Ottakring hatte unbewusst die Hand um die Fingermulden am Griffrahmen gelegt. Er zuckte zurück, als er es merkte.

In diesem Augenblick wurde eine Tür aufgerissen.

»Ja!«, zischte der im blauen Trainingsanzug aus der unteren Wohnung. »Was wollen Sie?«

Und – ohne dass Ottakring auch nur eine einzige Bewegung registriert hätte, stand auch der Herr aus der oberen Etage zwei Stufen über ihm. Er hatte einen glänzenden Anzug an, kaute auf der Unterlippe herum und zog lange an seiner Zigarette. Dabei sah er Ottakring durchdringend an.

Ottakring sah sich einem Kreuzfeuer aus bösen Blicken ausgesetzt. Und er hatte das dumme Gefühl, in einer Falle zu stecken. Denn wie ferngesteuert schlug die Haustür zu. Er war eingeschlossen. Ottakring war sich bewusst, dass er zwar bewaffnet, aber hilflos war. Seine Nerven waren gespannt wie Drahtseile. Er wusste sich nicht anders zu helfen als zu lachen. Er lachte. Ein fremder, harscher Laut in der geisterhaften Stille dieses Hauses. Ein Geräusch, das da nicht hingehörte.

ZWEI

Felix Iljitsch Gubkin stand am offenen Fenster und blickte über die Landschaft. Wenn man allein ist, dachte er, merkt man oft, dass das, was man für Stille gehalten hat, in Wirklichkeit ein Dschungel aus leisen Geräuschen ist. Abgeschwächt, kaum hörbar, fremdartig. Das leise Knarren einer Tür oder eines Fensters. Das Flüstern des Windes in den Wipfeln. Andere Baumgeräusche, die man mit Worten nicht beschreiben kann. Rinde, die an Rinde reibt. Die Laute der Tiere, die in den Bäumen leben. Das unaufhörliche Plätschern des nahen Baches. Der leichte Wind trägt Geräusche, wenn man aus dem Fenster der zweiten Etage eines Schlösschens blickt, über sehr weite Entfernungen.

Deutlich konnte Gubkin das Ticken der Standuhr hinter sich hören. Es war ein später Nachmittag, wie er ihn mochte. Fernab der Hektik, des Zeitraffens, der Gefahr. Fernab der Anspannung, derer er Herr werden musste, seit er denken konnte. Vor ihm das fichtenbewachsene Tal der Prien, das sich bis nach Aschbach hinunter schlängelte, begleitet vom grauen Band eines schmalen Sträßchens. Weit unten blinkte linker Hand der Simssee, östlich davon der Chiemsee.

Für seine Geschäftsverhandlung beim Notar in Rosenheim hatte er einen Trachtenanzug getragen, und in wenigen Stunden würde er zum Abendessen in Winslets Residenz in einen Anzug schlüpfen. Aber für den Augenblick hatte er es sich bequem gemacht. Jeans, ein limonenfarbenes Hilfiger-Shirt, die Füße steckten in weichen Mokassins. Wenn ich mich nachher an den Flügel setze, dachte er, wird es ein vollkommener Tag sein.

Er wandte sich an seine Frau.

»Nadjuscha«, nannte er sie bei ihrem Kosenamen, »du wirst heute Abend deine Charity vorstellen.«

»Tscherrriti« sprach er das Wort aus. Mit sehr hartem »Err«.

Nadeschda Gubkin war eine schöne Frau mit aristokratischen Wangenknochen. Nicht sehr groß gewachsen, mit einer erkennbaren Neigung zur Fülle. Doch sie strahlte eine Lebendigkeit und Sinnlichkeit aus, die auf jeden Betrachter übersprang. Vielleicht unterstützt durch das frische, sommersprossige Gesicht mit den dichten roten Locken. In Salzburg und München kannte man sie als bedeutende Shopperin. Stets war sie nach der neuesten Mode gekleidet.

Nadeschda Gubkin lächelte und nickte.

Gubkin hörte ein Geräusch und trat wieder ans Fenster. Am anderen Ende der Einfahrt zum Schloss, etwa einen halben Kilometer entfernt, tauchte ein Fahrzeug auf. Ein wenig später bog der dunkelblaue Opel in den mit Kies bestreuten Vorhof ein. Am Nordeingang stellte sich der Motor ab.

»Das wird Wildschitz sein«, murmelte Gubkin und winkte der Person, die aus dem Fahrzeug kletterte, zu. Er hatte den vertrauenerweckenden Gesichtsausdruck eines Kultusministers und das Gebiss eines Kaimans.

»So geht's nicht«, sagte er wenig später, als er und Wildschitz sich bei einem Cappuccino gegenübersaßen. »Ich spende und spende, und der Gemeinderat verweigert mir die Genehmigung.«

Andi Wildschitz, braun gebrannt, gewelltes Haar, war kein Feigling.

»Ich hab Sie über alles Mögliche aus der Gemeinde informiert. Darlehens- und Stundungsvereinbarungen, Planungsvorhaben hab ich geliefert. Ich hab Ihnen die Arbeitsgenehmigungen für Ihre

Waldarbeiter beschafft. Aber mit dem Ausweisen von Baulandflächen für Ihr Biotech-Projekt mitten im Waldgebiet ist's halt nicht so weit her bei uns. Alle sind dagegen.«

»Du hast mir's aber zugesagt. Zusagen muss man einhalten. In meiner Heimat und in Bayern.«

Ein kaltes Lächeln umspielte Gubkins Mund. Mit Zeige- und Mittelfinger trommelte er auf die Tischplatte.

»Ja, ich hab gesagt, dass ich mich bemühen werde«, sagte Wildschitz. »Aber ich hab Sie auch gewarnt, dass das seine Zeit braucht. Und richtig aktiv werden kann ich erst, wenn ich selber Bürgermeister bin …«

»Na ja, Zweiter bist du ja schon.«

»… weil – erst dann kann ich die Pläne zur Gemeindeentwicklung realisieren. Vorher hab ich noch schlechte Karten. Ich hab nur eine einzige Stimme im Gemeinderat. Der Bürgermeister hat zwei. Und der ist dagegen.«

Felix Gubkin war eine leichte Gereiztheit anzumerken. Er war es gewohnt, dass alles rasch gehen musste. Nicht nur zügig, nein, rasch. Schnell. Verzögerungen stufte er wie Zugverspätungen oder Delays im Flugplan ein. Als Defizite. Es gab immer jemanden, der solche Mängel verschuldet. Ein System oder einen Menschen, der hinter dem System steckt. Verzögerungen, Behinderungen, Fehler forderten seine Ungeduld heraus. Defizite machten ihn nervös und gereizt. Und wenn Gubkin gereizt war, wurde er unberechenbar.

Das hatten seine Gegner spüren müssen, damals, als die alte Sowjetunion fiel. Er hatte sich sofort auf die neue Seite geschlagen. Hatte nicht lange gefackelt. So war er reich geworden.

Nicht nur aus einer Laune heraus und auch, weil Nadjuscha es sich so sehr wünschte, hatte er über die Rosenheimer Maklerin Anna Eh das Grattenschlösschen mit riesigem Grundbesitz gekauft – mit Weiden, Wäldern, Fischbächen. Hier war es ruhig, nicht hektisch. Hier war es warm und schön. Nadeschda und Felix Gubkin mochten das Land, und sie mochten die Menschen. Diese Menschen hier waren stark, zuverlässig, musikalisch, und sie hatten gutes Essen und Schnaps für die Seele. Nur – langsam waren sie.

Gubkin war es ebenso gewohnt, Wünsche schnell zu verwirklichen. Wenn er ein Grundstück haben wollte, befahl er einfach Kosmos, seinem Leutnant: »Geh und kauf ein Grundstück. Du weißt schon.«

Hier in Bayern fielen erst einmal Begriffe, die er nie zuvor gehört hatte: Vermessungsamt, Bauvoranfrage, Baubewilligung, Raumordnung, Baufenster, Bauplan, Nachbarschaftseinverständnis, Nutzungsuntersagung, Bauabnahme oder Wohnbewilligung. Solche Begriffe gab es in seinem Land nicht. Sie wären nicht einmal übersetzbar.

»Baubeschreibungsübersetzungsverordnung«, sagte er laut. Es klang hart, aber deutsch. Er ging das Wort noch einmal im Kopf durch. Baubeschreibungsübersetzungsverordnung. Dann bog sich sein Oberkörper elastisch nach hinten, und er lachte schallend. »Endlich kann ich gutes Bayrisch.«

Andi Wildschitz klatschte leise Beifall.

»Wenn ich dich richtig verstanden habe, brauchen wir zweierlei: einen neuen Bürgermeister, damit die Sache funktioniert. Und ein bisschen Geld für dein Altenteil.«

Ein Beitrag Felix Gubkins zur bayrischen Sprachkultur.

Andi nickte zufrieden.

Gubkin musterte ihn aus engen Augenschlitzen. Jedes Mal, wenn er das Wort »Geld« in den Mund nahm, beschleunigte sich Andis Herzschlag. Das hatte er mehrfach erprobt.

»Du bist mein Leutnant in der Gemeinde«, sagte er. Er hatte gelernt, Menschen um den Finger zu wickeln. Nicht nur mit Geld. »Genau wie ich dein Freund bin, wenn's ums Große geht.«

Gubkins Finger schlossen sich um Andis Arm. Der Zorn, den Wildschitz in diesem Griff spürte, schien ihn zu überraschen. Gubkin starrte ihn an, und sein kalter Blick war eine klare Botschaft an Andi Wildschitz. Doch was hinter Wildschitz' Stirn vorging, blieb Gubkin verborgen.

Als der Bayer draußen war, riss Gubkin sein Messer aus dem Schaft und schleuderte es hinter ihm her ins Türblatt, wo es zitternd stecken blieb.

»Arschloch!«, rief er laut auf Russisch.

Anschließend setzte er sich an den Flügel und spielte das Adagio aus dem ersten Satz von Schostakowitsch.

DREI

Die Haustür war zu. Ottakrings Lachen war verstummt. Er stand allein und in dem Bewusstsein, dass er zwar bewaffnet, aber hilflos war, im Flur den beiden Männern gegenüber. Seine P7 durfte er auf keinen Fall einsetzen.

»Mein Auto wird zerkratzt«, sagte er, so ruhig er konnte. Er atmete unregelmäßig und konnte seine Nervosität nicht verbergen. »Mitten in der Nacht dröhnt Musik durchs Viertel. Schatten hinter den Fenstern in Ihrem Haus. Als die Polizei kommt, ist alles ruhig. Eine Musikanlage ist in meinem Garten installiert. Am Tag darauf liegt eine erdrosselte Katze im Garten. Was haben Sie mit alldem zu tun?«

Seine Blicke waren vom einen zum anderen gewandert. Nun fixierte er den im Trainingsanzug aus der unteren Wohnung.

Dessen Hände steckten in den Hosentaschen. Er sprach in russischer Sprache zum anderen im Anzug. Beide starrten Ottakring mit unverhohlenem Entsetzen an.

»Katze tot? Schrecklich«, sagte der Stiernackige. »Polizei da? Alles ruhig? Na dann alles gut. Kannst wieder gehen.«

»Ja«, wiederholte der im Anzug lautstark. »Wieder gehen.« Während er mit so etwas wie gutmütiger Arroganz vor Ottakring die Haustür aufzog, machte diesmal auch er die Geste des Halsabschneidens.

Aus der unteren Wohnung kreischte ein Fernseher. Ottakring wischte sich mit dem Knöchel des Zeigefingers über den Mund. Was sollte er tun? Gewaltlos konnte er gegen die zwei Kerle nichts ausrichten. Denen sprang die Lust am Faustrecht geradezu aus den Augen. Er musste sich auf seine polizeilichen Möglichkeiten besinnen. Er ließ den Blick ein letztes Mal über die Gesichter wandern und ging. Mit ihren Blicken im Rücken. Erleichtert atmete er auf, als er draußen war.

Zu Hause nahm er eine Flasche Wasser aus dem Kühlschrank, schraubte den Deckel ab, goss sich ein und trank im Licht der Sonne, die durchs Fenster schien. Er stellte die Flasche zurück ins Fach, schloss den Kühlschrank. Dann stand er einfach nur da, in der Hand das kalt beschlagene Glas, und schaute durchs Fenster auf das entfernt liegende Russenhaus.

»Konntest du etwas erreichen?«, fragte Lola, die hinter ihn getreten war.

»Nein«, sagte er und nahm einen weiteren Schluck aus dem Glas. Er hatte das Gefühl, sein Leben weit weniger im Griff zu haben als noch vergangene Woche.

Herr Huber kam schwanzwedelnd angelaufen. Ottakring ging in die Knie und legte die Arme um seinen Hals. »Alles wird gut«, flüsterte er dem Hund ins Ohr.

Dann fuhr er zum Dienst.

»Hallo. Kriminalrat Ottakring. Ich brauche ein paar Daten. Überprüft für mich folgende Namen. Russische Namen. Scheinen aber Deutsche zu sein. Checkt beim Einwohnermeldeamt, jagt sie durch den Computer, prüft, ob sie sonst wie auffällig geworden sind, ihr wisst schon, Verkehrsdelikte, Unfälle, falsch geparkt. – Wann ich das brauche? Blöde Frage. Sofort. Saublöde Frage.«

Am Abend, als Lola die Moderation ihrer früheren Kollegin im Dritten Programm verfolgte, hatte Ottakring eine Vision. Das Gesicht des Kerls war nur noch blutiges Fleisch. Schwellungen aus blauschwarzer Haut wölbten sich über die Augen. Die Lippen waren aufgeplatzt und zu dicken Wülsten angeschwollen. Ein Ohr hing lose herab, Rinnsale aus Blut schlängelten sich langsam durch Bartstoppeln über das Kinn und tropften auf das fleckige Hemd. Die Augen des Mannes, soweit es ihnen möglich war, hefteten sich matt und verständnislos auf Ottakrings Fäuste.

Auch er schwitzte. Prügeln macht warm. Mit seiner Riesenpranke fuhr er noch tiefer in den ungepolsterten Lederhandschuh und holte zum x-ten Mal aus. Das satte Geräusch am Kinn des Kerls klang angenehm – für Ottakring. Dass der Empfänger das Geräusch überhaupt mitkriegte, bezweifelte er. Die Wucht des Schlags warf den Gegner um. Sein Stuhl, an den er gefesselt war, kippte nach hinten, und sein Kopf krachte wie ein reifer Kürbis auf den Betonboden.

Ottakring stemmte die blutverschmierten Pranken in die Hüften und starrte, immer noch wütend, auf die entstellte menschliche Kreatur zu seinen Füßen. Er setzte einen Fuß auf den kaputten Körper und schrie: »Du parkst künftig woanders!«

»Schaff ihn raus!«, befahl er Lola, »und mach ihn sauber. Dann bringst du mir seinen Sohn.«

Unvorstellbar, dass Lola dabei jemals mitmachen oder tatenlos zusehen würde. Kaum glaublich auch, dass er selbst sich zu so einer Tat hinreißen ließe. Oder doch? In diesem Zwiespalt wachte er aus dem Tagtraum auf und kehrte in die Realität zurück.

Er ging hin zu Lola, legte den Arm um sie und biss sie liebevoll ins Ohr.

»Schön, dass wir endlich heiraten«, sagte er. »Jetzt, wo wir in diesem schönen Haus sind.«

Für kommenden Sonntag war die Hochzeit angesetzt. Lola hatte ihren Joe immer schon heiraten wollen, doch er fand jahrelang unentwegt neue Ausreden. »Notlügen«, so nannte er sie. Bis er im letzten Winter antrollte und auf seine Art um ihre Hand anhielt: in Handschellen.

Dass kurz nach ihrem Jawort ein Onkel Lolas starb und ihr dieses Chiemgauer Haus im romantischen Aschbach hinterließ, nahmen sie als bestätigendes Gottesurteil hin. In Aschbach duckten sich Bauernhäuser und Landhausvillen, Geschäftshäuser und Gasthöfe in den Schatten der steil aufragenden Kampenwand. Die Sonne spiegelte sich in der barocken Zwiebel des Kirchturms und umspann die Kirche mit Goldfolie wie ein Geschenk. Lola gab ihre Schwabinger Wohnung auf, Ottakring seine in der Papinstraße in Rosenheim, und sie bezogen das neue Haus. Wenig später war Lolas scheußliche Augeninfektion aufs Neue ausgebrochen.

»Wir lassen uns nicht unterkriegen«, sagte Lola, drückte den Fernseher aus und sah ihn zärtlich an. »Ja, ich freu mich auch sehr auf Sonntag. Komm, gehen wir.«

»Ins Bett?«, fragte Ottakring.

»Nein. Vorher mit Herrn Huber raus.«

VIER

Hunde hatten keinen Zutritt zur Residenz Heinz Winslet in Aschbach. Jedenfalls nicht zum Gartensalon, in den Nadeschda Gubkinowa an diesem Abend geladen hatte. Jede Menge Prominente trippelten über den roten Teppich in die Halle.

Veronica Ferres zupfte ihr Dekolleté zurecht. Sie war ohne ihren millionenschweren Partner erschienen. Die Klitschko-Brüder ließen die Gesichtsmuskeln spielen und grinsten um die Wette. Maximilian Brückner, der Shootingstar der einheimischen Schauspielkunst, erschien mit seiner Tuba, Friedrich Federkiel jazzte auf der Gitarre, und Gabriele Bauer, die Rosenheimer Oberbürgermeisterin, wirkte etwas abwesend. Sie sann wohl darüber nach, ob sie den angebotenen Ministerposten im bayerischen Kabinett annehmen solle oder nicht. Klatschreporter aus der ganzen Republik traten sich halb tot. Große Kulisse für einen guten Zweck: Klasse 2000, ein regionales Programm des Lions Clubs Rosenheim zur Gesundheitsförderung und Suchtvorbeugung im Grundschulalter, war das beherrschende Thema. Ihm hatte Nadeschda sich gewidmet. Mit Charme und Chuzpe verstand sie es, eine Menge Geld zu sammeln. Diese Form der Wohltätigkeit hatte mit herkömmlichen Haustürsammlungen, Feuerwehrbällen, Spendenaufrufen ungefähr so viel gemein wie ein Showroom von BMW mit dem Rosenheimer Busbahnhof.

»… und danken wir Frau Gubkin für ihre Initiative, die Organisation und die selbstlose Unterstützung.« Landrat Neiderhell hatte noch nicht ganz das Format eines Nicolas Sarkozy, aber dessen Statur. Er nickte Nadeschda gewichtig zu und klatschte.

Bei dem Wort »selbstlos« huschte ein eigenartiges Lächeln über das Gesicht von Felix Gubkin. Wie ein Prinzgemahl saß er an der Seite seiner Frau. Er blieb gern sitzen. Denn im Sitzen wirkte er größer, als wenn er stand. Gubkin war mittelgroß, sportlich, sah gut aus, hatte schulterlanges Haar, blaue Augen und zartgliedrige Klavierspielerhände, die den Anschein erweckten, ihr Besitzer könne keiner Fliege etwas zuleide tun. Der personifizierte Schöngeist, der Förderer und Spender. Das Konzept seiner Berater, ein positives Image zu erzeugen, hatte er umfassend erfüllt.

Champagnerfarbenes Licht, Blumenbouquets aus Lilien und Amaryllis und mediterrane Lüftlmalerei gaben dem Gartensalon Eleganz und Charakter. Die Längsseite des Raums zierten gemalte Rundbögen. Mit barocken Stucketten ergänzten sie sich zum Bild eines sommerlichen Schlossgartens. An der Fensterseite saß die Ferres. Nicht nur sie hatte von dort aus einen phantastischen Blick auf das bizarre Kampenwand-Massiv.

Mehrere Reden folgten, denen Felix Gubkin mit gespielter Aufmerksamkeit folgte. Seine Gedanken waren woanders. Und seine Augen bei Kosmos, seinem Leutnant. Der stand seitlich des Haupteingangs. Nichts entging seinen Augen.

Kosmos war Kompaniechef in der russischen Armee gewesen. Hauptmann in einer Elite-Fallschirmjägereinheit, die im Juni 1999 den Flugplatz Priština im Kosovo überfallartig eingenommen hatte. Gubkin kannte Kosmos als todesmutig und loyal. Er nickte ihm flüchtig zu. Der Mann gehörte zu ihm wie die Schneide zum Schwert.

Niemand hatte Kosmos je öffentlich im T-Shirt gesehen. Stets war er korrekt gekleidet. Heute trug er einen unauffälligen Smoking mit schwarzer Fliege. Diese Eigenart war weder eine Masche, noch entstammte sie übermäßiger Eitelkeit. Der Grund war ein anderer: Niemand konnte die geheimen Tätowierungen sehen, die er überall am Körper trug.

Der Knopf im Ohr war ein Hörgerät. Es hätte auch ein iPod sein können oder eine Laune der Natur. Die Hände waren wie zum Gebet vor dem Körper übereinandergelegt. Nie verzog er eine Miene im runden Gesicht, nie fuhr er sich verlegen durchs kurz geschnittene dunkle Haar. Kosmos war ein treuer Diener seines Herrn.

Plötzlich leuchteten seine Augen auf, und er nickte Gubkin zu. Es war, als hätte sich eine Nachricht in sein Ohr geschlichen. Ein kaum wahrnehmbares Leuchten, das nur Gubkin erfassen konnte.

FÜNF

Herr Huber lächelte Ottakring an. Er rollte die Lippen zurück und zeigte schimpansenähnlich die Zähne. Lange hielt er's nicht aus, da musste er niesen, und die ganze schöne Choreografie fiel in sich zusammen.

»Herr Huber, du siehst ganz schön schuldig aus. Du bist festgenommen und wirst abgeführt!«

Es war schon dunkel geworden, als Ottakring und Lola Herrn Huber Gassi führten. Der Abend war kühl, und beide waren herbstlich gekleidet. Das Russenhaus ließen sie hinter sich liegen. Links und rechts der schmalen Straße Häuser, keine Spaziergänger, hie und da ein Auto, in dessen Scheinwerferkegel Herrn Hubers Augen grünrötlich fluoreszierten. Der Hund zog und hechelte, als hätte er eine neu eröffnete Metzgerei entdeckt, und Ottakring hatte seine Mühe mit ihm. Yoko, eine Hündin ein paar Häuser weiter, war läufig.

»So ein Hund ist absolut nutzlos«, sagte Ottakring. »Er muss nichts bewachen, nichts verteidigen, nichts hüten oder jagen. Er muss keinen Blinden führen. Er wird nur verwöhnt, gestreichelt, gepflegt, getröstet, aufgemuntert und gefüttert. Der Hund haart und macht jede Menge Dreck, wir müssten jetzt nicht mitten in der Nacht raus, er kostet also Zeit und er kostet Geld. Wozu braucht man eigentlich einen Hund?«

Lola blieb stehen.

Herr Huber keuchte angestrengt.

»Er liebt dich«, sagte Lola. »Ich merke es vor allem, wenn du heimkommst. Er begrüßt dich, als habe er zehn Jahre auf einem einsamen Gletscher auf dich gewartet. Er liebt dich und ist auf dich fixiert. Ohne dich wäre es kein Leben für ihn.«

Das stimmt. Umgekehrt ist es ebenso, ging es Ottakring durch den Kopf. Im Dunkeln warf er einen kurzen Blick auf Lola. Sie hatte auf die lästige schwarze Augenklappe verzichtet. Rötung und Lidschwellung an ihrem kranken Auge wollten nicht abklingen. Doch bei Dunkelheit konnte das niemand erkennen.

Eine kühle Brise strich von Norden her durch das Wohngebiet. Sie gingen Seite an Seite, ohne viel zu sprechen. Beide wussten, was der andere gerade dachte.

Lola an ihr krankes Auge, dem sie nicht für ewig die Hoffnung nehmen wollte, wieder sehen zu können. Immerhin konnte sie mühelos zwischen Hell und Dunkel unterscheiden, ein Auto auf fünf Meter Entfernung verschwommen erkennen und auf zehn Meter ein Haus von einem Schiffsrumpf unterscheiden. Sie dachte an die Erweiterung des Gartens, an den geplanten Wintergarten, an ihren Beruf. Ihre Stelle als Programmchefin beim Bayerischen Fernsehen hatte sie behalten. Doch ewig würde solche Großzügigkeit in der jetzigen Wirtschaftslage nicht währen, das war ihr klar.

Ottakring gingen die aggressiven Nachbarn nicht mehr aus dem Sinn. Er war unfähig, an etwas anderes zu denken. Wie eine riesige dunkle Glocke hatten sich ihre Demütigungen über sein Wesen gestülpt. Sie waren Prügel für seine Seele. Die Machtlosigkeit war es, die ihn lähmte. Das Gefühl, Menschen ausgeliefert zu sein, deren Machtgier, Gewalt, Brutalität und Einschüchterung anders waren als alles, was er bisher erlebt hatte. Er selbst war zwar der Arzt auf diesem Fachgebiet, doch gegen eine solche Epidemie war auch er hilflos. Er hatte das blöde Gefühl, dass da etwas auf ihn zurollte, was er nicht einschätzen konnte.

Er drückte Lolas Hand.

»Was ist?«, fragte sie.

»Du hast vollkommen recht«, sagte er. »Wenn das so weitergeht, müssen wir uns total neu organisieren.«

Sie hatten am Vortag einen Meinungswechsel gehabt.

Lola hatte sich über ihn lustig gemacht. »Du bist selbst Polizist«, hatte sie gelästert. »Und ein hochrangiger dazu. Und da kommen zwei kleine Russen, und du musst vor denen kuschen? Nur weil sie nicht in eure Schubladen passen? Sie haben niemanden von der Brücke gestoßen. Sie handeln nicht mit Drogen. Sie haben nichts angezündet. Vielleicht haben sie grad mal falsch geparkt. Und doch können sie einen ausgewachsenen Kriminalrat der Bayerischen Polizei in Angst und Schrecken versetzen.«

»Angst nicht.«

»Gut, dann eben in einen Zustand der Ohnmacht und Schwäche, der Atonie, was viel scheußlicher ist. Sie mobben dich, und du kannst ihnen nichts nachweisen. Das ist das Problem. Dir fehlen Beweise. Und solange du keine Beweise vorlegen kannst, wirst du vor keinem Gericht dieser Welt recht bekommen.«

»Sollen wir uns also mit einer Kamera im Anschlag auf die Lauer legen?«, hatte er erwidert.

Lolas gesundes Auge hatte seine Leucht- und Überzeugungskraft nicht verloren. »Ja«, sagte sie ernst. »Wenn's sein muss, ja. Anders wird's wohl nicht funktionieren. Weiß der Henker, was deren Einfallsreichtum noch alles hervorbringt.«

Im Schein einer Bogenlampe warf Lola einen flüchtigen Blick

auf Ottakring. Auf seinem Gesicht lag etwas, was sie von ihm nicht kannte: Es war der entschlossene, unbarmherzige Ausdruck eines Henkers.

Sie blieben stehen. Ottakring straffte die Leine, um Herrn Huber zu bändigen. Dann trat er nahe an Lola heran, so nahe, dass sie den Hauch seines Atems auf beiden Lidern spüren konnte, über dem gesunden Auge und dem kranken. Sie hörte ein unterdrücktes, bebendes Seufzen. Und spürte, wie er sich langsam zu ihr neigte und seine Zähne so fest in ihre Halsbeuge stieß, dass sie erschrak. Während Herr Huber mitfühlend aufjaulte, fühlte sie, wie ihre Haut nass wurde. Sie standen in ihrem Wohngebiet mitten auf der Straße, und Lola Herrenhaus wusste, dass diese Nässe nicht ihr Blut war.

Er weinte, wie Männer eben weinen. Lautlos, und doch geräuschvoll, einem Tremolo gleich, zitternd und gewaltsam nach Luft ringend. Niemals bisher, noch nie hatte sie erlebt, dass ihr Joe Ottakring jemals die Beherrschung verloren hätte. Sie wollte sein Gesicht in beide Hände nehmen und ihn küssen. Ihn trösten. Doch sein Mund lag fest an ihrem Hals, und seine Hände pressten sich so hart in ihren Rücken, dass es ihr fast den Atem nahm. Sie stolperten über die kleine Straße auf der Suche nach noch mehr Dunkelheit, nach einem Versteck, in dem sie sich verbergen konnten, bevor sie wieder nach Hause gingen.

Herr Huber warf den Kopf hin und her und riss zur Seite aus. Die Wucht seiner Bewegung riss Ottakrings Arm fast aus dem Gelenk. Bis auf das Geräusch der hin und her schnalzenden Leine war die Nacht still. Kein Vogel sang versehentlich, kein Motorrad dröhnte, kein Fernseher plärrte irgendwo.

Ottakring hörte nur sein Herz pochen.

Bis der Schuss krachte. Jedenfalls hielt Ottakring es für einen Schuss. Er sah auf die Uhr wie immer, wenn sich etwas Ungewöhnliches ereignete. Es war zweiundzwanzig Uhr zweiundvierzig. Am 22. September 2009.

SECHS

Zur selben Zeit an diesem Dienstagabend ereignete sich Folgenschweres im Gemeinderat von Aschbach. Der Ausschuss tagte im Sitzungssaal des Rathauses. Es wollte heut kein Ende nehmen. Seit neunzehn Uhr saßen sie schon und redeten sich die Köpfe heiß.

»Freilich ist das Ehepaar Gubkin ein großer Gönner von uns«, sagte Alois Engel, der Bürgermeister. Er trug eine Brille, sein linker Arm war bis über den Ellenbogen amputiert. »Gerade hat er eine Spende für den neuen Kindergarten überwiesen ...«

»... und für die Orgelrenovierung«, fuhr Andi Wildschitz dazwischen. Als Zweiter Bürgermeister saß er am Kopfende neben Engel. »Aber die Hauptsache bringt ja sie ein, die Frau Gubkinowa. Was glaubts, Männer, wie viel Geld da heut wieder bei ihrer Charity reinkommt? Das allermeiste davon kommt wieder uns zugute. Na gut, sie hat auch noch dieses Schülerprojekt.«

Es war Andi anzusehen, wie stolz er auf seine enge Beziehung zu den Gubkins war. Er machte auch gar keinen Hehl daraus, schließlich sprang ja ordentlich was für die Gemeinde raus. Und wo war der Unterschied, ob man in Bayern, so wie der Bürgermeister, die Strauß-Familie gut kennt und den Seehofer oder wie er, der Andi, eben die stinkreichen Gubkins.

»Das stimmt«, sagte der Kämmerer und nickte heftig. »Allein die Gäste, die wo da sind. Allein die Klitschkos und die Schauspielerin da, die Antonia, äh, die ...«

»Veronica Ferres«, half ihm einer aus.

»Ja«, meldete sich Alois Engel wieder zu Wort und wischte mit einem Tuch über seine Glatze. Er schwitzte oft und viel, was bei seiner Figur kein Wunder war. »Ja, das ist aber noch lang kein Grund net, dass wir deswegen das Gesetz und die Vorschriften verbiegen. Also ich sag's euch: Wir können dort oben in dem Tal keine Gewerbeflächen zimmern. Nie und nimmer. Jedenfalls jetzt noch net.«

Er nahm Andi Wildschitz aufs Korn. »Der Gubkin hilft uns sehr. Und du, Andi, bist unser Feuerwehrkommandant, spielst in der Blasmusi, bist Mitglied im Kirchenrat und Vorsitzender vom Rechnungsprüfungsausschuss – hab ich alles getroffen, ja? Ihr habt alle eure Verdienste. Aber das sind zwei Paar Schuh. Hier geht's um Vorschriften und Gerechtigkeit. Da lass ich net locker, verstehst?«

»Genau!«, pflichtete ihm der Kämmerer bei. »Des hätt net amal der König Ludwig gschafft. Net in dem Tal da droben, im Nonnenwald. Koane Gewerbe- und scho glei koane Baulandflächen net.«

Andi kraulte sein Kinn. Er wusste, was Felix Gubkin zu ihm sagen würde, wenn er mit diesem Null-Ergebnis zurückkäme. Er nahm seinen Mut zusammen und erhob sich. In seinen dunklen Augen standen Flammen.

»Liabe Leit«, sagte er und schaute in die Runde. »Wir müssen doch langfristig denken. Aschbach muss sich weiterentwickeln. Wir haben hier die einmalige Chance, einen Investor an uns zu binden, der uns wohlgesinnt ist. Ein Globalisierer, der wo uns fördert, der wo Aschbach unter die Arme greift. Sein geplantes BioMed-Projekt ist doch ein Riesenhit. Er will einen Standort für eine zukunftsweisende Forschung errichten: die Biotechnologie. Er hat Verbindungen in die ganze Welt, betreibt schon ein Forschungszentrum in Russland. Und will jetzt halt ein Stückerl Land nutzen, das ihm eh gehört. Was kann daran falsch sein? Oder gefährlich? Wollt ihr das verhindern?«

Andis Ratskollegen schauten sich an. Der Bauer, der Schulrat, der Metzgermeister, die Versicherungsmaklerin, die Wirtin, der Orthopäde.

»Da könntmer ja glei a Atomkraftwerk bauen.« Nur dieser eine Einwand kam.

Andi Wildschitz merkte an den Blicken und Gesten, wie bereits jetzt die Stimmung umzuschlagen begann. Er musste noch eins draufsetzen.

»Wollen wir diese einmalige Chance verspielen? Alois …«, er wandte sich an den Bürgermeister, »… ich kann dich ja verstehen. Du bist hier so was wie unser Sheriff. Oder besser gesagt, du *fühlst* dich wie unser Sheriff …«

Belustigtes Raunen im Sitzungssaal.

Wildschitz konnte seine Show in solchen Situationen durchaus charmant abziehen. Er spielte diese Kunst voll aus. Die Lachfalten um seine Augen zuckten.

»… und das ist ja auch okay. Doch wir müssen an die Zukunft

denken. Wir als Gemeinde können mit Gubkin eine Zukunft haben wie im Paradies. Alois, du warst ein begnadeter Fußballer. Denk doch mal an Chelsea. Chelsea war ein Londoner Vorortclub, bevor der Abramowitsch ihn übernommen hat. Heut spielen sie ganz vorn in der Champions League mit. Und so wie …«

»Ja! Genau. Übernommen hat«, rief der Bürgermeister und winkte mit dem Armstummel. »Wir wollen uns aber nicht übernehmen lassen. Nachher tanzen wir nur mehr nach der Pfeife von diesem Herrn. Außerdem weiß ich nicht, was das mit der Baugenehmigung …«

»Ach, Schmarren.« Andi musste am Ball bleiben, wenn ihm nicht die Felle wegschwimmen sollten. Selbstverständlich dachte er dabei an Gubkins Vergütung, von der er sich eine gesicherte Zukunft erwartete. Die zugesagte Viertelmillion ging ihm nicht mehr aus dem Kopf. Angelegt mit fünf oder gar sechs Prozent … Ihm wurde schwindlig bei der Vorstellung.

»Bürgermeister, du hast ja recht«, fuhr er fort – ein oberbayerischer Bürgermeister hatte immer recht. »Droben im Nonnenwald können wir normalerweise keinen Gewerbepark ausweisen. Ich weiß, Paragraf soundso von unseren Vorschriften. Aber diese Vorschriften haben wir doch selber gemacht! Wir, die wir hier sitzen. Dann können wir sie doch auch wieder ändern …«

Und so ging es weiter. Bis tief in den Abend hinein. Bis weit nach zweiundzwanzig Uhr zweiundvierzig, als am Hochriesweg ein Geräusch ertönte, das Ottakring für einen Schuss hielt …

SIEBEN

Wenn es ein Schuss gewesen wäre, fiel es Ottakring sofort auf, müsste ein Echo von den Häusern kommen. Da war aber kein Echo.

Herr Huber jaulte laut auf.

War er getroffen worden?

»Burschi, was ist?«, sagte Ottakring.

»Um Gottes willen!« Lola schrie es in die Nacht hinaus.

Herr Huber drehte den Kopf nach hinten. Er schwankte, knickte mit den Vorderbeinen ein, sein Kopf knallte mit der linken Seite ungebremst auf den Boden. Dann sackten auch die Hinterläufe weg, und Herr Huber lag flach auf dem blanken Asphalt.

»Huber! Herr Huuuber!«, brüllte Ottakring verzweifelt und warf sich neben den Hund auf den Boden. Er legte ihm einen Arm um den Hals und bettete die Schnauze auf dem anderen.

Der Hund blieb still. Er löste sich nicht aus seiner Haltung.

»Huberlein!« Auch Lola kniete sich hin.

Sie wurden von aufgeblendeten Scheinwerfern erfasst. Im letzten Augenblick konnte der Fahrer bremsen.

»Ja, Himmelherrgottsakrament.« Er gab ein paarmal im Leerlauf Gas.

Weder Lola noch Ottakring hörten den Fluch und den Motor.

Der Fahrer blendete die Lichter ab.

Blut quoll aus Hubers Maul. Auch aus der Nase floss das Blut. Der Hund röchelte schwach.

Ottakring schoss hoch und rannte auf das Auto zu. »Tierarzt!«, rief er. »Bringen Sie uns zum Tierarzt. Bitte.«

»Sicher«, sagte der Fahrer. »Aber der Hund blutet ja. Der versaut mir mein Auto.«

»Rutschen Sie rüber, verdammt. Es geht um Sekunden.«

Lola trippelte mit Herrn Huber im Arm heran. »Schnell«, sagte sie flehend. »Ich glaub, das Tier verblutet.«

Der Fahrer legte den Rückwärtsgang ein, stieß ein kurzes Stück zurück, gab Gas und jagte knapp an ihnen vorbei mit quietschenden Reifen davon.

Ottakring hatte Dr. Kelbers Nummer gespeichert.

Wenige Minuten später war der Tierarzt da. Lola hatte Herrn Huber am Boden abgelegt. Die dunkle Lache um den Hund herum wurde schnell größer.

Dr. Kelber brauchte nicht lange. Er betastete den Körper. Nahm das Stethoskop. »Herr Huber ist tot«, sagte er.

Lola schrie auf.

Ottakring brauchte eine Weile, bis der Schmerz aus ihm herausplatzte. »Neiiiiin!«, schrie er.

Dass der Hund nicht durch äußere Einwirkungen gestorben war, klärte sich rasch.

»Wir nehmen ihn mit in meine Praxis«, bestimmte Kelber.

Der Kombi des Tierarztes war voll bepackt. Ottakring und Lola wickelten die Leiche in eine Decke und betteten sie auf die Ladefläche. Sie selbst nahmen den Porsche. Lola wurde von einem Weinkrampf durchgeschüttelt, und Ottakring saß mit versteinertem Gesicht am Steuer. Das Geräusch hatte wie ein Schuss mit Dämpfer geklungen. Doch wenn Herr Huber von keiner Kugel getroffen worden war, was war dann der Grund für das viele Blut und den urplötzlichen Tod? Irgendeine Einwirkung musste es ja gegeben haben.

Herr Huber tot! Er konnte es nicht begreifen. Er griff hinüber, nahm eine Hand Lolas von ihrem nassen Gesicht und drückte sie. Da vorn liegt dein Hund auf der Ladefläche des Tierarztes. Des Bestatters. Tot. Seine letzte Fahrt. Ottakring fühlte seine Augen nass werden.

Lola, den Mund dicht an seinem Hemd, legte die heiße Wange an seine Schulter. In ihren Augen schimmerte es feucht.

»Das werden sie büßen.«

Wann war er das letzte Mal mit Herrn Huber unterwegs gewesen? Am vergangenen Samstag in der Früh war es gewesen, vierundzwanzig Stunden bevor er die Lackschäden an seinem Auto entdeckt hatte.

Er hatte das Fahrrad aus der Garage gezogen. Herr Huber sprang aufgeregt um ihn herum. Biss ihn vor lauter Vorfreude und Übermut in den Schuh. Falsch. Beißen wäre die falsche Bezeichnung. Er nahm den Schuh sanft ins Maul und kaute zärtlich drauf herum.

Ottakring nahm ihn an die Leine, blieb kurz stehen und betrachtete den Hund zärtlich, wie er dasaß und zu ihm aufschaute. Weiße Brust, schwarz-weißer Kopf mit langer Schnauze. Verschwenderisches Orange an der Brust und an den Beinen, bevor diese nach unten in Weiß endeten. Orange in den steil aufgestellten, neugierig zuckenden Brauen. Weiße, abstehende Wimpern, weiße Barthaare, weiße Schwanzspitze.

Huber trabte auf der rechten Seite neben dem Fahrrad her. Seine Ohren – außen schwarz, innen braun, mit einem weißen Fleck an der Spitze – wippten rauf und runter. Manchmal, wenn der Hund eine Sensation vermutete, stellte er das rechte Ohr senkrecht. Eine

Sensation, das war für ihn die Kuhherde auf der Weide oder ein Pferd, ein fremder Geruch, den er im Vorüberlaufen wahrnahm, das Eichhörnchen, das vor ihnen auf den nächsten Baum flüchtete. Eine Sensation, das war für ihn auch der Bach, aus dem er trinken konnte, und der Chiemsee, in dem er schwamm wie ein Delfin. Wie ein Kind strahlte er vor Glück, als er wieder an Land kam, schüttelte sich halb trocken und Ottakring nass und wartete auf sein Guaterl, das Ottakring ständig bei sich trug. Ohne zu blinzeln oder wegzuschauen sah er seinem Herrn so lange und tief in die Augen, bis er seine Belohnung im Maul hatte.

Sie waren weitergeradelt zu Liebermanns Biergarten, der nach dem Brand vor zwei Jahren in neuem Glanz erstrahlte. Ottakring trank einen Cappuccino mit Liebermann, und Herr Huber tollte mit seinem Freund Wuschel wie verrückt hinter einem Tennisball her. Die beiden Hunde hatten sich lange nicht gesehen.

Auf dem Heimweg – es waren bestimmt zehn Kilometer gewesen – wurde Herr Huber immer langsamer. Bis er schließlich mit weit heraushängender Zunge in einen Zockeltrab verfiel und nur mehr eines wollte: heim in seinen Garten. Dort legte er sich auf den Rasen und ließ sich die Sonne auf den Bauch scheinen.

Ottakring saß daneben. Er hatte kein Buch und keine Gießkanne in der Hand und tat auch sonst nichts. Er saß nur da und betrachtete Herrn Huber. Vor Jahren hatte er ihn aus dem Tierheim geholt, und seither waren sie zusammen. Huber war wie ein Kind für ihn gewesen, besser noch wie ein Bruder oder Freund. Nicht mehr wegzudenken aus seinem Leben.

Sie waren da. Der Kombi vor ihnen hielt auf dem Parkplatz der Tierarztpraxis. Ottakring schluchzte auf. Lola massierte seinen Nacken leicht.

»Dein Lebensabschnittsgefährte«, flüsterte Lola leise.

Ottakring nickte unter Tränen. Tränen der Trauer, vermischt mit Tränen der ohnmächtigen Wut. Jemand musste etwas manipuliert haben. Es war unmöglich, dass der austrainierte Herr Huber einfach so vom Stangerl fiel, und noch dazu mit dieser Menge Blut. Er musste nicht lang überlegen, wer hier eingewirkt haben könnte. Bloß auf welche Weise? Grenzenloser Zorn flammte auf.

Kelber hatte eine Gummischürze übergezogen. Auf einer Art

Bahre trug er den Hundekadaver nach drinnen. Der pferdeschwänzige Tierarzt war eine imposante Erscheinung mit breiten Schultern und durchdringendem Blick. Ein Blick, der jeden zum Geständnis zwingen würde, dachte Ottakring.

»Zuerst werde ich das Tier röntgen«, sagte Kelber. »Die Aufnahmen können vielleicht gleich Aufschluss geben.«

Sie nahmen in dem winzigen Warteraum Platz, dessen einziges Inventar aus zwei Fichtenholzbänken und einer Hundebar mit Trockenfutter und einem Wassernapf bestand.

Kelber kehrte mit den Aufnahmen unterm Arm zurück, und sie folgten ihm in einen Nebenraum mit einem Leuchtkasten an der Wand. Er klemmte zwei Bilder an den Kasten und drückte auf den Schalter. Licht flackerte auf, und Aufnahmen des Hundeskeletts wurden sichtbar.

Gnadenlos beleuchtete das Kunstlicht auch Ottakrings müdes Gesicht mit den grauen Tränensäcken und den hängenden Wangen. Das also ist mein Herr Huber, dachte er. Herr Huber von innen. Tot.

Kelber überflog die Aufnahmen sorgfältig und fuhr ein paar Stellen flüchtig mit dem Zeigefinger nach. Den Schädel, die Wirbelsäule, die Rippen.

»Nichts«, sagte er. »Keine Brüche, keine Metallfragmente, Patronenhülsen etwa.« Er schüttelte ratlos den Kopf. »Ihr Hund hat junge Knochen für sein Alter. Die Jahre haben seine Gelenke noch nicht abgenutzt, die Wirbelsäule ist nicht verkrümmt, seine Rippenknorpel sind nicht verkalkt.«

Im Magenbereich blieb er hängen. Er ging näher an die Aufnahme heran und kniff die Augen zusammen. Der Zeigefinger zog Kreise. »Aber hier. Da stimmt was nicht. Das sieht aus wie aufgerissen. Innerlich, nur innerlich. Als ob im Magenraum was passiert wäre. Sehen Sie? Das Helle hier, das ist in Wirklichkeit dunkel. Und da sieht man viel Helles. Als ob etwas geplatzt wäre und sich Blut gestaut hätte. Wie ein heftiges Magenbluten sieht das aus.«

Als hätte ihm jemand in den Rücken gestochen, richtete Kelber sich plötzlich auf. »Da!« Der Zeigefinger stieß nach vorn wie ein Dolch. »Da ist etwas.« Bruchlinien durchzogen die obere Schädeldecke wie erstarrte Blitze. »Das sind Wirkungsverletzungen. Da muss ihn etwas wie ein fürchterlicher Schlag getroffen haben. Hier –

winzige Splitter. Knochensplitter. Aber von außen ist überhaupt nichts zu erkennen.«

»Niemand hat ihm auf den Schädel geschlagen«, wandte Ottakring ein.

»Um Gottes willen, das hab ich in meiner ganzen Praxis noch nie erlebt. Nicht mal an der Uni.«

Der Lichtschein aus dem Kasten fiel seitlich auf Kelbers Gesicht und hob die markanten Linien seiner Wangenknochen hervor. Der Tierarzt sah über die Schulter hinweg zuerst Ottakring in die Augen, dann Lola.

»Sind Sie damit einverstanden, dass ich den Kadaver öffne? Nur so können wir herausfinden, was passiert ist.«

Wie oft hatte Ottakring schon Leichenöffnungen begleitet. Hunderte Male wahrscheinlich war er selbst in der Pathologie dabei gewesen. Doch hier fühlte er sich wie ein zehnjähriges Mädchen, dem der Goldhamster gestorben ist.

»Nein!«, brachte Lola schniefend hervor. »Wir wollen den Hund so in Erinnerung behalten, wie er war. Das macht ihn ja nicht mehr lebendig.«

Ottakring gab sich einen Ruck. Seine alte Kampfeslust erwachte. Er legte Lola die Hand auf die Schulter. »Liebes«, sagte er. »Wir müssen Sicherheit haben, was mit dem Hund geschehen ist. Der Herr Huber ist schließlich nicht einfach umgefallen und gestorben.« Seine Wut, unbestimmt und dumpf, nagte fast an seinem Verstand. »Es gab ein Schussgeräusch. Auch wenn ihn kein Schuss getroffen hat. Ich will wissen, was da passiert ist.«

Er machte einen Schritt auf den Kasten zu und sah sich noch einmal das Bild an. »Fremdeinwirkung«, sagte er wie geistesabwesend. »Fremdeinwirkung.« Dann tippte er mit der Spitze des Zeigefingers auf Kelbers Brust und sagte bestimmt: »Los, machen Sie ihn auf!« Er wandte sich Lola zu. »Und ich will dabei sein.«

Es war grauenhaft.

Ottakring hatte mit den Tränen zu kämpfen.

Dr. Kelber führte einen langen Schnitt und klappte die bleichen Hautlappen zurück. Er benutzte eine einfache Gartenschere, um die Rippen zu durchtrennen, und hob den Block von Brustbein und Rippen heraus.

Das Innere des Hundes konnte man nur mit einem Wort beschreiben. Es war verwüstet. Ein ums andere Mal erstarrte selbst der so erfahrene Veterinär Dr. Kelber. Seine Finger krampften sich um den Griff des Skalpells. Die Spitze ruhte auf der Haut des Hundes. Der Magen war geplatzt, im gesamten Innenraum hatte sich massenhaft Blut angesammelt. Etwas Unbekanntes hatte von innen heraus Arterien und Venen zerrissen und die Eingeweide perforiert. Das Ereignis, was immer es gewesen war, musste mit ungeheurer Wucht zugeschlagen haben. Es hatte sogar die Lungen zum Platzen gebracht, das Herz verformt und die Schädeldecke eingerissen.

»Unfassbar«, sagte Dr. Kelber, als er das Skalpell zur Seite legte. »Herr Huber ist von innen heraus regelrecht geborsten.«

»Hat er leiden müssen?«, sagte Ottakring mit zittriger Stimme. »Ich meine, war er – äh – sofort tot?«

»Leiden müssen?«, gab der Tierarzt abwesend zurück.

»Leiden müssen.«

»Nein. Bestimmt nicht. Das war, als ob eine Bombe eingeschlagen hätte.«

Noch am selben Abend stand Ottakring in seinem Bügelzimmer und starrte zum Fenster hinaus. Versteinert, unfähig, zu lesen, zu denken oder ein Gespräch mit Lola zu führen.

ACHT

Der Mann, der sich Kosmos nennt, steigt gemächlich die Stufen hinunter, die vom verschwenderisch gestalteten Eingang zu Heinz Winslets Residenz hinabführen auf den Parkplatz. Er war für die Sicherheit von Nadeschda Gubkinowas Charityveranstaltung verantwortlich gewesen. Es war nichts Außergewöhnliches vorgefallen. Er war sogar nahe dran gewesen, die Party zu genießen.

Kosmos lächelt in sich hinein. Hinter vorgehaltener Hand hatte ihn Veronica, die schöne Schauspielerin – ihren Nachnamen hat er vergessen –, nach der Bedeutung seines Namens gefragt. Kosmos? Woher kommt das? Seine Eltern hatten ihm den Namen des ersten Satelliten verliehen, der den Ruhm der damaligen Sowjetunion ins Weltall trug. Von Geburt an war ihm diese Wahl recht gewesen. Er mochte Kosmos als Vornamen, er war stolz darauf, er fühlte sich auch durchaus kosmisch. Veronica hatte ihn jedoch mit einem Lächeln bedacht, aus dem der Zweifel sprach.

Es ist fast Mitternacht, als er sich seinem Auto nähert. Mondlicht quillt durch schnell ziehende Wolken und gibt eine schwache Beleuchtung für den Parkplatz ab. Dort stehen in losen Abständen die wenigen Fahrzeuge verbliebener Festgäste.

Die Scheinwerfer eines abfahrenden Autos erfassen einen Fuchs. Das Tier ist dabei, den Platz zu überqueren, und bleibt stehen. Dann schleicht es weiter. An einem frisch gewaschenen Lada Kombi hält der Fuchs an. Es ist Kosmos' Lada Kombi. Das Fahrzeug stammt noch aus der Zeit vor der verdammten Wende, ist von verwaschen himmelblauer Farbe und bis auf wenige seitliche Beulen intakt. Der Fuchs hebt das Bein und pieselt wie ein Hund gegen den rechten Hinterreifen. Kosmos liebt seinen Lada, und er hasst jeden, der ihm wehtut. Wie dieser Fuchs.

Kühle Luft strömt vom Gebirge her.

Kosmos tut etwas, was für ihn Routine ist. Er streift sich dünne Gummihandschuhe über. Er greift nach dem Rasiermesser, das er ständig bei sich hat. Es steckt in dem schmalen Fach neben der linken Innentasche seines Smokings, in dem gewöhnlich Schreibgeräte aufbewahrt werden. Mit einem geübten Vorschnalzen des Zeigefingers springt das Messer auf. Kosmos achtet darauf, dass er sich im Windschatten bewegt, und pirscht sich geräusch- und geruchlos an das Tier heran, ein kleiner Schritt nach dem anderen.

Fuchshaare bewegen sich im Wind, Ohren zucken. In letzter Sekunde muss der Fuchs den Angreifer bemerkt haben. Er springt auf und will flüchten.

Das Einzige, was Kosmos hören kann, ist sein Herz. Und jetzt wirst du sterben.

Ein dünner Schrei ist alles, was die Stille unterbricht. Kosmos hätte gewettet, dass Füchse nicht schreien. Aber dieser schreit in Todesangst. Nur kurz. Gerade so lange, wie der Schnitt dauert, der den Kopf vom Rumpf trennt.

Er hatte das Tier mit der Linken an den Ohren gehalten. Mit der Rechten hatte er den Schnitt geführt. Nicht ruckartig, sondern sehr bestimmt, geübt und elegant von unten nach oben. Sorgfältig achtet er darauf, nicht von dem Blutschwall getroffen zu werden, der sich wie aus einem Rohr aus dem offenen Hals ergießt. Überall frisches Blut. Er zückt die Taschenlampe, beschirmt das Glas mit der gewölbten Hand und schaltet sie ein. Keine Frage, der Fuchs ist tot. Und seine Schuhe sind sauber geblieben, kein Spritzer darauf. Er knipst die Lampe aus und setzt sich für einige Augenblicke auf seine Stiefelabsätze. Gnadenlos beleuchtet der kleine Mond die Szene. Kosmos fühlt sich wie auf dem Präsentierteller, umgeben von Autos mit dunklen Fenstern. Doch er kann niemanden sehen oder hören.

Der Fuchskopf landet im Gebüsch südlich des Parkplatzes, dort, wo nur zwei Autos geparkt sind. Den Kadaver schleift er an den Hinterbeinen zu westlichen Seite. Das Blut wird bei Tagesanbruch trocken sein. Niemand wird die Flecken für eine Blutspur halten. Kosmos reinigt das Rasiermesser mit dem Papier einer Küchentuchrolle, die er von der Ladefläche des Lada holt. Er klappt das Messer zu und steckt es wieder ein. Da er kein Wasser zur Verfügung hat, öffnet er den Schlitz der Smokinghose und überlagert den Urin des Fuchses mit dem eigenen.

Zufrieden klemmt er sich hinter den Fahrersitz und lässt den Motor anspringen. Der hat einen tiefen, gutturalen Klang. Kosmos öffnet eine Bierdose, setzt sie an den Mund und nimmt zwei Schluck. Langsam rollt der Wagen an.

Der Mond hat schon über die Hälfte seiner Bahn zurückgelegt.

NEUN

Am nächsten Morgen marschierte Ottakring ein paar Schritte, bevor er wieder zum Dienst ging. Er kam sich vor wie in einem Fantasyfilm. Herr Huber trabte neben ihm her, hob am gewohnten Baum sein Bein, beschnüffelte den Mann, der auf der Ruhebank um die Ecke in der Zeitung las. Ottakring nahm die Bilder wie durch einen Schleier wahr. Er schüttelte sich in unkontrollierbarem Schluchzen. Die Leute starrten ihn an wie einen Außerirdischen. Er war hilflos vor Kummer.

Dann holte die Wirklichkeit ihn wieder zurück. Er betrat die Polizeiinspektion.

»Die Leute sind clean. Nichts Auffälliges, Herr Ottakring. Der in der oberen Wohnung lebt allein. Unten, das ist ein Alleinerziehender mit einem elfjährigen Jungen. Alle sind seit sieben Monaten deutsche Staatsbürger, ihre Pässe sind okay, sie sind korrekt angemeldet, haben keine Vorstrafen, nicht einmal eine Geschwindigkeitsübertretung ist registriert.«

»Russen oder Russlanddeutsche?«, fragte Ottakring.

»Russlanddeutsche.«

»Was ist mit der Anlage?«

»Hä?«

»Be-schallungs-anlage. Seid ihr blöd?«

»Ah so. Haben wir alles gecheckt. Keine Fingerabdrücke. Ein paar Fasern am Zaun. Die CD ist selbst gebrannt. Da gibt's auf die Schnelle keinen Hinweis, wo die herkommt.«

»Und die ganze Anlage, wo kommt die her? Die liegt doch nicht einfach so rum.«

»Keine Ahnung. Bis hin zu eBay haben wir alles gecheckt, wo sie die geschätzten dreieinhalbtausend Euro Neuwert herhaben könnten. Die Anlage ist aus Privatbesitz, würde ich sagen. Es gibt keine Prints auf den Oberflächen. Alles ist abgewischt.«

Und wer hat die Reifen aufgeschlitzt?, wollte Ottakring schon fragen. Aber er ließ es bleiben. Im Moment zog er den Kürzeren.

Die Polizeiinspektion hatte über Nacht ermittelt. Das gefiel ihm. Trotzdem war er von dem Ergebnis genervt. Andererseits konnte er selbst schlecht tätig werden, denn offiziell war er befangen.

Das Gesicht, das in der nussbraunen Flüssigkeit in dem Pappbecher vor ihm schlingerte und schwankte, erschien Ottakring wie eine Voranzeige auf sein Leben in nächster Zukunft. Er nahm noch einen Schluck Kaffee und behielt ihn im Mund. Herr Huber war tot. Explodiert. Als sei er gesprengt worden.

Vermutlich war Huber der bisher einzige Hund, der jemals in der Rechtsmedizin seziert wurde. Ottakrings gute Beziehungen zu Professor Buchberger hatten wieder einmal Früchte getragen. Die Pathologie in der Münchener Frauenlobstraße verfügte einfach über technische Möglichkeiten, die ein Landtierarzt nicht besaß. Buchberger hatte versprochen, herauszufinden, was sich am Dienstagabend in dem bis dahin quicklebendigen Tierkörper zugetragen hatte.

Darüber hinaus gab es genügend andere Zeichen, die gar nichts Gutes verhießen. Unruhe machte sich in Ottakring breit. Er war felsenfest davon überzeugt, dass das Russenhaus Herrn Huber auf dem Gewissen hatte. Und er durfte sich nicht wieder von seiner alten Schwäche heimsuchen lassen, seinen Wunschvorstellungen nachzulaufen, sondern musste die Wirklichkeit so wahrnehmen, wie sie war. Und die Wirklichkeit war, dass er unfreundliche Nachbarn hatte. Kriminelle Taten konnte er ihnen nicht nachweisen. Punkt.

Chili

Mit jeder Minute wird es schlimmer.

Als mich Ottakring zum ersten Mal besucht, stehe ich gerade vor einer neuen Ohnmacht. Für meine vierunddreißig Jahre habe ich schon relativ viel von dieser Welt gesehen, will noch viel nachholen und bin deshalb nicht besonders neugierig auf die andere Welt, die mich da drüben erwartet. Doch zu jeder Sekunde ist mir bewusst, dass es schlecht um mich steht. Manchmal blüht die Hoffnung wieder auf, aber eigentlich müsste ich tot sein. Ottakring hat bisher gar nichts gesagt. Er drückt meine Hand, liest die Botschaft in meinen Augen und beschattet sein Gesicht mit der Hand.

Mein Gehirn bleibt wach. Irgendwie habe ich mitgekriegt, dass wieder ein, zwei Tage vergangen sind, als ich das nächste Mal zu mir komme. Ich bin am Leben.

Die Tür geht auf, und Ottakring steht wieder da. Ich glaub, ich hab ihn angegrinst. Zwei tiefe Falten haben sich von den Mundwinkeln abwärts in sein Gesicht gegraben, und die Tränensäcke gleichen frischen Wunden. Seine Sorgen lassen ihn schlanker wirken. Welche Sorgen das sind, bekomme ich erst jetzt, nach dem Attentat auf seiner Hochzeit, zu hören.

Er schildert mir seine private Situation, die sich von Tag zu Tag zugespitzt habe. Der zerkratzte Porsche. Der nächtliche Lärm aus der Beschallungsanlage in seinem Garten. Die tote Katze vor dem Fenster. Und schließlich die mysteriöse Ermordung seines Hundes.

Du kannst mir glauben, sagt er, dass Herrn Hubers Tod aufzuklären für mich die gleiche Priorität hat, wie wenn der Papst ermordet worden wäre. Das Gleiche gilt natürlich für Kemal und dich. Aber in keinem der Fälle bin ich bisher weitergekommen.

Ihr habt die aus dem Russenhaus vernommen?

Ottakring nickt und kratzt sich am Kinn. Absolut. Ellermaier selbst hat sie verhört.

Natürlich getrennt?

Klar. Aber sie haben sich in keinem Punkt widersprochen. Entweder sie waren einkaufen, haben ferngesehen, haben geschlafen oder sich gegenseitig besucht. Ihre Pässe sind okay, keine Einträge. Lenya heißt der eine, Pistolnik der andre. Entweder sie haben sich perfekt abgestimmt oder …

Oder sie sind wirklich nicht beteiligt? Kann's nicht sein, dass du dir das alles nur einbildest?

Ottakring winkt ab. Wer soll's denn sonst gewesen sein?

Ich richte mich im Bett auf. Meine Ellenbogen schmerzen. Sag mal, Herr Kriminalrat. Du wirst dich sicher schon gefragt haben, welches Motiv die denn haben sollen? Kommen ein paar kleine Russlein hergezogen, schnappen sich einen coolen Kriminaler und gehen ihm an den Kragen. Warum, Joe? Warum sollten sie das tun? Wo ist das Motiv?

Ottakring wendet sich vom Fenster ab, zieht einen Stuhl heran und setzt sich. Also, sagt er.

Also?

Also wir sind immer noch in Bayern, sagt er. Da herrscht Gerechtigkeit und Ordnung. Sag mal, wie lang wird das noch dauern mit dir? Was sagen die Ärzte?

Bisher stehe ich mit einer Aufmerksamkeit in dem Geschehen da draußen, als würde ich mit einer fremden Sprache bekannt gemacht. Jede Sprache kann man nur mit höchster Konzentration erlernen. Mehrmals während unseres Gesprächs zwingt mich Übelkeit in die Kissen. Dann wartet Ottakring, bis ich ruhiger atme, und wischt mir mit einem feuchten Tuch übers Gesicht.

Ich aber bin entschlossen, keine Schwäche zu zeigen. Ist Kemal eigentlich schon beerdigt?, frage ich, nur um etwas zu fragen. Doch es war die falsche Frage. Eine dumme Frage. Tränen schießen mir schlagartig aus den Augen, und mein Gesicht muss sich zu einer grauslichen Fratze verzerrt haben. Erst jetzt, da mein früherer Kollege tot ist, wird mir bewusst, wie sehr ich an ihm hänge. Ob es aber Liebe war?

Madl, reiß dich zusammen. Du bist seit zwei Wochen hier drin. Natürlich haben wir ihn beigesetzt. Wir haben ihn ja nicht einbalsamiert. Du hast ihn sehr gemocht, nicht?

Stumm nicke ich.

Ottakring öffnet den Mund und will noch etwas sagen. Da rumpelt es laut an der Tür. Geräusche, Schreie draußen am Krankenhausflur.

Ich kriege noch mit, wie sich Ottakrings leicht mit Schweiß beperlte Stirn in Falten zieht und er sich herumwirft. Zuerst kriecht mir ein eiskalter Schauer über den Rücken. Dann wird es mir wieder schwarz vor Augen.

ZEHN

Das Jochbergkircherl stand südlich des Chiemsees an der höchsten Stelle eines siebenhundertsiebenundsechzig Meter hohen Hügels am Rand einer einsamen Waldlichtung. Wolkenschatten glitten über die spätgrüne Waldwiese. Das Kirchlein war romanischen Ursprungs und wie üblich später barockisiert worden. Von den zwei hintersten Bankreihen aus hatte man durch das geschlossene Sicherheitsgitter hindurch einen beeindruckenden Blick auf den goldüberladenen Altarraum.

Der Bergwanderer auf der vorletzten Bank hatte die Augen starr zur bemalten Kassettendecke aus der Renaissancezeit gerichtet. Sein Oberkörper lehnte seltsam verdreht an der Kirchenmauer.

Der junge Mann im gelben T-Shirt mit »CRASH« auf der Brust und quadratischen Schweißflecken unter den Achseln erkannte erst nach einer Weile, dass mit der Gestalt vor ihm etwas nicht stimmen konnte.

»Hallo«, sagte er, vom Berglauf immer noch hechelnd. »Hallo. Geht's dir nicht gut?« Er tippte den Mann leicht an der Schulter an.

Die Gestalt neigte sich widerstrebend nach vorn, ging in die Knie und klatschte vornüber auf den Steinboden, als wolle sie ihn mit dem Gesicht aufwischen.

Der junge Mann mit dem »CRASH« – er hieß Karl – zückte sofort sein Handy.

Der Ermittlungstrupp und der Arzt trafen ein, als Karl in der gegenüberliegenden Bergwirtschaft bereits geduscht hatte. Anni, die Wirtin, hatte Karl trockene Sachen ihres Mannes gegeben, der vor eineinhalb Jahren in den Schweizer Alpen abgestürzt war.

»Jetzt könnten wir Chili brauchen«, sagte Bruni, der Leiter des Trupps. »Sie hätte sämtliche Daten über ähnliche Fälle im Kopf. Falls es welche gibt. Verstorbene in einem Bergkircherl.« Er schüttelte den Kopf. »Aber sie ist ausgerechnet bis heute Abend auf Lehrgang.« Sie spannten das Absperrband großzügig vor das romanische Portal. »Wer bringt schon einen Bergwanderer bei der Andacht um?«

Ottakring war kurze Zeit später da. Er hatte unten den Förster getroffen, der ihn mitnahm. Sein röhrender Porsche hätte die glitschige Steigung des Forstwegs nicht in hundert Jahren bewältigt.

Auf dem kalten, ausgetretenen Stein vor der Leiche kniend drehte sich Ottakring zu Bruni um. »Den kenn ich«, sagte er. »Ich weiß auf die Schnelle bloß nicht woher.«

Die Frage klärte sich rasch.

Der korpulente Tote lag mit ausgestellten Beinen auf dem Bauch. Auch sein Gesicht zeigte nach unten. Der linke Arm fehlte unterhalb des Ellenbogens. Aus dem eingerollten Ärmel des Stummels war Blut geronnen, das wie roter Leim an den kirchlichen Steinfliesen klebte. Der Mann war mit Anorak und kurzer Wanderhose bekleidet, die Füße steckten in teuren Laufschuhen. Eine fast handgroße graue Spinne kletterte gemächlich über seinen Rücken.

»Ja klar kenn ich den«, platzte Ottakring heraus. Jetzt, da er wusste, wer der Tote war, wirkte er wie von einer Last befreit. »Alois Engel. Der Bürgermeister von Aschbach. Ja Sakradi, wer bringt den denn um?«

Er deutete auf den Hals des Toten. »Doc«, wandte er sich an den Arzt, »schauen Sie sich das bitte einmal genauer an.«

Tiefe grabenähnliche Würgemale, wie von einer Schnur oder einem Draht, zeugten von einem quälend langsamen Tod.

»Wo ham Sie gesessen?«, fragte er Karl, den Bergläufer.

Karl klopfte als Antwort auf die Rückenlehne der letzten Bankreihe.

»Also«, wies Ottakring die EDler um Bruni an, »bearbeitet diesen Platz. Da hat vermutlich auch der Mörder gesessen. Passt auf, dass ihr die Spuren nicht mit denen von dem Herrn da verwechselt.« Er wandte sich dem Arzt zu: »Todeszeitpunkt?«

»Tod um ungefähr halb acht in der Früh«, sagte der Arzt. »Kommt denn einer von der Rechtsmedizin?«

Statt einer Antwort rief Ottakring in die Runde: »Hat einer die Staatsanwaltschaft verständigt?«

Bruni bildete mit Daumen und Zeigefinger der rechten Hand einen Kreis. Sein ausgezehrtes, knochiges Gesicht wies ihn als eisenharten Mountainbiker aus.

»Wahrscheinlich kommt Goldner«, sagte Ottakring. »Der soll die Rechtsmedizin ordern. Wenn die Staatsanwaltschaft entscheidet, übernimmt die Staatsanwaltschaft die Kosten. Wenn wir anordnen, zahlt die Polizei. Dem da drin können wir eh nicht mehr helfen. Bleiben Sie bitte so lange da, Doc.«

Als Bruni die Arbeit an der Bank beendet hatte, ließ er Karl in der letzten Reihe Platz nehmen. »Genau da, wo Sie vorhin gesessen haben.«

Er ließ sich beschreiben, wie Karl den toten Engel berührt hatte und wie der Körper nach vorne weggeplumpst war.

Ottakring warf einen Blick auf die Uhr und nickte. »Holt mal die Wirtin rüber.«

Anni kam über den Kies zwischen Wirtshaus und Kircherl angeschlurft. Sie hielt ein Tablett mit zwei Kannen Kaffee und einem ganzen Rudel Tassen vor sich hin.

»Hast koa Weißbier?«, nörgelte Ottakring.

Der Arzt warf ihm einen prüfenden Blick zu.

»Um halb acht«, wandte sich Ottakring an die Wirtin, »wo waren Sie da? Haben Sie vielleicht …?« Der Rest seiner Frage ging in einem grässlichen Schrei unter.

»Naaa – der Loisl – des gibt's ja net – naaa ...« Anni hatte den Toten im Kircherl erspäht.

Nein, sie habe niemanden gesehen, auch nicht den Alois. Der sei oft hier raufgekommen, immer allein, habe höflich Grüß Gott durchs offene Fenster gerufen, war aber noch nie bei ihr eingekehrt. Ja, sie kenne den Alois schon lange. Sie hatten sich geduzt und hie und da auf einem Fest getroffen. Das war alles. Dass er Bürgermeister war, wusste sie gar nicht.

Einen traurigen Moment lang musste Ottakring intensiv daran denken, wie er mit Herrn Huber regelmäßig auf den Berg gegangen war. Das war jetzt vorbei. Ottakring musste sich zusammenreißen, sich nichts anmerken zu lassen. Mit zitternden Lippen schüttelte er den Horror ab. Er konnte sich nicht entsinnen, jemals so betroffen gewesen zu sein. Nicht einmal beim Tod seiner Mutter.

Sie sei um halb acht in der Küche gewesen, gab Anni an, das wisse sie genau, und die Küche schaut nach hinten raus. Da sieht man nix und hört man nix.

Da sieht man nix und hört man nix. Das war auch das vorläufige Ergebnis der Spurensicherung. Engels Privatfahrzeug, ein Dreier BMW, fand sich auf dem Wanderparkplatz am Fuß des Hügels. Im Kofferraum unbenutzte Wanderstöcke. Sonst auch dort keine Auffälligkeiten.

Wenigstens der Doc hatte einen vorläufigen Befund. Er schätze, Alois Engel sei mit einem mittelstarken Stück Draht um die Gurgel erdrosselt worden.

»Schauen Sie«, sagte er und zog Ottakring in das Kircherl. »Da.« Er deutete auf die rechte Hand des toten Engel. Sie lag flach auf dem Steinboden auf.

Mit bloßem Auge konnte man blutige Hautfasern unter den Fingernägeln erkennen.

»Und da.« Offene Kratzwunden am Hals oberhalb der Strangulierungsspur.

»Absolut«, murmelte Ottakring. »Der hat noch mit dem verdammten Draht gekämpft.« Er bedachte Bruni und den Arzt mit einem Blick. »Der Tote wird nicht angerührt. Bis der Rechtsmediziner da ist. Das ist dann sein Job.«

»Wissen Sie, was eine Garrotte ist?«, fragte Bruni.

Blöde Frage, dachte Ottakring, sprach es aber nicht aus. Jeder erfahrene Kriminaler kennt schließlich alle Waffen dieser Erde.

»Ein Metalldraht«, gab Bruni eifrig von sich. »Ein Metalldraht, der an beiden Enden mit jeweils zehn bis fünfzehn Zentimeter langen Holzstückchen versehen ist. Die klassische Garrotte wurde überwiegend von den Kriminellen im Frankreich des neunzehnten und frühen zwanzigsten Jahrhunderts benutzt. Etwa im Hafenviertel von Marseille. Auch die alteingesessenen Mafiaorganisationen, besonders die Cosa Nostra in Sizilien, benutzen heute noch manchmal die Garrotte als Mordwerkzeug. Mit der Garrotte kann der Mörder in der Regel sein Opfer von hinten erdrosseln, ohne dass es laute Geräusche von sich gibt.«

Oha. Schon wieder etwas dazugelernt! Das mit der Mafia war Ottakring neu. Wenn's wahr war. Doch was sollte dieser bayerische Dorfbürgermeister schon mit der Mafia zu tun haben?

Etwas Dumpfes grollte den Berg herauf. Dreißig Sekunden später stieg Staatsanwalt Goldner aus einem japanischen Vierradantrieb. Goldner, lockerer Auftritt, geschieden von der Staatsanwältin Goldner, alleinerziehend mit siebenjährigen Zwillingen. Weiß der Teufel, wie der das mit seinem Beruf vereinbart, hatte sich Ottakring schon öfter gefragt.

Der Staatsanwalt sah sich um und entschied: »Die Rechtsmedizin muss her. Wir dürfen keine Zeit verlieren.«

Ottakring verkniff sich ein Grinsen. Die Polizei hatte wieder Geld gespart.

Höchstpersönlich rief Staatsanwalt Goldner Professor Buchberger in der Münchener Frauenlobstraße an und machte Druck.

»Wir müssen auf breiter Front vorgehen«, stieß Schuster aus, der Polizeidirektor. Er hatte ein Gesicht wie der Bergsteiger aus der Werbung für Gletschercreme. »Ohne vorgefasste Meinung, aber konsequent. Es ist ein politischer Fall. Da werden sie auf uns rumhacken, wenn wir nicht bis spätestens zu den Frühnachrichten den Täter haben.«

Ottakring nickte versonnen. Ihm war solches Gedankenspiel nicht fremd. Wie sollte er unter diesem Druck noch seine Hochzeit am Sonntag vorbereiten? Die Kirche, der Pfarrer, das Wirtshaus, die Gäste … Und vor allem – Lola. Ein Verschieben war unmöglich. Schon aus Vorsicht. Denn er konnte nicht ausschließen, dass seine weltoffene Lola eine Garrotte besaß.

»Sicher denken Sie daran, eine SoKo zu bilden. Und Sie sind der Chef«, fuhr Schuster fort.

Mei, musste Ottakring denken, wo bin ich da bloß hineingeraten. Vom Regen unter Umgehung der Traufe direkt in die Scheiße. Ich wollt mein frühpensioniertes Leben genießen, meinen Hund und Lola verwöhnen und nix mehr mit Leichen zu tun haben. Hab mich breitschlagen lassen, vorübergehend den Obermordler in Rosenheim zu spielen. Und jetzt das. Mein Schulfreund wird im Nobelhotel umgebracht, der Bürgermeister von Aschbach in einer Kirch. Und ich hab den ganzen Mist am Hals. Meinen Hund haben sie ermordet, und jetzt bin ich zum hundertsten Mal Leiter einer SoKo.

»Okay«, sagte er. »Klaro.«

»Lola. Heute ist ein Mord passiert. Ein grauslicher, und was noch schlimmer ist, ein politischer.«

Ab und zu brauchte er tagsüber Lolas Nähe. Grad an einem Tag wie heute. Deshalb war er mittags für gebratene Scampi auf Salat und einen Schluck Lugana nach Haus gekommen. Er hatte eine ungewöhnliche Reaktion von ihr erwartet, ja befürchtet. *Shit happens*. Und genauso war's.

Nach dem Essen erhob sie sich, ging ans Fenster und schaute hinaus. Eine Minute lang schwieg sie. Als sie sich umwandte, spiegelte ihre Miene eine Mischung aus Zorn, Feigheit und mangelnder Streitlust wider.

»Du Armer! Du kannst mich also am Sonntag nicht heiraten?«

»Ich … ich …«

»Wann hast du von dem Mord erfahren?«

»Heut früh. Vorhin. Ich war …«

»Und welcher Tag ist heute, Joe?«

Es wurde ungemütlich. Er fühlte sich wie ein Täter im Verhör. Er blieb die Antwort schuldig.

»Heute ist Mittwoch, der 23. September. Und am 27. wollen wir heiraten. Vielleicht hast du den Mörder ja bis Sonntag erwischt. Wie wär's, wenn du ihn als Trauzeugen nähmst? Wär doch originell, nicht?«

»Absolut«, sagte er. Lange hatte er sich nicht so mies gefühlt.

Sie waren nicht mehr die Jüngsten und beide schon ein bisschen angeknabbert. Lola war Mitte vierzig, geplagt von einem Augenleiden, dessen Ausgang nicht konkret abzuschätzen war. Ottakring, Mitte fünfzig, quälte sich mit einem vergreisten Rücken herum und litt unsäglich unter dem Tod seines Hundes.

»Du sagst ja nichts«, murmelte Lola.

»Ich denke über etwas nach.«

»Etwas, was mit uns zu tun hat?«

»Absolut. Absolut mit uns. Eines Tages grabe ich mich in der Krypta einer romanischen Kirche ein und geh niemals mehr nach draußen.«

Das stimmte nicht. In Wirklichkeit dachte er ans Bügeln.

»Das klingt vielversprechend. Welchen Platz hast du mir dabei zugedacht?«

»Du bleibst bei mir und kraulst mir den Rücken. Und den Kopf. Und massierst mir die Handflächen und die Wangen.«

»Oh cool. So richtig nach Affenart?«

»Und der Kirche gebe ich deinen Namen. Iglesia de Santa Lola. Oder Lolita.«

»Oh du bist süß.«

Wieder einmal redeten sie um den heißen Brei herum. Kein Wort mehr von Hochzeit. Denn beide wussten sie, dass sie am Sonntag heiraten würden. Im Vergleich zu anderen Arten der Kriegsführung war ihre Liebe ein großer Fortschritt.

Ottakrings kurzer Aufenthalt im Haus endete mit einem versöhnlichen Intermezzo auf der schmalen Bank im Entree. Doch spürte er jetzt zwei Waffen über seinem Kopf schweben: das Schwert des Mörders und den zarten Dolch seiner zukünftigen Ehefrau.

ELF

»Herr Ottakring! Goldner hier. Wär nett, wenn Sie kurz bei uns am Tatort vorbeischauen würden. 's gibt was Neues.«

Die Tonart des Staatsanwalts war spröde, und Ottakring hatte sofort ein schlechtes Gewissen. Hatte er pflichtvergessen gehandelt, als er kurz zu Hause vorbeischaute? Kommt darauf an, wie wichtig einem sein Privatleben ist, sagte er sich. Und wie wichtig dir die Scampi und der Lugana sind, warf der kleine Staatsanwalt in seinem Hinterkopf ein. Und das Vögeln im Entree. Pflicht ist oft das Gegenteil von dem, was man gerade tun möchte. Seltsamerweise fiel Ottakring gerade in diesem Augenblick auf, dass sich aus Richtung Russenhaus in den vergangenen Tagen nichts mehr ereignet hatte. Keine Parkplatznot, kein Kratzer am Auto, kein Platten, kein erwürgtes Krokodil auf der Treppe. Hörbar atmete er auf.

Kurze Zeit später stand er, betont lässig mit den Händen in den Hosentaschen, neben dem Staatsanwalt. Er röchelte heftig, denn der Porsche hatte es zwar bis zur vierten Serpentine geschafft, doch den Rest des Wegs hatte Ottakring als Berglauf absolvieren müssen.

»Na?«, sagte er. Er hielt den Atem an, um cool zu wirken.

An der weiß gekalkten Mauer neben dem Kircherlportal lehnte im Schein der Sonne Dr. Adamina Tordarroch, die schottische Austauschforensikerin aus Edinburgh. Ottakring war ihr zwei-, dreimal in der Münchener Frauenlobstraße begegnet, hatte aber noch nie mit ihr zu tun gehabt. Der Frau eilte ein vorzüglicher Ruf voraus. Von kleinem Wuchs, jung, knackig und schnell. Mit einem schwarzen Mops an der Leine, der gerade das Bein hob.

»Die da«, sagte Goldner. »Fragen Sie die.«

Ottakring nahm die Hände aus den Taschen und pflanzte sich vor Adamina auf, sodass es dunkel um sie wurde. Er hatte die Sonne im Rücken, und sie stand im Schatten.

»Na?«, sagte er.

»Let's see«, sagte sie. »Schaumermal.« Dann streckte sie ihm einen runden Gegenstand entgegen, den sie wie einen unbezahlbaren Diamanten zwischen behandschuhtem Daumen und behandschuhtem Zeigefinger hielt. Er war schwarz, schien aus Metall zu sein und maß drei Zentimeter im Durchmesser.

Linkshänderin, hielt Ottakring fest. Oder womöglich nur, weil ihre Rechte von der Leine mit dem Mops dran besetzt war. Er streifte sich ebenfalls dünne lachsfarbene Handschuhe über.

»Das Ding habe ich in einer Spalte in seiner linken Achselhöhle gefunden«, sagte Adamina. Sie hielt das Objekt weiterhin hoch und verzog den Mund.

»Spalte?«

»Spalte. Sie können ja unschwer erkennen, was mit dem linken Arm los ist. Die Amputation vom Ellbogen abwärts ist ein Altschaden. Neu ist eine Tasche in der Region unterhalb des Bizeps. Sie wurde mit einem Skalpell oder skalpellähnlichen Gegenstand hineingeschnitten, unmittelbar neben dem großen Brustmuskel. Und in dieser Tasche steckte dieses Ding da. Natürlich blutet das sakrisch, wenn an der Stelle herumgeschnitten wird. Das ist nun Ihr Job, Mister Ottakring. Ich kann nur hoffen, dass der Mann schon tot war, als man ihn so manipuliert hat. Aber das werden wir herausfinden. *We'll see.*«

Damit ließ sie den schwarzen Gegenstand vorsichtig, fast unwillig auf Ottakrings Handfläche gleiten.

Sakra, dachte Ottakring. Das Madl hat sich ja schon gscheit angepasst. Sakrisch hat die gsagt.

Bruni eilte pflichteifrig herbei. Er beugte sich über Ottakrings Hand und beäugte den Gegenstand durch seine ultradicke Brille. Die schwarze Langhaarfrisur flog ihm über die Ohren.

»Achselhöhle«, dozierte er. »Fossa axillaris. Der anatomische Raum unter der Schulter, der vorn vom großen Brustmuskel, hinten vom großen Rückenmuskel und nach innen vom Brustkorb begrenzt wird.« Er legte den Kopf schief und wagte einen weiteren Blick.

»Und das Ding da? Eine wunderschöne Rosenblüte in Lebensgröße. In sorgfältiger Kleinarbeit aus ein Millimeter dünnem Schwarzblech gearbeitet, rund gehämmert und schwarz lackiert. Eine wahre Künstlerarbeit.« Er hielt den linken Daumen gegen die Nase und schnäuzte nach rechts ins Freie. »Allerdings kitschig, wie ich finde.«

»Ähäm«, machte die Forensikerin aus Edinburgh.

»Hätte der Täter oder die Täterin diese Rose allerdings dem Herrn Bürgermeister da an den Gaumen geheftet, wär's sehr unoriginell geworden. ›Schweigen der Lämmer‹, *remember?*« Bruni sah Adamina direkt an. »Im Film hat der Täter eine Motte im Rachen der Opfer platziert. Diese Metallblüte hätte im Rachen nachgerade Schleifspuren verursacht. Aber vielleicht wirft gerade dieser Umstand, dass er das seltsame Versteck in der Achselhöhle gewählt hat, ein bestimmtes Licht auf den Mörder. Denn dass es sich um Mord handelt, steht doch wohl außer Zweifel.«

Brunis Augenaufschlag ließ keinen Zweifel daran, wie sehr er die Schottin verehrte. Am liebsten hätte er mit dem Mops getauscht.

Ottakring gab die Rose in seiner Hand an Bruni weiter, der sie sachgemäß verstaute. Versehentlich berührte er dabei Dr. Tordarrochs Arm. Er schreckte zurück, als wäre er an einen Schmelzofen geraten.

Eine leichte Röte überzog das Gesicht der Frau. »Ich soll Sie im Übrigen von Professor Buchberger grüßen, Mister Ottakring. Wir haben uns gemeinsam Ihren Hund angesehen. Haarfeine Metallsplitter im Nanobereich, zerrissenes Gewebe – alles passt zusammen. So unpassend es klingen mag, im Körper von Herrn Huber sieht's aus wie nach einem Bergwerksunglück.«

Ottakring merkte, wie diese unbeugsame Wut ihn wieder packte. »Und? Nicht mehr?«

»Doch. Wir haben uns mit den Sprengstoffspezialisten im Präsidium kurzgeschlossen. Sie haben gespurt. Herrn Huber war vermutlich eine Wurst, ein Fleischbällchen oder eine ähnliche Leckerei angeboten worden. Und welcher Hund hätte da nicht zugegriffen? In diesem Lockmittel hatte sich, zusammen mit einigen Gramm Sprengstoff, auch ein Babyzellenzünder befunden. Der Zünder hatte sich im Magen etabliert und konnte durch den Anruf eines x-beliebigen Handys zur Explosion gebracht werden.«

Ottakring kroch ein kalter Schauer über den Rücken. Wer würde ein Tier von innen sprengen? »Das müssen die ihm ja lange vor dem Auslösen eingeführt haben.«

»Genau«, sagte Adamina. Sie ging in die Knie und strich über den Kurzhaarrücken ihres Mopses. »Ein Hund hat einen Ausscheidungsrhythmus von fünf bis acht Stunden. Wenn die Theorie stimmt, muss das Zeug demnach innerhalb von fünf bis acht Stunden vor dem Tod in seinen Magen geraten sein. Finden Sie heraus, wer in dieser Zeit Zugang zu Herrn Huber hatte. Nur Sie können diese Frage lösen, denn Fingerabdrücke gibt's leider nicht.«

ZWÖLF

»Und?«

Am Mittwoch, dem Tag, als Alois Engel garrottiert worden war, saß Felix Iljitsch Gubkin im Grattenschlösschen am Flügel, beugte beim Spielen den Kopf nach hinten und musterte Kosmos, seinen Leutnant. Der verzog keine Miene. Doch in seinen Augen konnte Gubkin erkennen, dass der Auftrag erledigt war.

Kosmos trug einen anthrazitfarbenen Geschäftsanzug mit gestreiftem Hemd und Krawatte. Den Vorfall mit dem Fuchs gestern Nacht hatte er längst vergessen. Als Gubkin am Piano geendet hatte und sich erhob, bequemte Kosmos sich doch noch zu einer Aussage. »Wenn du keine Angst hast, kannst du alles tun, was du willst«, sagte er leise.

Das hatte er bei seinen Armeeeinsätzen am Balkan gelernt, und nicht lange danach in einem gestohlenen Cadillac an einer New Yorker Ausfallstraße. Wjatscheslaw Ivankow, der führende Pate der russischen Mafia in Nordamerika, hatte Kosmos zu Beginn des neuen Jahrtausends unter seine Fittiche genommen. Kosmos sollte die tschetschenische Konkurrenz ausschalten. Er erledigte diesen Auftrag einzelkämpferisch mit Bravour, und in kürzester Zeit war Ivankows Organisation zur mächtigsten russischen Mafiabande in den USA aufgestiegen. Eine dieser gottverdammten Streifen der Highway Police hatte Kosmos wegen überhöhter Geschwindigkeit gestoppt. Es waren zwei gewesen. Einer war mit wichtiger Miene bewaffnet auf ihn zugekommen. Den erledigte er mit dem Rasiermesser, das er schon damals benutzte. Den anderen mit der Pumpgun. Vorsichtshalber nahm er ihre Uniformen mit.

»Du musst außer Landes«, hatte Ivankow anerkennend gesagt und verkaufte seinen besten Mann nach Europa, an einen befreundeten Russen namens Igor Jurewitsch Orlow.

Auf dem Flug nach Europa machte Kosmos eine erstaunliche Entdeckung: Er hatte bei dem Polizistenmord keine Angst mehr gehabt. Vorher hatte ihm seine Angst regelmäßig zu schaffen gemacht. Er hatte immer cool wirken wollen, doch das war nur Fassade gewesen. Bei allen gefährlichen Operationen bisher hatte er eine enorme Beklemmung zu überwinden gehabt. Auf diesem Flug nun hatte er festgestellt, dass ihm der Polizistenmord sogar

Freude bereitet hatte. Es war, als wäre ein Schalter umgelegt worden. Wenn er zukünftig Champagner brauchte, würde er stehlen. Wenn er gejagt würde, würde er sich verstecken. Wenn man ihn bedrohte, würde er töten. Nichts und niemand konnte ihm etwas anhaben. Liebe, Freundschaft, Stolz, Mitleid, Treue, solche Regungen waren vergessen. Kosmos empfand nur mehr Hunger, Durst, Müdigkeit und seinen Geschlechtstrieb. Es war, als hätte seine Begierde nach Sex die Angst verdrängt.

Begierde beherrschte ihn auch, als gerade die schöne Nadeschda Gubkin den Musiksalon im Schlösschen betrat. Fasziniert, aber ohne es ihren Mann merken zu lassen, starrte er auf ihren Busen, ihren Hintern und die Hände. In Gedanken hatte er sie oft schon ausgezogen. Als das Handy ihren Händen entglitt, war er sofort zur Stelle, um es aufzuheben. Als er es ihr zurückgab, sah er ihr ins Gesicht.

Auch sie blickte ihn an und errötete.

»Wildschitz ist dran«, sagte Nadeschda zu ihrem Mann.

Gubkin nahm das Handy entgegen und hielt es an sein Ohr. »Es ist tot. Was wollte er?«

»Engel ist tot,« sagte Wildschitz. »Er muss den Bürgermeisterjob übernehmen.«

Als der Kriminalrat kurz nach dreiundzwanzig Uhr den Porsche an der Kirche vorbei betont langsam durch den Hochriesweg lenkte, hätte er am liebsten an jeder Tür geschellt. Hat jemand gesehen, wie mein Hund von jemandem gefüttert wurde? Hat sich ein Fremder hier rumgetrieben? Waren die Russen unterwegs gewesen? Vielleicht könnte Lola diese Aufgabe übernehmen.

Er schlich ins Haus, ging ins Badezimmer und ließ sich wenig später mit einem tiefen Schnaufer auf der Couch nieder. Dabei schoss ihm wieder einmal dieser stechende Schmerz ins Kreuz. Himmelherrgottsakrament, gottverdammter Rücken!, wollte er laut aufschreien. Doch sogar zum Fluchen war er zu müde. Lola war nirgends zu sehen. Als er aus der Hose schlüpfte, bemerkte er, dass die Schlafzimmertür nur angelehnt war. Drinnen war es dunkel. Er ging wieder ins Badezimmer, zog sich aus, lief auf Zehenspitzen nackt ins Schlafzimmer und schlüpfte unter die Decke. Zuerst ließ er eine Hand spielen. Dann rutschte er ganz vorsichtig an die tief schlafende Lola heran, doch schlief er selbst umgehend ein.

Als es von der Kirche herüber sechsmal schlug, machten beide gleichzeitig die Augen auf. Ottakring war froh, nicht geträumt zu haben. Dann wandte er sich Lola zu und holte nach, wovon ihn die nächtliche Müdigkeit abgehalten hatte.

DREIZEHN

Ein schrecklicher Mord.

Chili stand am Fenster und blickte hinaus. Sie hatte den Kurzlehrgang hinter sich gebracht, und Ottakring hatte sie in das Geschehen eingewiesen. Es war Donnerstag, drei Tage vor seiner Hochzeit.

»Wollte der Täter uns bewusst auf die Fährte von ›Schweigen der Lämmer‹ führen? Es ist ja so offensichtlich.«

»Ja, ja, Chili.« Ottakring hatte die Füße auf die unterste Schublade seines Schreibtischs gelegt und starrte ins Leere. Sie hatten sich in seinem spartanischen Dienstzimmer im Rosenheimer Präsidium eingenistet. Eine kleine Besucherecke war alles an Komfort, eine riesige Landkreiskarte an der Wand der einzige Schmuck.

Chili sprach, ohne sich umzudrehen. »Wo sollen wir anfangen?«

Das Treiben auf der zum Leben erwachenden Kaiserstraße da draußen erinnerte sie an das Morgengrauen in ihrem Heimatdorf in der Nähe Flensburgs: bleigrauer Himmel voller Wolken, bitterkalter Wind, ein gefrorenes, sumpfiges Feld mit Eispfützen und reifüberzogenen Grasbüscheln. Dort hatte sie, als sie selbst noch ein Kind war, ein totes Kind gefunden, halb eingegraben. Torsten, ihr Vater, war an den Ermittlungen beteiligt gewesen.

Sie verdrängte ihre Flensburger Kindheit aus ihren Gedanken.

»Wo wir anfangen sollen? Darüber könnten wir einmal gründlich nachdenken«, sinnierte Ottakring. »Aber dafür fehlt die Zeit.«

Chili fragte sich, ob er wirklich meinte, was er da sagte. Ihm fehlte jeder Elan. Er sah aus wie sein eigener Schatten. Was war los mit ihm? Sie hatte vom Tod seines Hundes gehört. Hatte ihn das allen Ernstes jeder Kraft beraubt?

»Hatte Engel Feinde?«, fragte sie. »Wer profitiert von seinem Tod? Das Übliche halt.«

»Es wäre schön, wenn du dich um diese beiden Fragen kümmern würdest«, sagte Ottakring und schob die Schublade mit einem Schuh zu. »Du und ich, wir sind die SoKo. Vielleicht nehmen wir Bruni noch dazu. Alles andere werden wir delegieren.«

Hundegebell ertönte. Sie schloss das Fenster. Das Gebell war immer noch da. Es kam vom Flur. Fünf Sekunden später klopfte es, fast gleichzeitig flog die Tür auf. Zuerst kam ein schwarzer Mops zum Vorschein. Ihm folgte, an der Leine, Dr. Adamina Tordarroch.

Chili fiel auf, dass eine leichte Röte ihr Gesicht überzog, als ihr Blick Ottakring traf. Sie blickte vom einen zum anderen. Der Kriminalrat wirkte betreten. War da was zwischen denen? Sie verwarf den Gedanken sofort wieder. Generell würde sie's Ottakring schon zutrauen, aber doch wohl nicht in der Woche vor seiner Hochzeit.

»Natürlich wird Wildschitz Bürgermeister werden, wenn der andere tot ist. Deshalb ist er ja bisher sein Stellvertreter gewesen.« Felix Iljitsch Gubkin lächelte und wirkte selbstzufrieden.

Doch dann schnappte er den Blick auf, mit dem Nadeschda ihn kritisch musterte. Sie meinte wieder einmal zu ahnen, wer hinter Engels Tod steckte, und sie missbilligte es. Nicht zum ersten Mal dachte er, dass seine geliebte Frau besser zur Zeit der Suffragetten gelebt hätte, die zu Beginn des zwanzigsten Jahrhunderts für das Wahlrecht und die Emanzipation der Frau gekämpft hatten. Wohlwollend strich sein Auge über ihren in edles Material gehüllten Körper.

Der Ausdruck in den Gesichtern freilich, mit dem Kosmos und seine Nadjuscha sich umfingen, gab ihm Rätsel auf. Ihm schien, es war eine Mischung aus Schmerz und Begehren.

Gubkin fackelte nicht lange. Er trat nahe an seine Frau heran, so nahe, dass sie den Hauch seines Atems auf ihren gesenkten Lidern fühlen konnte. Ein Zittern durchfuhr sie, und sie seufzte. Er neigte sich zu ihr und presste seine Zähne so fest in ihre Schulter, dass sie aufschrie. Während er sich für Sekunden wie ein Tier in ihr nacktes Fleisch verbiss, ruhte sein Blick auf Kosmos. Ihm fiel auf, wie sein Leutnant ihn beobachtete, ja fixierte. Es war ein sehr persönlicher Blick. Und er bewies nur Furchtlosigkeit. Keinen Hass.

Ein langer Augenblick des Schweigens trat ein. Niemand bewegte sich, bis Nadeschda ein glockenhelles Lachen von sich gab. Sie schüttelte Gubkin ab und stellte sich mit vor der Brust verschränkten Armen vor ihn hin.

»Na, jetzt hast du ja freie Bahn für dein Vorhaben«, sagte sie. Die Bissabdrücke in ihrer nackten Schulter glühten.

Dr. Adamina Tordarroch besaß ein markantes Gesicht, das sie von ihrem Vater ererbt hatte und das von Charakterstärke zeugte. Sie hätte genauso gut eine blendend aussehende oberbayerische Almbäuerin abgeben können. Ihre Augen waren von einem tiefen, scharfen Blau, ein fächerförmiges Netz von Fältchen an den Augenwinkeln ließ ihren Humor erahnen.

»Wir haben Glück«, sagte sie. »Die Manipulation an Herrn Engels Achselhöhle ist erst nach seinem klinischen Tod vorgenommen worden. Aber er ist sakrisch unschön gestorben. Mit einem dünnen Draht erdrosselt zu werden ist leidvoller als Erhängen am dicken Strick. Oder als Ersaufen im Meer. Neben dem bereits Bekannten hab ich lediglich kräftige Daumenabdrücke hinter den Ohren gefunden.«

»Um die Hebelwirkung für die Garrotte zu verstärken«, sagte Chili.

Ottakring nickte. »Absolut«, sagte er.

»Exactly«, sagte Adamina. »Man muss sich das einmal bildhaft imaginieren. Alois Engel sitzt da im Kirchengestühl und betet zu Gott oder denkt ganz einfach an *nothing*. Vielleicht ist er noch ein wenig atemlos von der Bergwanderung. Er ist vollkommen *relaxed*. Deshalb hört er auch keine Geräusche hinter sich. Als der Draht sich von hinten *vicelike* … äh … äh …«

»Wie eine Schraubzwinge«, kam ihr Ottakring zu Hilfe.

»Danke, *Sir*. … um seinen Hals legt und augenblicklich zugezogen wird, sich die Daumen hinter die Ohren pressen, kriegt er keine Luft mehr.«

»Wie lange?«, fragte Chili.

»Äh?«

»Wann tritt der Tod ein, meint Frau Toledo«, erklärte Ottakring.

»Zwei Minuten? Da können wir nur schätzen. Es gibt schließlich keine Tests am lebenden Objekt.«

»DNA?«, warf Ottakring ein.

Adamina nickte. »Eine kluge Frage«, sagte sie. Ihr Hund zog wie ein Wahnsinniger an der Leine. Er hatte eine Packung Kekse auf dem Besuchertischchen entdeckt.

Blödsinn, dachte Chili. Die Frage musste doch zwangsläufig kommen. Das weiß die Turdo … Tordu … Darocchoch … auch, so routiniert, wie die Frau ist. Sie will ihm nur Honig ums Maul schmieren. Schaumermal.

»Klar haben wir DNA. Irgendwas bleibt immer hängen. Daneben haben wir nichts.«

»Na, wenigstens das«, sagte Ottakring, als er die Forensikerin und ihren Hund zur Tür geleitete. Chili beäugte die beiden mit gemischten Gefühlen.

»Ich verstehe nicht recht«, sagte Lola Herrenhaus mit gereizter Stimme am Telefon.

»Was gibt's da zu verstehen, Lola? Ich hab's dir doch gesagt. Jetzt sag ich's noch einmal. Der Juwelier kriegt die Ringe nicht rechtzeitig fertig. Der Pfarrer ist erkrankt, wir sollen mit seinem Vertreter aus Prutting heiraten. Der Aschbacher Hof hat sich um eine Woche vertan. Unser Termin ist von der Feuerwehr besetzt, sie hat was zu feiern. Wenn jetzt noch im Standesamt die Pest ausbricht, ist unser Glück komplett. Sei ehrlich, Liebes, sollten wir nicht …«

»Joooooe!« Frostig intonierte Lola seinen Namen. So wie man einen Hund ruft. »Ich will eine klare Antwort auf die Frage, die ich dir jetzt stellen werde.« Sie klang unerbittlich. »Angenommen, alles geht schief. Der Juwelier, die Kirche, das Standesamt, der Aschbacher Hof – alle brennen ab. Heiraten wir dann trotzdem am Sonntag oder nicht?«

Wir hätten ja immer noch die Aschbacher Feuerwehr, wollte Ottakring schon erwidern, unterließ es aber. Mit der Melodie des

Radetzkymarschs jubilierte sein Handy. »Kleinen Moment, Liebes«, rettete er sich aus dem Gespräch.

Bruni war dran. »Wir haben mit Wildschitz gesprochen«, sagte er.

»Wer ist ›wir‹?«

»Na, Chili halt. Und ich.«

»Warum ruft sie mich nicht selber an?«

»Sie ist auf dem Weg ins Präsidium.«

»Was ist mit Wildschitz?«

»Es ist gesichert. Er rückt nach und wird Erster Bürgermeister.«

»Das war zu erwarten. Und?«

»Er hat für die Tatzeit kein zuverlässiges Alibi. Und – er wirkt sehr unsicher, sagt Chili. Widerspricht sich.«

»Tut mir leid, Lola«, rief Ottakring ins Telefon. »Ein wichtiges Ergebnis im Fall Engel. Ich muss sofort los.« Damit legte er schlechten Gewissens auf.

VIERZEHN

»Wir zwei sind die SoKo«, sagte Ottakring wenig später zu Schuster. Mit väterlichem Blick nickte er zu Chili hin. »Wir zwei und Bruni.«

Dreißig Sekunden war Schuster, ihr Chef, stehen geblieben. Er bat sie nicht herein, sondern starrte Ottakring und Chili abwechselnd an. Chili wich seinem Blick aus und betrachtete die zahlreichen Urkunden und Pokale an der Wand und im Regal. Boxen war ganz offensichtlich Schusters Lieblingssport gewesen. Der Polizeidirektor trat nun hinter seinen Schreibtisch und winkte die Kollegen zu sich. Er schob eine flache Schreibschale mit Stiften von sich weg und richtete sie parallel zur Vorderkante der Tischplatte aus. Seine Gesichtszüge waren hart.

»Ich will den Kerl, der Alois Engel ermordet hat.« Seine Tonlage war ein Flüstern. »Und ich brauch ihn schnell. Wie weit seid ihr?«

Chili war nicht wohl in ihrer Haut. Sie warf Ottakring einen gehetzten Blick zu. »Alois Engel war ein guter CSU-Bürgermeister gewesen …«, sagte sie, »… und ein guter Mensch. Zweifacher Familienvater, Gartler, Naturmensch. Wir haben uns umgehört, er war beliebt. Selbst bei seinen politischen Gegnern, in der SPD und bei den Freien Wählern. Seine finanziellen und persönlichen Verhältnisse waren geordnet. Dass er mit einer Garrotte umgebracht wurde, ist nach heutiger Erkenntnis ohne Bedeutung. Es gibt nicht den leisesten Hinweis auf eine Verbindung zur Mafia.«

Ottakring lehnte sich auf seinem Stuhl zurück und sah über den Schreibtisch.

»Zur italienischen Mafia«, betonte er mit einer Miene, die verriet, dass er womöglich mehr wusste, als er preisgeben wollte.

»Also gibt es aus dieser Richtung auch kein Motiv«, fuhr Chili fort.

»Sie sind blass und haben Ringe unter den Augen«, sagte Schuster zu ihr. »Was machen Sie in Ihrer Freizeit?«

»Welche Freizeit?«, entgegnete Chili. »Mir fällt überhaupt niemand ein, der ein Motiv gehabt hätte, Engel umzubringen. Raubmord war es schließlich auch nicht gewesen. Er hatte einen gefüllten Geldbeutel bei sich und sein Handy in der Seitentasche.«

Ottakring meldete sich. Er sprach leise und wie zu sich selbst. Als müsste er vor sich etwas klären. »Wildschitz. Andi Wildschitz. Er ist bisher der Einzige, der einen Vorteil aus Engels Tod ziehen kann. Erster Bürgermeister. Bei Frau Toledo hat er sich mehrfach widersprochen.«

»Ja«, bestätigte Chili. »Ich hab ihm eine einfache Frage gestellt. ›Wo waren Sie am Mittwoch früh um halb acht?‹«

Schuster legte die Stirn in Falten, was ihm das Aussehen eines römischen Imperators verlieh. Eines Imperators, der kurz davor war, ein Todesurteil zu fällen. »Und?«, brummte er mürrisch.

»Um halb acht, da sei er zu Haus gewesen, hat er zuerst behauptet. Ich hab ihn zu Hause besucht, wo er auch sein Büro hat. Kurz nach seiner Aussage hat's an der Tür geläutet. Einer aus seiner Gebirgsschützentruppe. Sie wissen ja«, sagte Chili zu Schuster, »dass der Engel bei den Aschbacher Gebirgsschützen ist. Also, die beiden haben ein paar Sätze gesprochen, und als ich dann die Frage, wo er zur Tatzeit gewesen ist, wiederholt hab, war er plötzlich um halb acht am Berg gewesen. ›Ach, so genau weiß ich das auch nicht mehr‹, hat er gesagt. ›Aber das war gestern früh gewesen‹, hab ich ihn zur Rede gestellt. ›Da muss Ihnen doch noch klar sein, wo Sie um diese Uhrzeit gewesen sind.‹«

Chili bemerkte, wie Schuster nervös mit den Fingerspitzen die Tischplatte bearbeitete und Ottakring geistesabwesend mit den Fußspitzen wippte.

»Na, jedenfalls – ich hab ihn gefragt, ob dieser Berg denn der Jochberg gewesen sei. Da hat er laut gelacht und gesagt, dass er ja dann wohl der Mörder vom Engel Alois sein müsst – und dann war er plötzlich wieder zu Haus gewesen am Mittwoch um halb acht und hat sich auf eine Tour auf den Geigelstein vorbereitet.«

Chili war angespannt. Sie fühlte den Druck der Belastung. Während Ottakring seelenruhig neben ihr saß, sollte sie einen der scheußlichsten Morde der letzten Jahre aufrollen. Ihr Zustand besserte sich auch nicht durch Schusters Attacke.

»Und das ist alles, Frau Toledo? Alles an Unvereinbarkeit? Verwechseln Sie in Ihren Ausführungen nicht Wesentliches mit Unwesentlichem?«

»Moment«, griff Ottakring endlich ein. »Das muss man vor dem Hintergrund der Person Andreas Wildschitz sehen. Immer schon war er ein Vereinsmeier. CSU. Freiwillige Feuerwehr. Männergesangsverein. Spielt die Zither in der Weinbergmusi. Gebirgsschützen.« Ottakring hielt inne.

»Und? Was macht er beruflich? Außer Zweiter Bürgermeister, mein ich.«

»Ach ja. Er makelt ein bisschen mit Immobilien. Nicht sehr erfolgreich. Aber auch ohne besonderen Ehrgeiz«, warf Chili ein.

Schuster machte eine Bewegung mit den Händen, als hätte er soeben alles Geld verloren. »Also im Grunde haben wir nix. Oder?« Er durchlöcherte Ottakring mit seinem Blick.

»Engel war nicht der einzige Wanderer an dem Tag«, sagte der Kriminalrat. »Wir überprüfen gerade, ob ihn jemand gesehen hat. Und wenn wir Glück haben, wird es jemanden geben, der Engels Mörder gesehen hat. Bei der Wirtin Anni hatten wir Pech. Aber das muss nicht so bleiben.«

Wieder kam dem Kriminalrat sein Handy zu Hilfe. Es klingelte. Mit dem Klingelton ab Fabrik. Den Radetzkymarsch hatte er für solche Fälle ausgeschaltet.

»Ottakring«, bellte er mit abgewandtem Gesicht. Es hellte sich augenblicklich auf, als er die Stimme am anderen Ende erkannte. »Ja. Ja. Ja. Großartig. Erstaunlich. Ja. Natürlich hilft das weiter.«

Schuster sah ihn mit einer Miene an, die das Todesurteil wieder aufhob.

Ottakring zuckte mit den Schultern. »Nur Unwesentliches«, sagte er. »Nichts, was Sie nicht langweilen würde.«

»Soll ich Ihnen sagen, was wesentlich ist, Herr Kollege?«, sagte Schuster mit todernster Miene. »Dass Sie am Sonntag endlich heiraten werden, 'zefixhalleluja.«

»Sie sind der Nachbar von Bürgermeister Engel? Und beschweren sich seit Jahren über den Geräteschuppen, den er im Garten angebaut hat? Weil der Ihnen am Nachmittag die Sonne wegnimmt?«

»Ja!«, sagte der Mann, der Chili im Präsidium gegenübersaß. Danach sagte er nichts mehr.

»Warum reden Sie nicht weiter?«

Der pensionierte Berufsschullehrer war um die sechzig, hager, leicht gebeugt, hatte zerzaustes weißes Haar, ein sonnenverbranntes Gesicht und helle, ruhelose Augen. »Ja!«, sagte er noch einmal.

»Ich gehe davon aus, dass Sie nicht gemeinsam mit Herrn Engel zum Jochbergkircherl aufgestiegen sind?«

»Des konnst laut sogn«, brummte der Mann. Dann schwieg er wieder.

»Am selben Tag, zur selben Zeit, mit demselben Ziel ...«

»Na, na«, rührte er sich nun. »Wenn's dasselbe Ziel gwesn wär, wär's ja des Kircherl gwen. Aber des Kircherl liegt auf einem eigenen Bergerl. Und i bin unterhalb vom Kircherl den Weg nauf. I hab den Engel gar net gsehn. Scho glei net im Kircherl.«

Irgendwie war Chili erleichtert. Warum sollte einer, dem der Nachbar dic Sonne wegnimmt, sich die Mühe machen und ihn in einer Bergkirche mit einer Garrotte erwürgen? Aber sie mussten gnadenlos jede Spur verfolgen.

So auch die einer Künstlerin aus dem Ort. Einer Malerin. Ihr Mann war Seilknüpfer. Sie wohnten in einem Haus am Ende einer Sackstraße. Der Garten rings ums Haus war völlig vernachlässigt und wirkte mit seinem verdorrten Dickicht wie Brachland. Ein braun-weißes Laufentenpaar watschelte durchs Gestrüpp, gefolgt von sieben silbergrauen Halbwüchsigen.

»Und? Wo ist Ihr Hund?«, fragte Chili die beiden.

»Welcher Hund? Wir haben keinen Hund«, sagte der Mann. »Angela, hast du erzählt, dass wir einen Hund haben?«

»Nicht nur erzählt.« Chili wandte sich an die Frau. »Sie haben in Ihrer ersten Aussage sogar angegeben, dass Ihr Hund seit Einbruch der Dunkelheit in der Nacht zum Mittwoch vermisst sei und Sie ihn dort oben gesucht haben. Ausgerechnet zu der Zeit und an dem Ort, an dem der Bürgermeister ermordet wurde.«

Die Malerin suchte nach einem Leck in der Dachrinne. Dann zupfte sie an einem vertrockneten Himbeerstrauch herum.

Ihr Mann lachte laut. »Ja, mei«, sagte er, »die Angela wünscht sich halt so sehr einen Hund. Da kann's schon sein, dass sie einmal Wunsch mit Wirklichkeit verwechselt.«

Traurig breitete Angela die Arme aus.

Das war der Alltag eines Kriminalisten. Fast schämte Chili sich ihrer Vernehmungsergebnisse. Doch das war alles besser gewesen als ihr Zustand wenige Tage später.

Chili

Ich bin mir nicht sicher, ob die Polizeiarbeit effektiver wäre, würden wir intensiver vom neuesten Stand der Technik profitieren. Digitale statt analoger Polizeifunktechnik beispielsweise. Trotzdem habe ich den Eindruck, dass sich sehr vieles zum Positiven verändert hat, seit ich im Polizeidienst bin. Die DNA-Methode, um nur einen Punkt herauszugreifen. Heutzutage wäre eine Ermittlung ohne DNA undenkbar. Trotzdem: Was wir an Werkzeugen an der Hand haben, haben die auch. Oder sind uns um mehrere Nasenlängen voraus. In der Internet-Kriminalität zum Beispiel. Im Cyber-Crime. Wenn die Polizei dort ein Loch gestopft hat, tun sich zwei neue auf. Einfach, weil wir dafür chronisch unterbesetzt sind und die anderen sich spezialisiert haben.

Am ärmsten dran, finde ich, ist unsere Justiz. Wie sehr würden wir uns von der Polizei eine schnellere Rechtsprechung wünschen. Wenn heute ein Urteil gefällt wird, weiß der Täter nach der langen Zeit oft schon gar nicht mehr, dass er die Tat begangen hat. Aber dieser Zustand wundert mich auch nicht. Ich hab vor nicht langer Zeit zwei sogenannte Schnuppertage bei unserem Staatsanwalt Goldner verbracht. Es ist der schiere Wahnsinn, was dieser Mann an Akten auf dem Schreibtisch hat, was der an Anrufen kriegt, was der begründet zu entscheiden hat.

Irgendwann, da bin ich mir fast sicher, wird das Verbrechen die Welt überrollen. Irgendwann wird es mehr Kriminelle als Polizisten geben. Vielleicht ist's ja heute schon so, wir wissen selbst das nicht. Auf der anderen Seite: Wenn's keine kriminellen Handlungen gäbe – rechnen Sie sich einmal aus, wer da alles arbeitslos würde. Nein, nicht nur die Polizei. Richter, Anwälte, Staatsanwälte, Justizangestellte. Ganze Abteilungen in Ministerien müssten wegfallen. Sicherheits-, Wach- und Schlüsseldienste, Tresorhersteller, Prostituierte, Gefängnisse, Personenschützer, Produzenten von Alarmanlagen, Kriminalromanautoren … Verbrechen ist eine Schlüsselindustrie. Wir sind vom Verbrechen abhängig wie ein gigantischer Zulieferer von der Automobilindustrie. Allein in Deutschland setzt die kriminelle Wirtschaft jährlich fünfhundert Milliarden Euro um, Tendenz zunehmend. Zwanzig Prozent des Bruttoinlandsprodukts. Stellen Sie sich vor, wie dürftig es folglich in solchen Unternehmen aussähe, die bei der Wäsche des kriminell erzielten Gelds behilflich sein können – Spielbanken, Hotelketten, Supermärkte, Reinigungen, Wertpapierhändler, Gaststätten, Restaurants, Ferienressorts.

Als ich die Ärztin mit dem üppigen Haar an meinem Bett erkenne, komme ich gerade aus einem Traum empor. Aus dem Traum entspringt auch meine Frage: Werde ich überleben? Ich habe das Gefühl, meine Stimme zittert und ist dünn wie Spinnweben.

Die Frau in Weiß spitzt die Lippen, und ihr Blick wird auf eine seltsame Weise ernst. Das liegt jetzt an Ihnen. Fast wären Sie die dunkle Gasse hinuntergegangen, Frau Toledo. Niemand kommt von dort zurück.

Ich merke, wie mir langsam die Augen zufallen. Ich bin müde. Ich bekomme nicht mit, wie die Ärztin sich wieder entfernt. Vermutlich schließt sie leise die Tür hinter sich.

In bin in einen Halbschlaf gefallen. Doch mein Geist arbeitet weiter.

Der Raum, in dem ich hier im Rosenheimer Klinikum liege, stünde vermutlich leer, wenn nicht auf mich geschossen worden wäre. Umsatzsteigerung am Klinikum durch ein Verbrechen.

Genug damit. Solche Gedanken rattern einem durchs Gehirn, wenn man an konzentrierte Arbeit gewöhnt ist und von einer Sekunde auf die andere nichts anderes im Kopf hat, als schnell wieder gesund werden zu müssen.

Was das mit dem Lärm auf dem Flur auf sich hatte, neulich, als Joe Ottakring mich besuchte? Ich hatte im ersten Augenblick auch nicht daran gedacht, dass sie mein Zimmer natürlich abgeschirmt haben. Draußen waren die türkischen Eltern von Kemal Hastemir – des ermordeten Kollegen – mit einem Riesenblumenstrauß im Anmarsch, um mich zu besuchen. Sie wurden von den beiden Kolleginnen vor der Tür abgewiesen. Nur Ärzte, Schwestern und die Polizei hatten Zutritt, so war die Anordnung. Das verstanden Kemals Eltern nicht, denn sie waren an ausufernde Gastfreundschaft gewöhnt. Ich musste auch damals eingenickt sein.

Nein, Schwester, es tut nicht weh.

Das ist gut. Heute früh haben Sie noch über Schmerzen geklagt. Wissen Sie, dass Sie über Schmerzen geklagt haben?

Ich blinzle. Vergesse zu antworten.

Eigentlich müssten Sie tot sein, wissen Sie.

Das unheimliche Kreisen vor meinen Augen lässt nach, und ich erkenne die Schwester wieder. Sie ist ganz in Weiß, Jacke und Hose, und ein Stethoskop hängt um ihren Hals. Ich betrachte sie lange und aufmerksam.

Ihr ist sofort klar, was ich überlege.

Nein, ich bin nicht die Schwester. Ich bin die Oberärztin.

Tot sein, sage ich.

Keine Sorge, Frau Toledo. Alles in Ihrem Körper wird wieder zusammenwachsen und heilen, bis Sie wieder ganz sind.

Wie lange?

Das werden Sie selbst merken, wenn es so weit ist.

Ich will noch einen anderen Gedanken in Worte fassen. Doch die Ärztin hält die Hand hoch und verzieht den Mund zu einem zaghaften Lächeln. Schluss jetzt mit der Anstrengung. Sie sprüht etwas

Kaltes an die Innenseite meines Unterarms und gibt mir eine Spritze. Nur zum Schlafen. Keine dunkle Gasse mehr.

Ich erinnere mich wieder für einen kurzen Augenblick. Wie durch einen Schleier sehe ich den Mann, der auf uns schoss. Er trägt einen Trachtenanzug und eine Maske. Wie ein Geschützrohr ragt der Schalldämpfer vor mir auf. Das erste Blop gilt Kemal, denn Kemal hatte sich nicht abschrecken lassen und ging auf den Kerl los. Das Blop sitzt. Direkt im Herzen aus einem Meter vierzig, hat man in der Rechtsmedizin festgestellt. Eigenartig. Bisher hatte ich immer Glück gehabt. Ich war nie dabei gewesen, wenn jemand erschossen wurde. Und nun wird auf der Hochzeit eines hochdekorierten Kriminalrats ein Polizeifreund neben mir kaltgemacht, und mich hätte es auch fast erwischt. Ein wahrhaft seltsames Gefühl, das andauert. Das nächste Blop gilt nämlich mir, und noch ist nicht raus, ob es erfolgreich war.

Eine Gestalt in Tracht ist es gewesen mit einer Zorromaske vorm Gesicht. Das Bild verschwindet nicht aus meinem Kopf.

FÜNFZEHN

Ottakring ließ den Blick über die Hochzeitsgesellschaft schweifen.

Pauli, sein langjähriger Spezl aus München, war Trauzeuge gewesen. Pauli war Mitte vierzig, ein liebenswerter Schlawiner und jahrelang Ottakrings V-Mann fürs Grobe in München gewesen, als der Kriminalrat dort Chef der Mordkommission war. Pauli war so etwas wie ein verdeckter Ermittler. Wäre er kein Gauner gewesen, hätte er Banker werden können, Versicherungsmakler oder Politiker. Er beherrschte die Kunst, aus der Menschheit Geld herauszuschlagen, ohne Gewalt anzuwenden. Auch am Tag der Hochzeit trug er sein Indianeramulett um den Hals. »Um böse Blicke abzuwehren.« Er machte eine gute Figur in seinem Leihsmoking, in dem bestimmt schon unzählige Trauzeugen und Bräutigame vor ihm gesteckt hatten, den Fleck am Revers als Erkennungszeichen. Pauli war der Einzige in der Gesellschaft, der einen Smoking trug.

Über Lolas Münchener Kolleginnen vom Bayerischen Fernsehen war Ottakring verwirrt, als sie vor dem Aschbacher Hof ausstiegen. Sie waren Ende zwanzig bis Ende dreißig und sahen aus, als hätten sie sich alle im selben Modegeschäft einkleiden lassen. Sie trugen einen beinahe identischen Einheitslook – weite, schwarze Oberteile, schwarze Hosen, dunkle Sonnengläser in riesigen schwarzen Metallfassungen und kunstvoll zerzaustes Haar.

»Hallo, Susi«, rief Lola und umarmte freudestrahlend eine, die abseits der Gruppe stand. Eine, die eine Schönheitskonkurrenz für sich hätte entscheiden können. Ebenmäßiges Gesicht, edle Nase, strahlender Teint, das Gesicht eingerahmt von einem sexy Locken-Bob.

Ottakring kannte Susanne von der Hauseinweihungsfeier. Die Diplom-Journalistin war Fernsehmoderatorin mit Leib und Seele. Sie hatte eine sehr elegante Art, ihrem Publikum die Zähne zu zeigen, nämlich durch ein bezauberndes Lächeln. Ihre Bewegungen waren die einer Stewardess auf einer südamerikanischen Airline, und sie sprach ein reizendes Münchnerisch.

Die Hochzeitsgesellschaft saß an aristokratisch gedeckten Tischen im Restaurant L'Opera, dem feinen Lokal im Aschbacher Hof. Es waren nicht sehr viele Gäste. Das Brautpaar hatte auf Zurückhaltung bestanden.

»Ich bin vierundfünfzig Jahre alt. Da feier ich meine Hochzeit nicht wie ein Dreißigjähriger.« Ottakring musste Lola nicht erst überreden.

Er ging von Tisch zu Tisch, liebevoll verfolgt von Lolas Blick aus dem gesunden Auge. Das andere war von ihrer Piratenklappe verhangen. Professor Ekehard, ihr Augenarzt, hatte einen Platz schräg gegenüber. Er trug Fliege.

»Keine Sorge, Frau Herrenhaus, das wird schon«, sagte er ein ums andere Mal. »Bald können Sie wieder wie ein Komantsche sehen. Eine Pfeilspitze auf hundert Meter. Alles wird gut.«

Richtige Freunde hatte Ottakring nicht. Doch neben Pauli hatte er einige weitere Bekannte eingeladen. Da war sein Chef, der Polizeidirektor Schuster in strammer Uniform. Dessen dunkle Züge waren eine Spur blasser als üblich, doch immer noch wie gemeißelt. Vor wenigen Wochen hätte er sich beinah wegen einer Blinddarmentzündung von dieser Erde verabschiedet. Aus dem

Präsidium war auch Artur Josef Huber, der Pförtner, dabei. Huawa, wie er von allen genannt wurde, und seine Frau Bernadette hatten sich immer rührend um Herrn Huber gekümmert. Sie hatten den Hund geliebt. Huawa hatte eine bewegte Vergangenheit hinter sich, deretwegen sich einige fragten, wieso gerade er an der Pforte des Präsidiums saß.

Am anderen Ende der Tafel hatte Ludgar Sachs Platz genommen, der Besitzer des Aschbacher Hofs. Sachs war ausgebildeter Opernsänger, der in einem Orchestergraben verunglückt war und seine Karriere beenden musste. Als Ersatz dafür zog er im Sommer inmitten eines tierischen Gnadenhofs Musikfestspiele in einer Reithalle auf. Ebenfalls anwesend war Giorgio von dem Knesebek, Mitglied im Lions Club Rosenheim. Ottakring und er hatten zusammen verschiedene Bergtouren mit den Hunden unternommen. Hohe Asten, Hochries, Farrenpoint, Kampenwand, Samerberg, abends auf den Pfandlhof. »Prost! Schön, dass es euch gibt«, das war Knesebeks liebster Satz.

Und da war noch der Pfarrer. Ottakring blieb besonders lang bei ihm stehen, denn Pfarrer Presidio war ein Original. Obwohl der Kriminalrat nicht gerade ein Kirchgänger war, verstanden die beiden Männer sich prächtig. Presidio war in seinen frühen Vierzigern. Groß und schlank, lange Haare, die ihm in die Stirn fielen, Brille mit Goldrand. Sein oft belächeltes Hobby war das Sticken. Es hieß, in seiner Pfarrwohnung hänge alles, was es so an Stickereien gebe. Vom röhrenden Hirsch über die Wirtshausstammtischrunde bis zum weiblichen Akt. Dieses Gerücht hielt Ottakring für übertrieben.

Bei dem Gedanken an Herrn Huber bekam Ottakring immer noch weiche Knie und nasse Augen. Das Gift war in der Wunde, und die Wunde würde noch lange offen bleiben. Den Kadaver hatte er dem Tierarzt zur Entsorgung überlassen sollen. Doch er konnte sich nicht dazu überwinden. Sollte der tote Körper seines geliebten Hunds auf einen Haufen mit anderen geworfen und dann verbrannt oder sonst wie verarbeitet werden? Ottakring begrub Herrn Huber im hintersten Winkel des Gartens und pflanzte eine junge Latsche auf den Hügel. Unauffällig, sodass Lola es nicht merkte.

Ein weiterer Gast war Helmut Rading, der in einer Vollmondnacht mit dem Mountainbike von der Kampenwand gestürzt war und trotz eines verkrüppelten Beins und einer Lähmung immer noch Mountainbike fuhr. Ottakring imponierte es, wie Rading die Zähne zusammenbiss. Ebenfalls anwesend war der vorzeitig gealterte Forstmeister Rehbein im besten Sonntagsstaat und mit silbergrauer Krawatte an der Tafel. Er behauptete steif und fest, er habe schon als Kind im Tod das Jenseits erblickt und sei von dort nach zwei Tagen im Bauch eines riesigen Braunbären zur Erde zurückgekehrt. Später, in seiner Zeit in den Nationalparks von Kalifornien, habe er eine Beziehung zu Pier Angeli, der Freundin James Deans, gepflegt.

Neben Rehbein saß ein mürrischer Mann mit schiefer Nase, markanten Augenbrauen und hängenden Augensäcken. Er war Kriminalschriftsteller und hatte vor, den Mord an Alois Engel in einen Roman zu packen.

Und – vierunddreißig Jahre alt, meist gut gelaunt, mit einem Hang zu Ehrgeiz und Perfektion, saß Chili selbstverständlich zu Ottakrings Linken. Niemand ahnte, dass sie fast einmal in eine Beziehung mit Ottakring hineingeschlittert wäre.

Rehbein erzählte eine Geschichte nach der anderen, und an allen Tischen war man sich einig, dass die Wirtschaftskrise überstanden sei und Barack Obama so viel auch noch nicht bewegt habe.

Zu den Klängen eines bayrischen Tangos von den CubaBoarischen sangen nach dem Hauptgang die Gäste im Chor. Sie tranken, stießen miteinander an, wischten sich die Stirn trocken und lockerten Hosengürtel und Reißverschlüsse, um noch Platz für die Torte zu schaffen. Alle ließen das Brautpaar hochleben, und einige tanzten sogar, soweit man ihr Gewusel als Tanz bezeichnen konnte. Schließlich war es ein Tango.

Ottakring hatte Aufstellung zu einer Rede genommen, vor sich ein schäumendes Glas Weizenbier. Ein verschämter Sonnenstrahl verschaffte sich Einlass und verschönerte mit einem Lichttupfer die trostlosen Augensäcke des Redners. Der Bräutigam musste kurz pausieren, denn Ludgar Sachs, der Hotelier und Sänger, hatte für den Vorbeimarsch einer Blaskapelle gesorgt.

Der Lärm der Tuba blies Ottakring fast die Ohren weg. Die Klarinette traf den Ton nicht. Ottakring verzog das Gesicht und blickte zu Lola, die am Tisch saß. Sie lachte fröhlich und reckte den Daumen nach oben.

Ein Zug der Aschbacher Gebirgsschützen marschierte im Gleichschritt hinter den Musikanten her. Die zwölf gestandenen Männer warfen Kusshände in die Gesellschaft. Graue Janker, lederne Kniebundhosen, Haferlschuhe, den Karabiner über die Schulter geworfen. Am Kopf ein grüner Filzhut mit roten Blumen dran. Die Geranien-Miliz auf dem Weg zum Salutschießen.

Ottakring schaute angestrengt in die Menge. Lange hatte er keine Rede gehalten, und auch diesmal hatte er sich davor gedrückt, wo es nur ging. Doch Lola konnte er nicht die Stirn bieten.

Die ganze Zeit über war Chili nicht entgangen, dass Kemal Hastemir sie nicht aus den Augen ließ. Sein Blick war unwiderstehlich. Ottakring hatte noch nicht zu Ende gesprochen, da standen Kemal und Chili nacheinander auf und trafen sich wie zufällig in der Damentoilette. Kemal legte die Hand an den Griff einer offenen Kabine, lockerte den Hosenbund.

Da wird die Tür zur Toilette von außen aufgestoßen. Ein Mann in voller Tracht steht da, leicht in die Knie gegangen, mit beiden Händen an der vorgehaltenen Pistole, und bringt den Deut-Schuss an. Grauer Janker, Lederhose, Blumen auf dem Hut. Zorromaske vorm Gesicht. Kemal hat keine Chance, er und Chili sind beide unbewaffnet. Das Feuer wird in so rasanter Folge eröffnet, dass es wie ein einziger Schuss klingt. Der größte Teil von Kemals Oberkörper wird an der Tür zur Toilettenkabine verteilt, die er gerade hatte öffnen wollen. Noch nie hat Chili einen Mord aus der Nähe miterlebt. Bevor man im Entferntesten reagieren kann, ist man erst einmal geschockt. Da hilft alles Polizeitraining nichts. Und dann geht es um sie.

Geübt hab ich ihn schon oft, den Deut-Schuss. Beim Schießtraining im Keller. Auch im Gelände. Doch nie hätte ich daran gedacht, selbst einmal zum Ziel zu werden. Der Maskierte tritt auf mich zu und behält die Waffe oben. Die Mündung wirkt riesig. Ich fixiere die Pistole, auf deren Lauf sich das Kunstlicht von der Decke spiegelt. Ich habe den Eindruck, als sähe ich neben der Waffe eine Bierdose. Der Mann hält die Pistole in beiden Händen. Er umklammert sie mit der linken, der Zeigefinger der rechten liegt am Abzug. Linkshänder also. Ob ich das Mündungsfeuer gesehen hätte, haben sie mich später gefragt. Ja, es war wie ein Blitz. Ich weiß aber nicht, ob sich der Blitz in meinem Kopf abspielte oder ob es der Mündungsblitz war. Es hört sich an wie das leise, erstickte Geräusch einer Automatik mit Schalldämpfer. Der Treffer reißt mich herum. Aber nicht mit voller Wucht mit erhobenen Armen nach hinten weg, wie man es in Filmen sieht. Es ist eher ein gemächliches Zur-Seite-Drehen und Nach-unten-Wegsacken. Mit dem Kopf schlage ich gegen irgendetwas. Zuerst spüre ich noch keinen Schmerz. Unbewusst fasse ich an die Stelle am Gürtel, wo sonst meine Waffe steckt. Doch da ist keine Waffe. Ich will schreien, bringe aber keinen Ton über die Lippen. Panik erfasst mich, als ich an meinem Körper hinuntersehe. Eine tiefrote Blutlache breitet sich am Boden aus und vermischt sich mit dem Blut, in dem Kemals Körper liegt. Der stechende Geruch von Schießpulver hängt in der Luft. Das Letzte, woran ich mich erinnere, ist die Klotür. Sie ist nur mehr ein zerfetztes, blutverschmiertes, lose in den Angeln hängendes Sperrholzviereck.

Schlagartig löste sich die Gesellschaft auf. Die Gäste wurden von Polizei, Spusi und dem Notarztteam vertrieben. Lola war unter einen Tisch gekrochen und schrie und tobte mit tränennassem Gesicht. Selbst einer der Ärzte und Direktor Schuster konnten sie weder beruhigen noch bändigen.

Ottakring hatte keine Zeit, sich um seine Frau zu kümmern. Er war ein Mann von außerordentlicher Selbstbeherrschung. Er weinte nicht und kippte nicht um. Er wankte ein wenig, das allerdings. Aber er öffnete den Mund nur, um knappe Auskünfte zu erteilen oder Anweisungen zu geben, die unumgänglich waren für die Untersuchung und den Abtransport des toten Kollegen und der schwer verletzten Chili. Wie ein geschnitzter Indianer stand er mitten im Getümmel, äußerlich völlig unbeteiligt wirkend. Der Eindruck täuschte. Ottakring hätte platzen können vor Erregung, Wut und Sorge. Hätte es Lola getroffen, dachte er für einen Moment, hätte er sich eine Kugel in den Kopf gejagt. Seine Lola! Erst nachdem er mit der Einsatzzentrale telefoniert, die Fahndung ausgelöst und die Spurensicherung eingewiesen hatte, konnte er sich um seine Frau bemühen.

»Ich hab ihr eine Beruhigungsspritze gegeben«, sagte der Arzt. Ludgar Sachs hatte sie auf eines der Zimmer bringen lassen.

Ottakring vergewisserte sich, dass keine unmittelbare Gefahr für sie bestand. Dann forschte er nach Schuster.

»Würden Sie die Stellung halten?«, bat er. »Ich mach mich auf den Weg ins Präsidium. Hier sind mir die Hände gebunden.«

Ottakring hatte den Porsche in vollem Sonnenschein vor dem Aschbacher Hof geparkt. Der Wagen glänzte wie ein Juwel. Jetzt allerdings war er eingeklemmt zwischen Sankas, Polizeifahrzeugen und den Medien. Der Medienrummel war gewaltig. Wann hatte es das schon einmal gegeben, dass zwei Polizisten in einem oberbayerischen Kuhdorf während einer Hochzeit abgeknallt worden waren? Jemand musste die Reporter verständigt haben.

Ottakring schäumte. Zornig auf die ganze Welt wühlte er sich durch die Menge und klemmte sich hinters Lenkrad. Er wollte gerade den Motor anlassen, da fiel sein Blick auf die Kühlerhaube. Er erstarrte, riss den Schlüssel aus dem Zündschloss und sprang aus dem Auto.

Die Flecken, die er auf dem Hochglanzlack ausgemacht hatte, entpuppten sich als Abdrücke einer Hand. Oder von zwei Händen. Jedenfalls von etwas, was da nicht hingehörte.

Sollte er die Männer vom Spezialkommando rufen und auf sie warten? Eigentlich wollte er längst unterwegs sein. Er langte ins Auto und löste vorsichtig die Verriegelung der Kühlerhaube. Dann ging er nach vorn, drückte den Riegel weg, schob die Haube nach oben und klinkte die Verriegelung ein.

Sie hatten nicht einmal versucht, die Bombe zu verstecken. Es war eine Sprengladung, in Aluminiumfolie gewickelt und mit einem dünnen Kabel angeschlossen an die Zündung. Eineinhalb mal vier Zentimeter groß. Nichts drum herum. Keine falsche Bombe zur Ablenkung, kein Infrarot, kein Bewegungsmelder. Da war nur dieses mickrige tödliche Päckchen, das auf eine winzige Bewegung im Zündmechanismus des alten Porsche wartete und den oder die Insassen in blutige Fleischfetzen und rote Spritzer verwandeln wollte.

»Sterben wie Herr Huber«, entfuhr es ihm. War das ihre Absicht? »Ich werd euch kriegen, ihr elenden Schweine!« Er warf einen grimmigen Blick um sich.

»Soll ich das Spezialkommando rufen?« Ein Uniformierter hatte ihm klammheimlich über die Schulter geblickt.

Ottakring winkte ab und schüttelte unmerklich den Kopf. Er löste den Kontakt zur Zündung und nahm das Folienpäckchen an sich.

»So«, sagte er nur. Und schnaufte einmal durch.

»Was hätte das Ding gemacht?«

»Keinen großen Schaden, Mann. Ein paar Autos. Ein kleines Loch im Beton. Von uns beiden wäre nicht allzu viel Asche übrig geblieben.« Er grinste ihn an. »Obendrauf noch ein bisschen Dekoration. Viele, viele Blutspritzer.«

In Wirklichkeit fühlte er sich einem Herzinfarkt nahe.

Lola Ottakring war in der Unglücksnacht in ihrem eigenen Schlafzimmer zu Bett gebracht worden. Eine Wache hielt sich vorläufig im Wohnzimmer auf. Kurz nachdem ihr Mann irgendwann spätnachts nach Hause gekommen war, schlüpfte er zu ihr unter die Decke. Sie war unter großen Strapazen wach geblieben und hatte im Negligé auf ihn gewartet.

»Ich brauche dich«, flüsterte er.

Sie mussten sich nicht überwinden. Sie verbrachten ihre kurze Hochzeitsnacht nicht so tugendsam, wie es der ernste Anlass geboten hätte. Wie ausgedörrt fühlten sie sich beide. Lola klammerte sich an den Mann über ihr, er fühlte, wie ihre Lust mehr und mehr zunahm, und das steigerte seine eigene Erregung ins Unermessliche. Gerade als er den Höhepunkt erreichte, öffnete Lola die Augen und geriet in einen wilden Rausch. Ihr Mund war weit geöffnet, ihr Gesicht verzerrt, und wie um den Schock des vergangenen Tages zu verjagen, schrie sie ihre Ekstase laut hinaus.

SECHZEHN

Auf dem Weg zum Grattenschlösschen überquert er die Tiroler Ache südlich von Aschbach. Zunächst fährt er zurück nach Westen, einer langen roten Dämmerung entgegen. Ein Bussardpärchen fliegt mit dünnem Schrei auf, als er die kurvige Straße nimmt, die über den Berg über die Landesgrenze nach Tirol führt. Vor einem kleinen Landwirtshaus hält er an. Er setzt sich an den Tisch, der dem Ausgang am nächsten steht. Um diese Zeit ist er der einzige Gast. Er trägt teure, kastanienbraune Stiefel von Aigner. Darüber die Montur der Aschbacher Gebirgsschützen.

Die Frau, die an den Tisch kommt, hat den Umfang eines hundertjährigen Bergahorns und trägt ein recht weltoffenes Dirndl.

Sie sind die Wirtin, stellt er fest.

Ja. Scho, sagt sie, beugt sich vor und legt die Speisekarte vor ihn hin.

Kosmos lehnt sich zurück. Würden Sie bitte Ihre Titten aus meinem Gesicht nehmen?, sagt er.

Die Frau durchfährt ein Ruck. Als durchleide sie gerade einen Hexenschuss oder sei von einer Kugel getroffen worden. Hä?, sagt sie verständnislos.

Ein Bier, sagt Kosmos. A Halbe.

Und? Nix zum Essen?

Ein Lachsbrot.

Nach einer Weile kommt die Wirtin mit dem Lachsbrot angeschlurft. Zwei halbe Brote, um den Laib geschnitten, dünn mit Butter bestrichen, belegt mit einem halben Zentimeter Lachsersatz und reichlich Zwiebelringen. Daneben ein halbes Ei, senkrecht durchtrennt, und Gürkerl.

Mahlzeit, sagt sie.

In großen Bissen schlingt er das Brot hinunter. Dann ruft er die Wirtin heran. Zahlen!

Sie zückt einen Block und addiert umständlich. Macht acht Euro fünfundsechzig.

Mit oder ohne Steuer?

Mit.

Acht Euro achtzig. Haben Sie auch Zimmer?

Ja. Zwei. Ein Doppel, ein Einzel.

Das Doppel. Ist es ein französisches Bett?

Sie schaut ihn verständnislos an.

Ein breites Bett. Ist's ein breites Bett? Oder sind's zwei Einzelbetten?

Sie nickt heftig. Mir können die Betten auch zsammstellen.

Quietscht das Bett?

Die Wirtin nimmt den Zehn-Euro-Schein und stapelt die Fünferl und Zehnerl vor ihm wie in einer Spielbank.

So, sagt sie.

Was? So? Ich hab Sie was gefragt.

Hä?

Sind Sie blöd? Quietscht das Bett, hab ich Sie gefragt.

Du bist aber net vo da. Scho glei net vo Aschbach. Nie im Leben bist du a Aschbacher Gebirgsschütz. Net mit dene Stiefel.

Er mustert sie von oben bis unten, als läse er einen Computerausdruck. Was geht dich das an? Er schiebt die Münzen ein und senkt den Blick in den üppigen Ausschnitt. Gibt's auch einen Wirt?, fragt er.

Hä?

Kosmos erhebt sich langsam, ohne den Blick von ihrem Dekolleté zu nehmen. Hast du einen Mann im Haus? Und ob's Bett quietscht, hab ich gefragt.

Ein breites Grinsen fliegt über ihr Gesicht. A so. I hoaß Annemirl. Und i bin alloa.

Er nimmt den Zimmerschlüssel entgegen, den sie ihm reicht, und geht die Holztreppe nach oben, die Hand am Geländer. Sie löscht das Licht in der Wirtsstube, schließt die Wirtshaustür ab und folgt ihm.

Er fackelt nicht lange. Das Bett quietscht heftig.

Bist du a Russ?, ist Annemirls letzte Frage, bevor sie stirbt.

Mit der Stiefelspitze tritt er die Zigarette aus, die ihr aus der Hand gefallen ist.

»Rosenmörder hat wieder zugeschlagen!«

Die Frau war nicht gerade eine attraktive Leiche. In ihrem abgeschnittenen Hals steckte eine schwarze Metallrose, aus einen Millimeter dünnem Schwarzblech gearbeitet, rund gehämmert und schwarz lackiert. Der Hals war sauber vom Rumpf getrennt worden. Auf den Holzdielen vor den zusammengerückten Betten fand sich eine zertretene Zigarettenkippe, wahrscheinlich vom Opfer.

»Gestorben ist die Frau allerdings durch einen mittelstarken Metalldraht, der sich über zwei Zentimeter in die Fettpolster ihres Halses eingeschnitten hatte.« Dr. Adamina Tordarroch war ganz in ihrem Element. »Der Kopf wurde abgetrennt, als sie bereits tot war. Und sie hatte Geschlechtsverkehr kurz vor ihrem Tod. Ich bin gespannt, was die DNA des Spermas hergeben wird. Ich wette fast, dass sie identisch ist mit der, die wir an den Textilfasern neben der Engelleiche gefunden haben.«

»Unglaublich. Er hat sie gevögelt und dann umgebracht. Wieder mit dieser verdammten Garrotte«, sagte Bruni. »Der besitzt eine Vorliebe für Rubensfiguren.«

»Wer sagt denn, dass sie freiwillig mitgemacht hat?«, gab Ottakring zu bedenken. »Wenn ihr der Mörder fremd war, spricht mehr für eine Vergewaltigung.«

Die ungenierte Brutalität, mit der der Täter vorgegangen war, gab allen zu denken. Er hatte sich nicht einmal bemüht, Spuren zu verwischen. Was führte er als Nächstes im Schilde?

SIEBZEHN

Sie hatten sich, vorbei an ungeduschten, unrasierten Beamten, ins K1 im dritten Stock des Präsidiums geschlängelt. Selbst hier im engen, fensterlosen Flur herrschte noch ein hektisches Gedränge. Rechts und links gingen dunkel lackierte Türen ab. Ein Verhörraum, eine Haftzelle. Dann versammelten sie sich in Ottakrings Dienstzimmer. Bruni ließ zwei Kollegen vorangehen, gab galant auch der Forensikerin den Vortritt und schloss die Tür.

Ottakring legte die Hände ausgestreckt auf die Knie. Obwohl er müde war, hatten seine Augen einen Glanz wie harte Diamanten. Drei brutale, nie da gewesene Morde innerhalb von zehn Tagen. Mit welcher Macht hatten sie es hier zu tun?

Der Täter, der Engel und die Wirtin auf dem Gewissen hatte, war ein Mann. Sie hatten seine DNA, doch sie war nirgendwo gespeichert. Der Vergleich fehlte also. Der Verbrecher hatte seine Opfer mit einem Draht erwürgt und hantierte mit einem speziell geschliffenen Gerät, einem Skalpell wahrscheinlich, vielleicht einem Rasiermesser. Ein Teppichschneidemesser kam nicht in Frage. Das hätte andere Spuren hinterlassen. Vermutlich ging auch der tote Fuchs auf sein Konto, dessen Kopf und Rumpf sie neben dem Parkplatz gefunden hatten.

Ein kleines Heer von Polizisten und Ermittlern kümmerte sich um jedes Detail. Sie sollten jeden Meter Waldes und jeden Weg untersuchen, der zum Jochbergkircherl führte. Herausfinden, ob irgendwo ein Fallendraht erworben, gestohlen, ausgeliehen oder verloren worden war. Am wichtigsten wären Zeugen gewesen. Menschen, die den Mann gesehen hatten, wie er das Wirtshaus betrat oder verließ. Spuren eines Wagens, mit dem er vorfuhr.

»Wir gehen ja schon auf breiter Front vor«, sagte Ottakring. »Doch vor allem müssen wir ergründen, ob es zwischen den beiden Morden eine Verbindung gibt. Engel, so unsere bisherige Vermutung, wurde vorsätzlich und gezielt zum Opfer. Aber warum? Und warum dort oben? Und warum auf diese Weise? Und nun der Mord an der Wirtin. Dieser Annemirl. Forscht nach, wer diese Frau ist. Wir müssen herausfinden, ob ein Zusammenhang besteht oder ob die Opfer doch zufällig ausgewählt wurden.«

Ottakring fiel auf, dass Dr. Adamina Tordarroch die meiste Zeit still dagesessen hatte. Und dass Bruni sie mit den Augen verschlang. Ob sie es nicht registrierte? Oder ließ sie ihn einfach gewähren? Nun hob sie die Hand.

»Die Art, wie der Täter die Opfer zu Tode stranguliert hat, zeugt von hoher *professionalism*. Entweder er hat schon hundert Menschen auf diese Weise umgebracht, oder …?«

»… oder?«, hakte Ottakring mit emporgezogenen Augenbrauen nach.

»Was ich meine: Wenn er wirklich hundert Menschen mit einer Garrotte gekillt hätte, *regardless of where on earth*, wüssten wir es. Könnte es nicht sein, dass er es trainiert hat? Dass er darin so viel *experience* hat wie ein Boxer, der hundert-, nein tausendmal den linken Jab übt? Das muss ja nicht unbedingt am lebenden Objekt stattfinden.«

Was wusste diese Frau über den Boxsport? Schuster würde seine Freude an ihr haben.

»Und? Wer übt so etwas?« Unverhohlen sah sie Bruni in die Augen.

Der war entzückt und sofort bereit. »Kampfschwimmer. Ranger. Mitglieder von Sondereinheiten. GSG 9 …«

»Also im Wesentlichen Soldaten mit Spezialeinsätzen, *right*?« Sie schob die Ärmel zurück. Eine funkelnde Armbanduhr kam zum Vorschein. »Oh, *excuse me, gentlemen*, ich muss kurz runter zu Sir Francis. *He needs to go for a pee*. Er muss mal.« Sie warf Ottakring einen Blick zu, der ein Murmeltier aus seinem Loch getrieben hätte. »*See you later*, Joe.«

Bruni zuckte zusammen. Trotzdem öffnete er mit einer erlesenen Verbeugung die Tür.

Oh Mann! Wie recht die Lady hatte! Wieso war er nicht selbst darauf gestoßen? Sofort flogen Ottakrings Gedanken zu Andi Wildschitz. Der war Berufssoldat gewesen. Und er hatte ein Motiv. Chili hatte ihn schon einmal unter die Lupe genommen.

»Das muss unbedingt noch einmal vertieft werden«, ordnete er an.

Bruni trug eine sorgenvolle Miene zur Schau.

»Na, Bruni? Traurig, dass Ihnen die Lady entwischt ist?«

Langsam schüttelte der Erkennungsdienstler den Kopf. Er sprach leise und nachdenklich. »Nein. Gewisse Gedanken sind natürlich so unangenehm, dass sich alles in einem dagegen sträubt, sie an sich herankommen zu lassen.« Seine knallblauen Augen schossen Blitze in Ottakrings Richtung.

Der Kriminalrat wusste plötzlich nichts mehr zu sagen.

Bruni fuhr fort. »Wir sitzen hier zusammen und gehen die Morde an Engel und der Wirtin durch. Nicht ein einziges Mal haben wir die brutale Ermordung unseres Kollegen erwähnt. Den Mord an Kemal. Und Chili ist ja auch noch lang nicht über den Berg. Klar, der Polizeidirektor hat sich persönlich in die Aufklärung eingeschaltet. Aber wir stehen doch an der Front, Herr Ottakring. Kemal und Chili sind schließlich *unsere* Kollegen. Nicht seine.«

In Ottakrings Kopf hallte das Echo von Brunis Worten wider. Er merkte, dass ihm schlecht wurde. Vielleicht brauchte er auch nur Lolas Zuwendung oder einen Schnaps.

Eine gequälte Stimmung lag plötzlich im Raum. Die zwei anderen Beamten rutschten unruhig hin und her.

»Bruni, Sie haben ja recht«, sagte er. »Wissen Sie, was mir die ganze Zeit im Kopf herumvagabundiert? Die Frage nach dem Warum. Warum Hastemir? Warum Toledo? Warum ich? Mein Hund, der Anschlag auf der Hochzeit, die Bombe in meinem Auto. Wo ist der Grund zu suchen, Bruni?« Je häufiger er diese Frage formulierte, desto intensiver wurde das Gefühl, etwas übersehen zu haben. »Will man uns damit etwas sagen? Ein Zeichen setzen? Oder handelt es sich um einen Irrtum? Ein Versehen?«

Alles war möglich. Solange sie auf der Stelle traten, war alles möglich.

»Und noch etwas. Wenn ich jemanden umbringen will, schon gleich in aller Öffentlichkeit, ziehe ich mir dann einen Trachtenanzug an? Damit ich leuchte wie eine bunte Kuh? Chili hat ganz klar einen Mann in Tracht erkannt, ein Zeuge hat einen Mann in Tracht auf dem Weg zu den Toiletten bestätigt. Natürlich ist nicht auszuschließen, dass diese Person ein Mitglied des Gebirgsschützenzugs gewesen ist. Auch von denen waren welche auf der Toilette gewesen. Wir müssen das im Auge behalten.«

Die beiden Beamten hatten bisher geschwiegen. Jetzt meldete sich der eine. Er war hager und trug einen grauen Tweed-Anzug mit passender Schirmmütze.

»Die Umstände erwecken eindeutig den Anschein, als sei bei Engel, bei der Annemirl und bei dem Fuchs dieselbe Tatwaffe benutzt worden. Eine Klinge. Und da frage ich mich …«, er verschränkte die Arme vor dem Körper, »… wo passt da der Fuchs ins Muster? Einen sozusagen gemischten Serienmord an Mensch *und* Tier hat's nach meiner Kenntnis noch nie gegeben.«

Ottakring musste ihm recht geben. Schon wieder, so wie vorhin der Lady. Als die Beamten gegangen und Adamina nicht zurückgekehrt war, griff er zum Telefon.

»Ottakring hier«, meldete er sich. Bevor er weiterreden konnte, kam von der anderen Seite das erfrischende Lachen der Eva M.

»Hallo, Herr Ottakring. Ich hab fast schon drauf gelauert, dass Sie mich wieder anrufen würden. Aber da kam ja Ihre Hochzeit dazwischen, schrecklich, was da passiert ist. Ich wollt Chili schon im Klinikum besuchen, aber …«

»Schon okay. Sie haben mir in unserem letzten Telefonat etwas sehr Interessantes aus der OK gesagt. Ich kam nur nicht mehr dazu, es auszuwerten.«

»Das mit Ingolstadt?«

»Absolut! In der Russenkolonie in Ingolstadt habe es auch Morde gegeben, die auf eine Garrotte hindeuteten, haben Sie gesagt.« Er bedeckte den Hörer kurz mit der Hand, um seinen Hustenanfall nicht hinauszupusten. »Das heißt, wir sprechen dort von organisierter Kriminalität …«

»Genau. Russen gegen Türken. Russen gegen Tschetschenen, Ukrainer und Armenier. Und kreuz und quer. Da geht's hoch her. Wir lassen das nicht an die Öffentlichkeit kommen, auch intern unterdrücken wir es.«

Das hatte Ottakring gemerkt. Selbst er hatte keinen Schimmer, was sich hier in Bayern hinter dem Rücken der Bürger abspielte.

»Aber wissen Sie was, Herr Ottakring, ich möchte nicht so gern am Telefon darüber reden. Ich komm gern zu Ihnen raus nach Rosenheim. Ist ja schließlich meine Heimatstadt. Und meine Wohnung hab ich behalten.«

Kaum hatte er aufgelegt, ertönte Beethovens Fünfte, sein neuer Klingelton. Bäbäbäbäääää.

»Ja?«

Es war der Hagere, der immer eine Schirmmütze trug.

»Der Fuchs«, rief er ins Telefon. Seine Stimme überschlug sich vor Aufregung. »Der Parkplatz. Der Fuchstorso wurde am Mittwoch um vierzehn Uhr dreißig neben dem Parkplatz vom Winslet gefunden. Mittwoch früh hat dort der Gunter Sachs einen Brunch abgehalten. Irgendein Geburtstag. Da könnte ja einer aus lauter Gaudi … vielleicht gehört der Fuchs dann doch nicht zur Serie?«

Ottakring dachte kurz nach. Dann suchte er eine Handynummer heraus und tippte sie ein. Keine Antwort. Er versuchte es noch einmal. Auch keine Mailbox antwortete. Er hatte schon die Türklinke in der Hand, da kam der Rückruf.

»Yes, dear?« Stimme und Tonfall waren unverkennbar.

»*Hello*, Adamina.«

»Sie haben mich angerufen, Joe. Privat? Oder nur *official*?«

Der erfahrene Kriminalrat schluckte kurz. Zum Verdauen blieb keine Zeit. »Haben Sie eigentlich den Fuchs untersuchen lassen, Adamina? Haben Sie eine Todeszeit?«

»*Oh yes*! Nicht wir, Joe. Aber wir haben uns das Ergebnis aus der Tiermedizin geholt. Der Fuchs ist eindeutig geköpft worden, und zwar circa zwölf bis fünfzehn Stunden vor Auffinden.«

»Zwölf bis fünfzehn? Nicht zwei oder drei?«

»Mindestens zwölf, Joe. *For sure*. Wollen wir nicht wieder einen *coffee* miteinander trinken?«

Ottakring schloss die Augen und rechnete. In der Nacht von Dienstag auf Mittwoch war der Fuchs umgebracht worden. Etwa um Mitternacht. Was war Dienstagabend beim Winslet losgewesen?

Er sagte Adamina ab, rief zu Hause bei Lola an und entschuldigte sich, dass es spät werden würde. Dann telefonierte er noch einmal mit Eva M. in München und verabredete sich mit ihr in Winslets Residenz.

»Ich nehm Sie beim Wort«, sagte er.

ACHTZEHN

Draußen wurden die Schatten kürzer. Wind heulte ums Haus. Dünnes, federweiches Licht umsäumte die schneebedeckten Zacken der Kampenwand. In der Nacht würde es wahrscheinlich noch einmal Frost geben. Im Fenster betrachtete Ottakring kurz sein Spiegelbild. Eigentlich ganz erfreulich, dachte er. Verglichen damit, wie ich mich fühle.

Das Winslet war ein bombastischer Schuppen mit internationalem Flair und jodelndem Eingangsportal. Sie setzten sich etwas abseits in eine Nische. Gedämpfte Gespräche um sie herum. Eva M. bestellte Espresso und Wasser, Ottakring ein Weißbier. Zugaben gab es für ihn keine, nicht einmal eine Breze bekam er. Vor Eva M. dagegen breitete sich ein Meer von Extras aus. Eine Pyramide mit diversen Zuckersorten, Gebäck, in Folie gewickelt oder lose, ein Stapel Faltprospekte vom Haus, ein Schälchen mit Pralinen, ein Tütchen Fruchtgummi sowie ein Foto des Patrons mit Autogramm, umstreut mit getrockneten Blümchen. Laut Getränkekarte kostete Ottakrings Weißbier ein Viertel seines Gehalts. Eva M. hätte für ihren Espresso ein ganzes Monatssalär hinzulegen gehabt.

»Es ist wie eine Plage«, setzte Eva M. Ottakring ins Bild. Sie beschrieb, wie die Automobilindustrie in Ingolstadt deutschrussische Arbeiter angelockt und die vorhandenen türkischen weggelobt hatte.

»Sie waren halt der Meinung gewesen, die Russen seien fleißiger, hätten ein besseres technisches Verständnis und seien weniger krank.« Das Ende vom Lied sei gewesen, dass die Türken mit dem Messer auf die Russen losgegangen seien. Die Russen hingegen hätten, versaut vom Balkankrieg, sofort zur Feuerwaffe gegriffen. Inzwischen seien die Türken ruhiger geworden. Nun hätten die Russen der Invasion von Ukrainern und Armeniern den Kampf angesagt. Und Tschetschenen. »Die schlagen mit einer Brutalität zu, das ist unglaublich. Die Kriminalitätsrate steigt wie eine Ölaktie kurz nach der Bohrung. Drogenhandel und Prostitution breiten sich aus …«

»Alles klar«, sagte Ottakring. Während die Bedienung dezent einen zweiten Espresso servierte, schilderte Ottakring detailliert die Vorkommnisse in seiner Nachbarschaft. Die Kratzspur am Porsche, die tote Katze im Garten, schließlich das Grauen mit Herrn Huber. Das Resultat der bisherigen Ermittlungen.

Eva M. wiegte nachdenklich den Kopf. »Weiter«, sagte sie, ohne belehrend zu wirken. »Erzählen Sie mir von den Mordfällen. Ich kenne sie bisher nur aus der Presse.«

Alois Engel stranguliert. Die schwarze Rose in einer Fleischtasche unter der Achsel. Die Erschießung Kemals bei Ottakrings Hochzeit und der versuchte Mord an Chili. Nebenbei die Bombe in seinem Auto. Die Wirtin stranguliert und enthauptet. Auch in ihrem Leichenteil die Rose. Schließlich der geköpfte Fuchs.

Er bestellte sich, selbst auf die Gefahr hin, dass er einen Monat lang mit Wasser und Brot auskommen musste, noch ein Weißbier.

»Können Sie da einen markanteren Faden erkennen als ich?«, fragte er die junge Kommissarin. »Machen Sie Zusammenhänge aus, die uns bisher verborgen geblieben sind?«

Eva M. schien sich nur für den kleinen Kaffeelöffel zu interessieren, den sie auf der Ahorntischplatte hin und her schob. Zehn Sekunden, zwanzig Sekunden, dreißig. Dann schnellte ihr Kopf nach oben.

»Das ist genau ihr Muster«, rief sie so laut, dass die Bedienung am Kuchenbüfett fast einen Teller mit Schwarzwälder Kirsch fallen ließ. Dann dämpfte sie ihre Stimme. »Bei der Hochzeit, da bin ich mir nicht so sicher. Aber bei den anderen – Russen! Mit Russen, Herr Ottakring, da meine ich pauschal alle Völker, die einmal unter dem Dach der Sowjetunion zusammengehalten worden waren. Nicht nur die Menschen aus dem heutigen Russland.«

Sie schilderte, wie in der Ingolstädter Slawenszene innerhalb kurzer Zeit fünf Menschen – drei Armenier, ein Ukrainer, ein Türke – von hinten erdrosselt worden waren. In einem Fall hatte die Tatwaffe sogar neben dem Körper gelegen – eine Garrotte, handgedreht. Auch diesen Leichen war post mortem eine Verzierung eingekerbt worden.

»Die Rose, die man bei dem Bürgermeister und bei der Wirtin gefunden hat …« Eva M. verschränkte die Arme auf dem Tischchen zwischen ihnen und beugte sich vor. »… war die aus dünnem Schwarzblech, gehämmert und schwarz lackiert?«

Eva M. hielt inne und ergötzte sich an der Sprachlosigkeit ihres Gegenübers.

»Die Rose, Herr Ottakring, ist so etwas wie das zentrale Symbol der russischen Mafia. Bei der Weihe zum Mitglied einer Gruppe wird eine Rose auf die Brust tätowiert. Es ist also praktisch schon das Einsteigersymbol. Die Rose hat eine hohe symbolische Bedeutung.«

Ottakring nahm zwei tiefe Schlucke.

»Ist Ihnen eigentlich klar, Herr Ottakring, wie viele Russen sich in Aschbach aufhalten? Ich hab das mal recherchiert. Sieben Prozent der Einwohner sind Russen. Oder eben Bürger aus dem ehemaligen Sowjetreich.«

»Was ja nichts Verwerfliches ist«, erklärte Ottakring. »Die sprechen Deutsch, haben meist einen deutschen Pass und Arbeit.«

Eva M. lächelte schief. »Ihre Ethik in allen Ehren, Herr Kriminalrat. Doch ich hab's ausschließlich mit organisierter Kriminalität zu tun. Da meint man immer, Mafia, das wär die italienische Cosa Nostra, die Camorra oder die 'Ndrangheta. Oder die Chinesen. Nein, die moderne Mafia, das sind die Russen. Jedes Netzwerk hier ansässiger Russen ist unterwandert von ihrer eigenen Mafia. Der Arm dieser Verbindungen reicht bis in ihre frühere Heimat. Väterchen Russland ist allgegenwärtig. Der Druck wird immer stärker. Sie können es monatlich messen.«

Auf Ottakrings Gesicht war abzulesen, dass er ratlos war. Er kämpfte mit einem Sturm gemischter Gefühle: Schock, Erleichterung, Neugierde, Abscheu, Angst. Doch Ottakring wäre nicht er selbst gewesen, hätte er nicht ein Gespür dafür gehabt, dass sich hier eine Goldgrube auftat. Diese Frau mit ihrem Wissen brauchte er. Zumal er sie kannte und einzuschätzen vermochte.

Eva M. – das M stand für Mathilde – hatte bei ihm im Rosenheimer K1 ein Praktikum absolviert, als sie BKA-Beamtenanwärterin war. Im Rosenmord-Prozess hatte sie eine gute Figur abgegeben. Eva M. stammte aus Rosenheim und war in ihrer Heimatstadt Miss Herbstfest und Faschingsprinzessin gewesen. Tüchtig in jeder Hinsicht. Vor Monaten hatte sie den Sprung nach München geschafft, in die geheimnisumwitterte Dienststelle OK. Selbst die Kriminalpolizei kannte die OK nur aus Organigrammen. Seinen Verbindungen nach München war es zu verdanken, dass Ottakring Kenntnis davon bekam, dass Eva M. zeitweise als verdeckte Ermittlerin gearbeitet hatte.

»Ihr habt nach Engels Ermordung doch sicher eine SoKo gebildet«, warf sie ein. »Ich nehme an, Sie sind der Boss. Haben Chili oder Kemal dazugehört?«

Ottakring schreckte aus seiner Abwesenheit hoch. Wie aus weiter Entfernung hatte er Eva M. sprechen hören.

»Wie bitte? Äh … nein. Äh … Kemal nicht. Die SoKo Engel, das waren Chili, Bruni und ich. Erst später wurde die Kommission personell aufgebohrt.«

Eva M. spitzte den Mund und leerte ihren Espresso.

»Wissen Sie, die Tatsache, dass Engel auf die gleiche Weise getötet wurde wie fünf Mafiagegner in Ingolstadt, das macht mich schon sehr stutzig. Gibt's eine Verbindung von ihm zur Mafia? Oder generell nach Osten?«

Ottakring staunte über den scharfen Intellekt der jungen Frau. Er musste sie unbedingt für seine Zwecke gewinnen. Er wusste exakt, wo noch ein Bildschirm im Rosenheimer Präsidium für sie frei war.

Berührungen mit der italienischen Mafia schlossen sie aus, sagte er. Dass sie an dic osteuropäische Organisation nicht gedacht hatten, ließ er unerwähnt.

»So«, sagte er abschließend und stand auf. »Jetzt machen wir das, weswegen wir hier sind.«

Sein Handy rührte sich. »Ja!«

Es war Adamina. Sie rief aus München an. »Hallo, Chefinspektor. Haben Sie einen Augenblick Zeit? Sonst haben Sie ja nie Zeit für mich.«

Er verdrehte die Augen zur Decke. Der schnelle Blick, den Eva M. ihm zuwarf, entging ihm nicht.

»Der Schusskanal in Kemal Hastemirs Körper deutet auf ein 9-Millimeter-Geschoss hin. Das gleiche Kaliber wie bei Frau Toledo. Ich kann natürlich nicht deuten, aus welcher Waffe.«

Ottakring tat begeistert, nur um ihre Motivation nicht anzukratzen. Selbstverständlich hatten sie selbst schon das Gleiche festgestellt und einige Waffen in Betracht gezogen. Weitergebracht hatte sie die Erkenntnis jedoch nicht.

Eva M. starrte auf die voll beladene Tischplatte vor ihnen. Obwohl die Bedienung die leeren Gläser und Tassen abgetragen hatte, war kaum ein Fleckchen frei. Promotion hieß das neue Wundermittel.

»Wie der Aufenthaltsraum im Präsidium«, sagte sie mit breitem Zahnpastalächeln.

Da wussten sie beide noch nicht, dass sie eingeladen waren.

NEUNZEHN

Die Dame mit dem dicken Reservierungsbuch war eine unaufgetakelte Person im schwarzen Kostüm. Über ihre goldgeränderte Lesebrille musterte sie Ottakring und Eva M., als hätte sie zwei heruntergekommene Holzknechte vor sich.

Ottakring wies sich aus.

Die Dame wich zurück. »Um Gottes willen«, sagte sie.

»Welche Veranstaltung oder Veranstaltungen fanden am vorletzten Dienstagabend statt?«, fragte Ottakring. »Am Zweiundzwanzigsten?«

»Dienstagabend?«

»Wie gesagt!«

»Da muss ich erst die Chefin fragen«, sagte sie und wollte ihr Buch zusammenklappen.

Eva M. umklammerte ihren Arm.

»Dienstagabend, hab ich gefragt«, sagte Ottakring unmissverständlich. »Welche Veranstaltung?«

Die Frau duckte sich. »Dienstagabend. Warten Sie. Dienstagabend. Lassen Sie mich … ach, da brauch ich eigentlich gar nicht nachzuschauen.« Sie rückte an ihrer Brille. »Da hatte Frau Gubkinowa ihren Charity-Abend.«

»Gubkin?«, sagte Eva M. mit hochgezogenen Augenbrauen.

»Gubkinowa. Es waren erlesene Gäste anwesend.«

»Absolut. Drucken Sie mir die Liste aus.«

Sie überflogen beide den Ausdruck. Schon bei den ersten Namen sahen sie einander an. Die Klitschkos, die Ferres, Brückner … und Frau Gubkinowa als Gastgeberin.

»Gibt's auch einen Herrn Gubkin?«, fragte Ottakring.

Bevor die Dame in Schwarz antwortete, hatte Eva M. in den Papieren geblättert und deutete auf den Namen. Felix Iljitsch Gubkin.

»Adresse?«, fragte Ottakring mit strengem Blick.

»Adresse?«

»Himmelherrgott, ja. Adresse. Haben Sie die Adresse der Gubkins?«

»Müsst ich nachschauen.«

»Na, dann tun Sie das. Jetzt gleich.«

Er registrierte die Erweiterung der Pupillen der Frau und das Klopfen in ihrer Halsschlagader. Ihre Atemgeschwindigkeit.

»Sie brauchen nicht nachzuschauen. Sie wissen es«, sagte er schneidend.

Die Schwarze schüttelte nachdenklich den Kopf. Es schien ehrlich. »Wir haben nur telefoniert und gemailt. Alles andere hat Frau Gubkinowa persönlich vereinbart. Hier im Hotel. Eine Adresse haben wir nicht.«

Sie nahmen Handynummer und E-Mail-Adresse der Gubkins entgegen und verabschiedeten sich.

»Glauben Sie ihr?«, fragte Eva M. draußen.

»Weiß nicht«, sagte Ottakring. Er warf einen abwesenden Blick auf das vergilbende Grün der Bäume seitlich des Hotels, die sich im Wind bogen und wieder aufrichteten.

»Diesen Gubkins würde ich auf den Zahn fühlen.« Eva M. wirkte entschlossen.

Ottakring nahm es als gutes Zeichen, Eva M. für eine Zusammenarbeit gewinnen zu können. Mehr und mehr kristallisierte sich heraus, dass sich die Morde vor dem Hintergrund organisierter Kriminalität abspielten. Und damit war es auch ihr Fall.

»Übrigens, Herr Ottakring. Haben Sie schon einmal daran gedacht, dass es bei dem Attentat auf Ihrer Hochzeit eine Rolle spielen könnte, dass Chili den Herrn Wildschitz vernommen hat?«

Ottakring fühlte eine unendliche Taubheit im Hirn. War er dabei, senil zu werden? »Wieso?«, fragte er.

»Die unglaubliche Dreistigkeit und Brutalität, mit der der Täter vorging, deutet für mich auf die Mafia hin. Und Ehre, Schweigen, Rache, Macht, das sind ihre Leitsätze. Könnte sich jemand an Chili gerächt haben?«

Ottakring fühlte das alte Jagdfieber in sich hochsteigen.

»Gerächt wofür?«, wandte er ein. »Wir haben bei Engel ja schon einen möglichen Mafia-Hintergrund überprüft ...«

»... einen italienischen, oder?«

»Absolut. Wir ermitteln aber auch in die osteuropäische Richtung.«

Ein wenig ging ihm ihre Klugschwätzerei auf den Geist. Gehörte er zum alten Eisen, dass er sich das anhören musste? Wäre es ein Fehler, sie nach Rosenheim holen zu wollen? Die Antwort hatte er im selben Moment parat. Nein, die Frau war hellwach und klug und wäre eine echte Verstärkung.

»Meinen Sie, es könnte ein weiterer Warnschuss für mich gewesen sein? So wie die tote Katze im Garten und der Mord an meinem Hund? Für einen Warnschuss sind ein Mord und ein versuchter Mord aber ein bisschen heftig, glauben Sie nicht?«

Ottakring registrierte den Blick, den Eva M. ihm zuwarf.

»Dass aber ausgerechnet in derselben Nacht, in der diese Charity stattgefunden hat, auf dem Parkplatz davor dem Fuchs die Kehle durchgeschnitten wurde, ist schon merkwürdig, nicht?«

»Na ja«, sagte Eva M., »einerseits muss ja nicht unbedingt ein Russe der Täter sein. Andererseits ist der sauber abgetrennte Kopf des Tiers eine stichhaltige Parallele zu den Morden sowohl an Engel wie auch an der Wirtin.«

Sie standen leider erst am Anfang der Ermittlungen. Sie hatten keinen einzigen handfesten Hinweis. Ob Eva M. mit ihrer Russentheorie recht behalten würde?

»Wo können wir Sie zum Wohnen unterbringen?«, fragte er sie direkt und so scheinheilig, wie er konnte.

»Ich hab doch meine Rosenheimer Wohnung behalten. Und meinen Freund«, antwortete Eva M. mit einem Anflug von Röte im Gesicht.

Sie verabschiedete sich spontan. Sie habe noch eine Menge Arbeit in München, die erledigt werden müsse.

Ottakring sah ihr gedankenvoll hinterher, wie sie leichtfüßig dem Ausgang zueilte.

Chili

Ich bin vernehmungsfähig, wenigstens für kurze Zeit. Ottakring fragt mich intensiv nach dem Schützen aus. Wie groß, welche Statur, Haarfarbe, Schuhgröße, ob er gehinkt hat … Alles Fragen, die auch ich gestellt hätte, wäre ich in seiner Rolle. Doch es ist ein Unterschied, ob man in der sterilen Atmosphäre einer Klinik befragt wird oder ob man zur Zeit der Beobachtung in heller Aufregung und Todesangst schwebt. Der maskierte Mann im Trachtenanzug war lautlos zur Tür hereingekommen. Ich musste mit ansehen, wie er ohne jede Regung Kemal erschoss und sich dann mir zuwandte. Haarfarbe? Der Typ hatte einen Hut auf. Einen grünen Hut. Schuhgröße? Ja, er trug Stiefel mit langem Schaft. Nein, kein langer Schaft. Die Schuhe waren höchstens knöchelhoch, und er trug weiße Strümpfe.

Fühlst du dich in der Lage, an einem Phantombild mitzuarbeiten?, fragt Ottakring.

Der Kollege mit dem Laptop und der Spezialsoftware wartet bereits vor der Tür.

Heraus kommt ein etwas mehr als mittelgroßer Mann, der einen edelweißfarbenen Janker zu einer abgewetzten ledernen Kniebundhose trägt. An der Hose helle Stickereien.

Dich kann man brauchen, sagt Ottakring und streicht mir übers Haar. Du hattest immer schon eine Wahrnehmung wie eine Präzisionskamera. Er hält mir den Ausdruck des fertigen Bilds vor die

Nase. Das ist freilich kein Trachtenanzug, sagt er. Und auch kein Trachtler. Das ist eindeutig ein Gebirgsschütz!

Die Tradition der bayerischen Gebirgsschützen, hab ich später gelernt, stammt schon aus dem Mittelalter. Sie sind in Kompanien gegliedert, und jede Kompanie besitzt eine eigene Montur. Die auf dem Phantombild ähnelt am ehesten der Aschbacher Kompanie. Grauer Janker, Kniebundhose, weiße Strümpfe, grüner Hut. Jene Gebirgsschützen also, die am Hochzeitstag den Vorbeimarsch machten.

Jeder von ihnen hätte es sein können. Sie sind Bauern, Handwerker, ein Anwalt, Soldaten, der einzige Steuerberater am Ort, Beamte. Auch Wildschitz war dabei. Doch warum sollte einer von ihnen einen Anschlag auf zwei Polizisten verüben?

Ottakring ließ sich die Fotos der dreizehn Männer zeigen, die an dem Vorbeimarsch bei seiner eigenen Hochzeit teilgenommen hatten. Wenn ich nicht irre, verhörte er sie alle selbst. Er ging in Aschbach von Haus zu Haus.

Bei Rothäuser, dem Hauptmann der Schützen, blieb er am längsten. Rothäuser, ein pensionierter Stabsfeldwebel des Heeres, war es gewohnt, knapp und präzise zu antworten.

Waren Ihre Männer immer zusammen, solange Sie sich im Aschbacher Hof aufgehalten haben?, fragte Ottakring. Wäre es möglich, dass einer von ihnen sich für fünf Minuten entfernt hat? Haben Sie etwas bemerkt?

Nein, das hätte er merken müssen. Rothäuser war sich absolut sicher, dass keiner seiner Männer abhandengekommen war, auch nicht für kurze Zeit. Er schien seine Truppe im Griff zu haben. Auch die Frage nach der Tatwaffe konnte er eindeutig klären. Die Gebirgsschützen verwendeten einen historischen Karabiner 98. Der mache ein merkwürdig puffendes Geräusch, wie wenn jemand in ein leeres Glas hustet, sagte er. Er hatte dabei gelacht. Der Täter jedoch hatte mit einer Neun-Millimeter-Parabellum geschossen. Ein trockener, kurzer Knall. Das kann ich bestätigen. Ob es sich dabei um eine Pistole der Marke Luger gehandelt hat, eine Beretta, eine Tanfoglio mit Holzgriff oder gar um eine Jarygin mit Makarov-Munition aus dem Bestand der Roten Armee, ist unbestimmt.

Anderes Thema. Wissen Sie, ob einer der Herren im Clinch mit Bürgermeister Engel lag? Herr Wildschitz vielleicht?

Rothäuser hatte gelacht. Meinen Sie, der Andi hat den Alois umgebracht, damit er als Bürgermeister nachrücken kann? Naa, gwieß net. Der Andi ist einer unserer Eifrigsten. Der hätte im Prinzip gar keine Zeit gehabt, das Amt auszufüllen. Aber jetzt muss er's ja. Gezwungenermaßen.

Schon bevor er das Phantombild anfertigen ließ, hat Ottakring auch mir die Fotos der Aschbacher Gebirgsschützen gezeigt. Ich hab sie in zwei Schüben betrachtet, nach der Hälfte musste ich eine Pause einlegen. Jeden einzelnen der dreizehn Männer hab ich mir genau angesehen, aber Kemals Mörder war nicht darunter, da bin ich mir absolut sicher. Ich hab ein Gefühl für eine Visage, selbst wenn eine Maske davor ist.

Er hat sich verändert, der Ottakring. Die Ereignisse bei seiner Hochzeit, die weitere Mordserie, Lolas Zustand, der tote Hund – das alles belastet den alten Recken. Er jagt den brutalen Mörder dreier Menschen, und ich selbst wurde schwer verletzt. Das alles hat ihn nicht kalt gelassen. Am meisten von allem aber hat ihn Herrn Hubers Tod getroffen, da bin ich mir sicher. Er verliert kein Wort darüber. Als ich ihn frage, ob denn niemand beobachtet habe, wie der Hund von Fremden gefüttert wurde, legt sich schlagartig ein dichter Schleier von Trauer über sein Gesicht.

Nein, Lola hat Haus für Haus in der Straße abgeklappert. Niemand hat etwas gesehen.

Als Ottakring sich verabschiedet, streicht er mir nachdenklich übers Haar. Werd bald gesund, sagt er. Ich brauche dich.

ZWANZIG

Eva Mathilde Leander fuhr an der Ausfahrt 105 von der A8 ab. Am östlichen Ortsrand von Frasdorf passierte sie eine Tankstelle, bog nach links ein und folgte der Asphaltstraße für wenige hundert Meter, bis sie an einen kleinen Waldparkplatz rechts der Straße kam. Sie stellte den Motor ab und legte die Hände oben auf das Lenkrad. So saß sie etwa zwei Minuten da und dachte nach. Dann ließ sie ein Fenster herunter, atmete die Herbstluft ein und holte ihren Laptop auf den Schoß. Sie gab den Namen »Gubkin« ein. Kein Eintrag gefunden. Sie versuchte es mit »Gubkinowa«. Ebenso erfolglos.

Eva M. telefonierte mit Rosenheim. Es kostete ein klein wenig Konzentration, nicht versehentlich ihre Dienststelle in München anzurufen, der sie seit gestern nicht mehr angehörte. Sie sollte für die Zeit der laufenden Ermittlungen die Rosenheimer Kripo unterstützen.

»Findet heraus, wo die Gubkins leben«, instruierte sie die Rosenheimer Kollegen.

Bevor sie losfuhr, warf sie einen Blick in den Rückspiegel. Sie war eine Frau Mitte zwanzig, hatte ein heiteres Gesicht und leistete sich einen breiten blonden Chinesenzopf. Lippenstift vermied sie, zumindest im Dienst, denn der hätte ihren blassen Teint noch blasser gemacht. Ihre dünne Haut spannte über scharf hervortretenden Wangenknochen. Ihre Beine steckten in enzianblauen Jeans mit Silberpailletten an den Seiten, darüber trug sie einen hellen Rollkragenpulli.

Sie legte den Gang ein, fuhr vorwärts aus dem Parkplatz auf die Straße und folgte der Anweisung der Dame im Navigationsgerät. Gut fünf Minuten später stellte sie den Dienstgolf vor Winslets Residenz ab. Sie streifte ihren Blazer über, nahm den Laptop mit und marschierte hinein.

Die unaufgetakelte Dame im schwarzen Anzug überging sie und wandte sich direkt an die Chefin.

Nun saß ihr Frau Winslet in ihrem Büro mit so etwas wie gutmütiger Arroganz gegenüber.

»Ja, bitte.«

Eva M. erläuterte kurz den Sachstand.

»Ich werde alles, was Sie sagen, für wichtig halten, Frau Winslet. Also bitte überlegen Sie sorgfältig und seien Sie genau. Ja?«

»Ja.«

»Wer ist Herr Gubkin?«, fragte Eva M. mit gereizter Stimme. »Wer ist Frau Gubkinowa? Sagen Sie mir, was Sie wissen.«

Winslet setzte ein spöttisches Lächeln auf. »Schlecht recherchiert, oder? Was die Gubkins machen, weiß doch jeder.«

Ja, wenn man in der Gegend wohnt, dachte Eva M. Sie ließ sich auf kein Wortgefecht ein.

»Wenn Sie bitte nur auf meine Fragen antworten würden. Also, was wissen Sie über die beiden?«

Über Gubkin wusste die Winslet nichts, aber seine Frau war *die* Charitylady in Südbayern schlechthin. Man sah es an der Einladungsliste.

»Ich bin nicht neugierig. Neugierig zu sein über das Medienwissen und die Gerüchte hinaus wäre fatal für unser Haus. Speziell die Gubkins verkehren nur per E-Mail mit uns. Die telefonieren nicht mal. Keine Ahnung, wo die leben.«

Eva M. fühlte eine gewisse Spannung aufsteigen. Sie war auf der richtigen Spur. Ihre dunkle Ahnung, dass sich dieser Einsatz lohnen würde, wuchs immer mehr. Sie musste sich ein Bild vom Leben der Gubkins machen.

Sie hatte den Laptop längst gestartet und schob ihn aufgeklappt vor die Chefin des Hauses hin.

Frau Winslet war eine zierliche Person mit Lippen wie Angelina Jolie. Eine Zeigefingerspitze spielte mit diesen Lippen.

»Die Einladungsliste vom Dienstag. Ja. Und?«

»Nur Mitteleuropäer außer den Gubkins. Gab's noch mehr Osteuropäer? Georgier? Ukrainer? Armenier? Usbeken? Russen?«

»Nein. Nicht dass ich wüsste«, sagte Winslet trocken.

»Sind alle Anwesenden auf dieser Liste erfasst? Alle?«

»Wir haben nicht nachgezählt.«

Eva M. sprang auf und riss die Espressotasse mit. Der Kaffee ergoss sich wie das Muster für einen Psycho-Rorschachtest über die Schreibtischplatte.

»Sakradi«, rief sie laut. »Würden Sie vielleicht Ihren Grips mal etwas anstrengen? Und mir endlich sagen, was Sie wissen? Wer ist nicht auf dieser verdammten Liste?«

Eva M. war sich sicher. Die Frau wusste mehr, als sie zugab. Schwieg sie aus Angst? Aus Vorsicht? Aus Trägheit?

»Kosmos!«, sagte Winslet. »Da gab's einen Typen, den haben sie Kosmos genannt. Der stand nur rum und hat aufgepasst. Der sah so aus.«

»Wie aus?«

»Na ja. Usbeke. Kasache. Ukrainer. So halt. Mittelgroß, runder Kopf. Er hat einen Smoking angehabt und einen Knopf im Ohr.

Bodyguard. Sicherheitsdienst. Etwas in der Art. Die Frau Ferres hat sich kurz mit ihm unterhalten. Das fiel mir auf.«

Die Ferres. Aha. Eva M. notierte sich den Namen. Dann fuhr sie mit dem Finger die Namensliste auf dem Bildschirm ab. Als sie unten ankam, sah sie Frau Winslet an.

Die schüttelte den Kopf. »Nicht auf der Liste.«

»Wie alt war der? Kosmos?«

»Schwer zu schätzen. Sechsunddreißig? Dreiundvierzig?«

Konnte sie der Frau glauben? Was war der Grund für den plötzlichen Umschwung? In ihrer jungen Karriere hatte sie schon mehrfach erlebt, dass Menschen, besonders Frauen, die sie verhörte, Dinge erfanden, einfach um in Ruhe gelassen zu werden.

»Die Gubkinowa war schon öfters hier. Aber diesen Mann hab ich noch nie vorher gesehen. Finden Sie ihn«, sagte Winslet. »Der machte einen richtig unheimlichen Eindruck. Ein Mensch, dem man nicht nachts allein im Wald begegnen möchte, wissen S' scho?« Sie griff sich ans Auge, als sei ihr etwas hineingeflogen. »Ihnen übrigens auch nicht.«

Es dauerte lange, bis Eva M. einschlafen konnte.

Eineinhalb Stunden nachdem sie eingeschlafen war, wurde sie wieder wach, knipste das Licht an und setzte sich im Bett auf. Ein Einzeltäter, schoss es ihr durch den Kopf. Alle Taten rochen nach einem Einzeltäter. Wenn sie ein Foto dieses Mannes hätte und es Chili zeigen könnte …

Teil 2

Kosmos

Wildheit wie bei der Paarung zweier Tiere. Zwei kuriose Geschöpfe, halb stehend, halb sitzend, Gliedmaßen artistisch verschränkt, milchweißes und erdbraunes Fleisch, zurückgeworfene Köpfe, vibrierende Muskeln, krampfartig entstellte Gesichter. Kosmos kann nicht aufhören, in Stößen zu zucken, die Gliedmaßen, die ihn umklammern, sind Nadeschdas Beine. Ihr stoßweiser Atem durch den weit aufgerissenen Mund spiegelt die Anstrengung höchster Lust.

In wenigen Minuten ist alles vorbei.

Nadeschda.

Kosmos, dieses Bild vor Augen, gießt sich einen Wodka ein, von dem er immer eine Flasche im Gefrierfach kalt hält. Alle Russen trinken Wodka zu jeder Zeit bei jeder Temperatur unterhalb des Siedepunkts. Wodka und eine Dose Bier hinterher – diesem Vorurteil entspricht er, seitdem er im Westen lebt.

Mit Nadeschda hatte er schon geschlafen, bevor sie ihren Mann kennenlernte. Warum sie gerade ihn heiratete, hat er nie völlig begriffen. Wahrscheinlich, weil sie den richtigen Riecher für Geld und Macht hatte. Moskau war unglaublich reich.

»Hast du ihm von uns erzählt?«

»Nein, ich habe ihm nichts von uns erzählt. Felix fürchtet hinter jedem Baum einen Dieb, wenn's um mich geht. Er ist schrecklich eifersüchtig.«

»Bewunderung in Kriegsbemalung.«

Voneinander lassen konnten sie nicht. Beide waren sich des Risikos bewusst. Sie trafen sich nur, wenn sie es nicht mehr aushielten.

Es war 1999 gewesen. Damals, als er als Fallschirmjägerhauptmann im Kosovo war und Priština einnahm. Er war als Held zurückgekommen, die Frauen lagen ihm zu Füßen, so auch Nadeschda. Sie hatten eine kurze, gierige Affäre, bis es Kosmos in die USA zog, um in Brighton Beach für Wjatscheslaw Ivankow die Konkurrenz der rivalisierenden Tschetschenen auszuschalten. Zunächst empfanden die Platzhirsche wenig Respekt vor dem Hinterwäldler aus einem russischen Nest östlich von Moskau. Doch mit ein bisschen Glück und aufgeklapptem Rasiermesser verschaffte er sich Achtung. In wenigen Wochen wuchs Kosmos in eine der brutalsten Gruppen innerhalb der Solntsevskaya Bratva hinein, der Bruderschaft der Schwerstkriminellen, benannt nach einem Distrikt im Westen Moskaus. Zusammen mit den damals gefährlichsten Verbrechern der Welt gelang es ihm sogar, die italienisch-amerikanische Mafia aus dem Revier zu vertreiben.

Zwischendurch gab Kosmos ein Gastspiel in Moskau. Ivankow, sein Boss, hatte sich in den Kopf gesetzt, das Radisson-Slavenskaya Hotel zu übernehmen, und Art Gillespie, der Inhaber, leistete Widerstand. Gillespie war amerikanischer Geschäftsmann und stand auf der Soldliste der Tschetschenen. An einem hässlichen Novembertag wurde er in einer Moskauer U-Bahn-Station umgebracht. Dreizehn Schüsse in Kopf und Genick konnte nicht einmal ein Dickkopf wie er lebend überstehen. Gillespie war umringt von sieben seiner Bodyguards, als Kosmos ihn erledigte. Sie spähten währenddessen nach der Uhr und achteten auf ankommende Züge. Kosmos entkam unbehelligt.

Doch nicht unerkannt. Leider starb der Augenzeuge, der gegen ihn aussagen wollte, bei einer Explosion im Moskauer Gerichtssaal. Nicht etwa nur er, sondern die gesamte Anklage.

Bevor die Bombe hochging, hatte sich Kosmos hinter dem stahlgesicherten Richtertisch verschanzt. Bedauerlicherweise hatte der Richter, erfahren in Korruption und Musik von Schostakowitsch, nicht so viel Glück. Da war einfach kein Platz für zwei unter dem Richtertisch. Richter und Ankläger fand man in kleinen roten Flecken an der Wand wieder.

Nach dem dummen Ereignis in New York, bei dem die beiden Highwaycops dran glauben mussten und er nach Europa verkauft wurde, war er wieder auf Nadeschda gestoßen. Auf die frisch vermählte Frau.

»Na, da bist du ja endlich«, hatte sie ihn sehr cool begrüßt. Unter Stöhnen und Seufzen hatten sie sich in der Toreinfahrt zu ihrer neuen Villa geliebt. Einen Wächter, der sie beobachtet hatte, musste er liquidieren und die Leiche verschwinden lassen. Auch Nadeschdas Mann betrachtete er seither mit den Augen eines Mörders. Wenn der es jemals auf ihn abgesehen haben sollte, würde er ihn töten.

Kosmos nippt an seinem Wodka. Genießt den vom Eis dickflüssigen Alkohol in kleinen Schlucken. In früheren Tagen pflegten die Kumpels das Zeug hinunterzukippen. Doch Kosmos mag es langsam, kontrolliert. Damals ging er sogar so weit, den Alkohol heimlich wegzugießen, während die anderen soffen und blökten und kotzten. Dann war er der einzig Nüchterne im Raum. Was ihm gelegentlich den Vorteil verschaffte, bei dem einen oder anderen den Trick mit der Garrotte anwenden zu können.

Dem Wodka schüttet er eine Dose Bier hinterher. Dann steht er auf, wirft die Tür hinter sich ins Schloss und steigt die Treppe hinunter. Eigenartigerweise hat er im Treppenhaus immer leichten Verwesungsgeruch in der Nase. Er wirft die zweite Tür ins Schloss, schaut gewohnheitsmäßig um sich, schließt den himmelblauen Lada Kombi auf, drückt die Tür zu, rülpst verhalten, startet den Motor und dreht den Lichtschalter nach rechts.

Verhalten fährt er los.

An der Ausfahrt 105 biegt er von der A8 ab. Er passiert die Tankstelle östlich von Frasdorf, biegt nach links ein und folgt der Asphaltstraße für wenige hundert Meter, bis er an dem kleinen Waldparkplatz rechts der Straße vorbeikommt.

Die Anhalterin sieht er im Augenwinkel, als er schon vorbei ist. Er bremst und stößt auf den kleinen Parkplatz zurück. Es gibt nahezu kein Geräusch, als er die Fahrertür zurückschwingen lässt, aussteigt und bei laufendem Motor um den Lada herumgeht. Sie mag Mitte zwanzig sein, zierlich, trägt wie zur Dekoration einen winzigen Rucksack aus schwarzem Leder und ein Piercing in der Nase. Sie kneift die Augen zusammen, als sie ihn kommen sieht.

Hi!

Hi!

Er weiß sofort, dass sie miteinander schlafen werden.

Er weiß nur noch nicht, wie es enden wird.

Eine Krähe schreit sehnsuchtsvoll, sonst ist nichts zu hören. Buschwerk nimmt den Blick zur Straße.

Einen Moment lang stehen sie sich wortlos gegenüber. Dann fasst er sie um die Taille. Er fühlt die Wärme unter dem, was sie anhat. Sie gleitet in seine Umarmung wie in einen seidenen Umhang. Er öffnet die Tür und lässt sie einsteigen. Dann fährt er noch ein Stück weit zurück, schaltet Motor und Scheinwerferlicht aus.

Soll ich mich ausziehen?, fragt sie mit spitzer Stimme.

Er nimmt sie hinten im Lada. Die Ladefläche ist so lang wie sie. Er zieht nichts aus, lässt nur die Hose herunter. Sie soll seine Tätowierungen nicht sehen. Sie folgt seinen Bewegungen und stößt dabei ein gurrendes, rhythmisches Lachen aus. Er küsst sie nicht. Sie atmet in seinen Atem hinein.

Hier, rauch eine, sagt er, als sie sich wieder anzieht. Er weiß, dass sie gern rauchen würde. Aber nicht im Auto. Draußen.

Sie zieht am letzten Stummel ihrer Zigarette. Draußen.

Beide Türen des Lada stehen vom Autorumpf weg wie gespreizte Beine. Er greift rüber und wirft von innen die Beifahrertür zu, dann die Fahrertür. Dann fährt er langsam los.

Im Schein des Rücklichts sieht er ihr überraschtes Gesicht. Sie folgt dem Auto ein paar Schritte weit, dann bleibt sie stehen und schleudert den gestreckten Mittelfinger hinter ihm her.

Er biegt nach rechts auf die Straße ein. Nach fünfhundert Metern ein Waldweg. Er stoppt, wendet in den Weg hinein und nimmt die Straße zurück zum Parkplatz. Er muss an den kleinen Landgasthof denken und an die dicke Wirtin, die ihm so willig gefolgt war. Ihren Namen hat er vergessen. Das Lächeln auf seinen Lippen verschwindet, als er wieder auf den Parkplatz einbiegt. Dabei fällt ihm auf, dass er nicht einmal den Namen der Anhalterin kennt.

Sie erwartet ihn in nervösem Schweigen.

Er umkreist sie mit abgeblendeten Scheinwerfern. Bevor er hält, holt er den schmalen Aktenkoffer von der Rückbank und lässt das Schloss aufschnappen. Eine der beiden Garrotten mit Holzgriff steckt er in die Jacke. Aus der Seitentasche des Koffers fischt er eine Rose aus Schwarzblech, rund gehämmert und schwarz lackiert.

Er steigt aus und stellt sich vor sie. Dann greift er nach ihrem Gesicht, zieht sanft an dem Nasenpiercing und fasst ihr ins kurze Haar.

Sie lässt es mit einem fragenden Ausdruck in den Augen geschehen. Diese Art von Ausdruck kennt er. Die Vorstufe zur Angst.

Wie fühlst du dich?, fragt er.

Die Antwort kommt zögernd. Ich hab mich schon besser gefühlt. Mich einfach stehen zu lassen.

Er verschränkt beide Hände hinter dem Rücken und lässt die Rose von einer Hand in die andere gleiten. In der linken bleibt sie hängen. Dann hält er die Hände vor sich über Kreuz.

Welche Hand?, fragt er.

Ihre Augen schweifen von seinen Augen zu seinen Händen. Was soll das?, fragt sie. Bist du Kindergärtner von Beruf?

Bei der Vorstellung muss er lachen. Nicht ganz, sagt er. Welche Hand?

Ach, ehrlich, nimmst du mich jetzt mit oder nicht? Ich hab mir's schließlich verdient.

Welche Hand? Er beugt sich zur Seite und spuckt aus.

Die da. Mit dem Zeigefinger tippt sie auf die rechte.

Er öffnet die Hand. Sie ist leer.

Du hast Glück, sagt er und klappt die linke Hand auf. Die Rose liegt flach auf der Handfläche und lacht die Frau an.

Kosmos wendet sich ab und startet den Lada. Er vermeidet es, den Kies spritzen zu lassen.

Im Rückspiegel erwartet er Rennen, Gestikulieren, Schreien.

Doch alles bleibt ruhig.

Bevor er wieder auf die Straße Richtung Aschbach einbiegt, sieht er links einen toten Raubvogel im Gestrüpp liegen. Die Federn bewegen sich im Wind.

War der vorhin auch schon da?, fragt er sich.

ZWEI

Zur selben Zeit – es war Donnerstag kurz vor halb acht – fuhren Ottakring und Lola in die entgegengesetzte Richtung, über die Autobahn, vorbei an Neubeuern und Nußdorf, nach Oberaudorf.

Nur Eva M. wusste von dieser Fahrt. Sie kannte Ottakrings Pläne, weil er von ihr Informationen erwartete.

»Wir gehen am besten in ein Restaurant, wo uns keiner kennt«, war Ottakrings Vorschlag gewesen, dem Lola heftig zustimmte. Damit kamen die Rosenheimer Stätten – RIZZ, das Santa, Giornale, Coppa Brazil oder die Griechen und Italiener – nicht in Frage. Das Winslet in Aschbach war zu teuer. Sie entschieden sich für den Bernardiner in Oberaudorf, zentral an der Durchfahrtsstraße gelegen. Sie schlossen sich der hungrigen Menge an, die in Richtung Eingangstür vorrückte.

»Glücklicherweise hast du reserviert«, sagte Lola. Die Piratenklappe machte ihr heute richtig Spaß. Sie betrachtete sie als Tarnung ihres bekannten Gesichts. Ottakring hatte ihr eine halbe Handvoll stecknadelgroßer Swarovski-Strassperlen besorgt, die sich auf dem Schwarz der Klappe sehr attraktiv machten.

»Übrigens, Joe, ich beginne auf einmal wesentlich besser zu sehen«, hatte sie in der Früh gesagt.

»Dann schmeißen wir das Ding bald in den Müll«, hatte er freudig erwidert.

Aus Gewohnheit schaute er sich noch einmal um, bevor sie hineingingen. Da waren zwei Männer, die rechts und links aus einer dunklen Limousine mit Traunsteiner Nummer stiegen und sich mit Leuten unterhielten, die noch im Wagen saßen. Ungläubig schüttelte er den Kopf. Er kannte die zwei. Lenya und Pistolnik aus dem Russenhaus gegenüber. Seine Todfeinde. Er schielte zu Lola, die schräg vor ihm ging. Sie hatte die Russen nicht bemerkt. Wie konnte das sein? Bevor ihm die Galle hochging, gelang es ihm, sich zu beruhigen. Solche Zufälle kamen vor, das kannte er.

Frau Bernardin streckte Ottakring am Eingang verhalten die Hand entgegen. Dann sah sie Lola, und ihr Anblick verschlug ihr fast die Sprache. »Frau Herrenhaus! Ich habe in der Bunte von Ihrem Schicksal mit dem Auge gelesen. Dass Sie uns hier beehren! Herzlich willkommen bei uns.«

Ottakring würdigte sie keines weiteren Blicks. Er zwinkerte ihr trotzdem gut gelaunt zu. Die Chefin ging voraus, und Lola wählte einen Platz kurz vorm Stammtisch in der Ecke.

Gerade als die Kellnerin die Getränkebestellung aufnahm, sah Ottakring, wie Lola die Stirn runzelte. Sie musste etwas in seinem

Rücken bemerkt haben. Er ahnte den Grund und drehte sich nicht um. Er hob die Augenbrauen und wartete ab.

»Die Russen«, sagte sie. »Deine beiden Freunde aus der Nachbarschaft. Sie sitzen drei Tische von uns entfernt.«

Ottakring nickte. »Ich hab sie schon draußen gesehen.« Er saß stocksteif auf seinem Stuhl.

»Hast du jemandem gesagt, dass wir ins Bernardiner gehen, Joe?«

»Niemandem. Selbstverständlich nicht. Ich hab angerufen und einen Tisch reserviert, das ist alles.«

Die Getränke kamen, und sie prosteten sich schweigend zu. Ohne dass sie es aussprachen, hatten sie ein Gespür dafür, wie unwohl sich der andere fühlte.

Als sie die Speisekarten lasen, fragte Ottakring: »Haben sie uns bemerkt?«

»Keine Ahnung. Glaub nicht.« Dann hob sie den Kopf. »Wäre es möglich, dass unser Telefon abgehört wird?«

»Nein«, sagte er. »Ausgeschlossen.« Dafür hatte er rechtzeitig gesorgt.

Das Abendessen wurde serviert. Lola hatte einen Chiemseezander im Wurzelsud bestellt, Ottakring ein kleines Filetsteak vom heimischen Rind mit kleinem Salat. Sie genossen das Mahl, waren aber ständig mit Augen und Ohren drei Tische weiter.

Die Gespräche im Saal waren gedämpft, die Gäste in diesem Lokal waren nie sehr laut. Drei Tische weiter wurde offenbar mit Absicht etwas lauter gesprochen. Nicht so laut, dass Frau Bernardin sie auffordern würde, leiser zu reden, aber laut genug, dass Ottakring die russischen Stimmen hören musste. Sein Name war dabei deutlich zu verstehen. Und ihre Gesten und ihr Gelächter waren eindeutig.

»Was trinken sie?«, fragte Ottakring, starr vor Zorn.

»Bier. Pils. Keinen Schnaps. Aber sie haben schon etliche geleert, seit sie hier sind.«

»Kann ich mir vorstellen«, sagte er und reckte sich.

Lola reichte ihm die Hand über den Tisch. Er schien es nicht zu bemerken. Hatte seine Ohren anderswo.

Sie legte ihre Hand auf seine Hand. »Joe … was hast du vor? Du hast doch was vor.«

»Nichts.«

Sie beugte sich vor. »Joe, vergiss es. Lass es sein. Du machst nie nur nichts.« Ihr Klappenschmuck glänzte gefährlich.

Er küsste lächelnd ihre Hand, schob den Stuhl zurück und war aufgestanden, bevor sie noch etwas sagen konnte. Er drehte sich zu dem Russentisch. Dabei warf er einen Blick auf die Uhr. Sie zeigte zwanzig Uhr einundzwanzig.

Seine Pose wirkte so bedrohlich, dass sofort alle Gespräche verstummten. Auch drei Tische weiter. Sehr ruhig, fast gemütlich schritt er den Gang zwischen den Tischen entlang, Lenya und Pistolnik im Blick behaltend. Lenya verzog höhnisch das Gesicht. Doch die stocksteife Haltung der beiden verriet ihre Anspannung. Ottakring sah Lenya, den er für den Gefährlicheren hielt, von oben herab an und stellte fest, dass sein Gesichtsausdruck wachsamer wurde und die Augen größer. Panik? Wie ein Wiesel, das in seiner Höhle gestellt wurde.

Er sagte kein Wort. Er griff mit der Hand an sein Holster, ließ das Magazin aus der P7 herausschnappen und führte es ihnen kurz und verdeckt vor. Dann ließ er mit dem Daumen eine der messingfarbenen Neun-Millimeter-Patronen herausspringen, drehte sie sanft zwischen den Fingern hin und her und knallte sie, mit dem Projektil nach oben gerichtet, aufrecht neben Lenyas Hand auf die Tischplatte. Beide Männer fuhren zusammen wie bei einer Explosion. Ottakring sah zu Lenya, dann zu Pistolnik und verzog den Mund zu einem hässlichen Grinsen. Seine Zähne blitzten, als er sich gemächlich umwandte und dem Hinweis »Toilette« folgte. Bevor er verschwand, warf er einen Blick zu Lola zurück und nickte ihr aufmunternd zu.

Er durchquerte einen Nebenraum, in dem drei Landfrauen Kränze banden. Sein Inneres kochte. Mit voller Wucht schmetterte er die Faust gegen den Türpfosten. Leise schrie er auf. Putz rieselte, im Nu schwoll die Hand an. Die Wut war weitgehend verflogen, der Schmerz war da.

Eine Landfrau erschien in der Tür. »Is was passiert?«

»Naa, nix is passiert.«

»Aber des hat do so gracht?«

»Des muaß obm gwen sei. Hier hat's net gracht.«

Das hätte noch gefehlt. Erste Hilfe am Männerklo durch eine Frau. Eher hätte Ottakring noch Lenya erwartet.

Er überwand den Schmerz und ging zurück zum Gastraum. Der Russentisch war leer. Lola schüttelte den Kopf und hob beide Hände. Dann bemerkte sie seine Hand. Sie hatte Form und Farbe einer Riesenaubergine angenommen.

»Vergiss es«, erklärte er. »Der Schwanzschlag eines Gigantosaurus.« Dann nickte er mit dem Kinn zu dem leeren Tisch. »Wo sind sie?«

»Gegangen. Sie haben bezahlt und sind gegangen. Gleich, nachdem du raus warst.«

Die Neun-Millimeter-Hülse stand immer noch da, wo er sie hingestellt hatte. Er versuchte sie vom Tisch zu pflücken. Es ging nicht. Sein Körper war keine fünfzehn mehr, und der Ballon, der früher eine Hand gewesen war, schmerzte und war zu nichts mehr zu gebrauchen. Lola hob die Patrone auf und ließ sie in Ottakrings Jackentasche gleiten.

»Sexy«, flüsterte sie ihm zu. »Sexy, dieses Teil.«

Er hätte sie verwünschen können. Er half Lola in die Jacke.

»Hallo!«

Ottakring fuhr herum. Beinahe wäre er mit der Person zusammengestoßen, die gerade aus dem Windfang des Lokals kam. Blasser Teint, bläuliche Lippen, blonder Chinesenzopf.

»Eva Mathilde Leander!«, rief er ihr entgegen.

»Moment Zeit?«, fragte Eva M., nachdem sie auch Lola Herrenhaus respektvoll begrüßt hatte.

»Immer. Wenn's was Neues gibt.« Er musterte sie auf eine Art, als würde er sie mit seinen Augen fotografieren.

Sie lächelte. »Jeder hat immer noch eine Leiche im Keller, oder?«

Erstaunlich, diese junge Frau, dachte Ottakring. Selbstbewusst, charmant, intelligent. Er war froh, sie für seine Dienste gewonnen zu haben.

»Ich hab die Chefin vom Winslet noch einmal befragt.« Rasch präsentierte sie das Ergebnis. Die fehlende Figur auf dem Schachbrett der Charitygesellschaft. »Da gab es diesen russisch wirkenden Typ im Smoking, mittelgroß, Knopf im Ohr. Frau Winslet hält ihn für einen Bodyguard. Er war nicht auf der Teilnehmerliste. Soll ich mich drum kümmern?«

»Was haben Sie vor?«

Eva M.s Blick streifte die Frau neben Ottakring. Als ob sie Scheu hätte, in Lolas Gegenwart ein Geheimnis preiszugeben. Doch als sie Ottakrings offene Miene sah, entspannte sie sich.

»Gehen wir nach draußen.«

Mit einem Fußtritt stieß Ottakring die Tür auf, Lola hinter sich herziehend. Er schaute sich nach beiden Seiten um und nickte ihr zu. Sein Porsche stand da, wo er ihn geparkt hatte. Er umkreiste sein Auto und forschte nach Unregelmäßigkeiten. Nirgends Kratzer, Spuren von Tritten oder Dellen. Der Papierschnitzel, den er ins Scharnier der Fahrertür gesteckt hatte, war auch noch da.

»Essigsaure Tonerde« war Lolas Heilempfehlung auf der Autobahn. »Dazu die kaputte Hand in Mehl und kaltes Wasser tauchen.« Dann sei sie wahrscheinlich schon nach acht bis zehn Wochen wieder betriebsbereit.

Ottakrings Laune litt. Sie verdüsterte sich weiter, als sie sich Aschbach, dem Hochriesweg und ihrem Haus näherten.

Blaulicht. Je näher sie dem Haus kamen, desto mehr Blaulichtfarbe nahm die Nacht an.

DREI

»Achtunddreißig Hülsen«, sagte der uniformierte Polizist, »haben wir bisher gezählt. Da.« Er deutete auf die Haustür des Anwesens Hochriesweg 19.

Was, Hülsen, wie gezählt?, wollte Ottakring schon fragen, da sah er die Bescherung. Die Haustür zu Lolas und seinem Haus stand offen. Der Uniformierte hielt die Stablampe exakt darauf. In ihrem Lichtkegel machte Ottakring seltsame helle Flecken auf der mahagonibraunen, senkrecht geriffelten Haustür aus, unregelmäßig verteilt.

»Oh Gott!«, schrie Lola laut.

Nein, keine Flecken. Es waren Einschusslöcher. Die Tür war durchsiebt wie ein Cadillac zu Chicagos besten Zeiten während der Prohibition.

»Wir haben die Polizei geholt, Herr Ottakring«, rief eine männliche Stimme.

»Hier war vielleicht was los, Frau Herrenhaus«, rief eine weibliche.

Lola schluchzte, und Ottakring war von ohnmächtiger Wut erfüllt. Wie konnte das sein? Er dachte an Lenya und Pistolnik. Doch beide hatten ihnen im Bernardiner zum Greifen nah gegenübergesessen.

»Wann ist das passiert?«, fragte er den Polizeiobermeister.

»Zwanzig Uhr zwei«, kam es wie aus der Pistole geschossen. »Sie haben das Schloss rausgeschossen.«

»Sie? Wissen Sie, ob es mehrere waren?«

»Nein. Hab ich nur so gesagt. Schätze, dass es kein Einzeltäter war.«

»Sind Sie sich wegen der Uhrzeit sicher?«

»Ganz sicher. Hab ich im Kopf.«

»Zeugen?«, fragte Ottakring den Polizeiobermeister.

»Bisher nicht. Nur ein paar, die Schüsse gehört haben. Gesehen haben die nichts.«

»Waren Sie schon im Haus?«

»Nein. Des hammer uns net traut. Mir haben warten wollen, bis Sie kemman.«

Ottakring legte den Arm um Lolas Taille und wanderte mit ihr zum Haus. Abrupt wandte er sich um und nahm den Nachbarn ins Visier, der die Polizei gerufen hatte.

»Und Sie haben nichts und niemanden gesehen?«

Der Mann war bleich. Sein zusammengefallenes Gesicht hatte sich zu einer Maske verzogen. Er schaute angestrengt zu dem Russenhaus hinüber, hundert Meter entfernt.

»Nein«, sagte er. Und noch einmal: »Nein.«

»Herr Ottakring?«

Etwas nagte oder zupfte an seinem Unterarm. Er drehte sich um.

Presse!

Die gesamte Mordserie war bereits mehrfach umgewälzt und beleuchtet worden. Wie's beim Fußball tausend Schiedsrichter unter den Lesern und an den Stammtischen gab, ermittelten hier tausend Kommissare, einer gescheiter als der andere. Im Grunde trugen die Reporter und Redakteure nicht zur Information ihrer Leser bei, sie wussten schließlich nicht mehr als die Polizei. Es war reine Sensationshascherei. Auf den Putz hauen.

Am ruhigsten verhielt sich immer noch die örtliche Presse, das Oberbayerische Volksblatt. Heinrich Euser war es, der ihn am Ärmel zupfte und aus seinem Kugelkopf heraus anlachte. Zuletzt waren sie sich beim Herbstfest in einer Box vom Auerbräu gegenübergesessen und hatten eine Maß zusammen getrunken.

»Was wollen Sie denn hier, Euser?«, rief Ottakring aus. »Dies hier ist ein ganz normaler Einbruch. Wenn das bei Müller oder Huber ist, kommen Sie doch auch nicht gleich angerannt.«

Euser steckte sein Diktiergerät wieder ein.

»Is aber nicht Müller oder Huber«, sagte er. »Is unser Mordermittler.«

»Bleiben S' erst mal draußen«, sagte Ottakring nicht unfreundlich. »Wir sind selber grad erst heimgekommen.«

Er nahm Lola an die Hand und führte sie durch die Tür. Drinnen schien alles unverändert. Auf den ersten Blick fehlte nichts, und beschädigt war auch nichts.

»Schickt die Spurensicherung her«, ordnete er telefonisch an.

In einer Ecke blitzte etwas auf. Eine leere Patronenhülse. Er hob sie auf, drehte und wendete sie.

»Neun-Millimeter-Parabellum. Aus einer Uzi, schätze ich«, sagte er draußen zu Euser. »Da. Schauen Sie. Aber schreiben Sie nix drüber. Das ist unsere Privatangelegenheit. Ich werd Sie dafür mit den Mordermittlungen auf dem Laufenden halten.«

»Joe?«, hörte er Lola aus dem Haus rufen. »Willst mal kommen?«

Er brauchte nicht zu kommen. Lola kam im Trab durch die zerschossene Haustür gelaufen und hielt ihm ein signalgrünes Kleidungsstück entgegen, einen Pullover oder ein Sweatshirt.

»Das lag auf deinem Schreibtischstuhl im Arbeitszimmer«, rief sie. Sie breitete es in der Luft aus und drehte es um. Ein Kinderpulli. Mit einer Aufschrift am Rücken.

VIER

Am Freitag, nachdem sie sich bei Ottakring die Erlaubnis für ihr Vorgehen geholt hatte, machte Eva M. sich auf den Weg zum Grattenschlösschen. Sie fuhr einen unauffälligen, leicht verdreckten Golf aus dem Rosenheimer Fuhrpark. Auf dem Beifahrersitz lag die E-Mail der Ermittlerkollegen, die den Weg beschrieb und die Zielinfos enthielt. Sie hatten wunderbar schnell ihre Ergebnisse geliefert.

Das Schlösschen stand mitten im Wald. Über dem ersten Stock erhob sich ein seltsames Durcheinander von Türmen, Zinnen und Giebeln. Die Fassade war von Steinornamenten übersät, mit gemeißelten Blumen, Löwen und Engelchen. Es gab Balkone, Schießscharten, Wasserspeier und eine Sonnenuhr. Die Morgensonne leuchtete tief und rot und warf lange Schatten über die Rasenflächen. Angrenzend an die Westseite des Gemäuers hatte man eine annähernd quadratische Schneise in den Wald geschlagen, an der Vorderseite etwas eingebuchtet. Die Schneise war mit leuchtenden Rosen in den unterschiedlichsten Arten und Farben bepflanzt.

Den beiden Wachen an der Einfahrt zum Anwesen waren über ihre Ankunft informiert, und Eva M. wurde unkompliziert durchgewinkt.

Wie von selbst schwang das Eingangsportal zu dem Palais auf. Eine düstere Frauengestalt mit schwarzen Kniestrümpfen und schwarzen Halbschuhen geleitete sie über eine ausladende Marmortreppe mit bauchigen Balustern in den Ostflügel der ersten Etage. Im Vorübergehen machte Eva M. zwei Speiseräume, einen Salon und ein Musikzimmer aus, in dem ein schwarz glänzender Flügel stand. Die Düstere brachte sie in eine freudlose Bibliothek mit verschlossenen Schränken, die aus einem Harry-Potter-Film hätte stammen können. In einer Ecke stand ein Eisenbehälter, der zum Aufbewahren von Holzscheiten oder toten Fledermäusen diente. Auch hier, wie in den anderen Räumen, stand ein bunter Strauß frischer Rosen.

Während Eva M. bei einem Espresso wartete, fragte sie sich, was für ein Mensch diese Nadeschda Gubkinowa wohl sei.

Viel hatten die K1ler nicht in Erfahrung bringen können. Die

Gubkins hatten vor zweieinviertel Jahren das Anwesen erworben und waren sofort hergezogen. Sie schienen keinerlei Anhang zu haben, nur Bedienstete. Felix Iljitsch Gubkin engagierte sich für die Gemeinde, unterstützte die Feuerwehr, die Kirche und den Fußballverein. Sonst war nichts über ihn bekannt geworden. Unten im Dorf wurde zwar etwas von »Russen-Mafia« gemunkelt. Doch man zog hier immer sehr schnell seine Schlüsse. Ob sie nun richtig waren oder nicht, Indizien dafür gab es nicht. Aschbachs neuer Bürgermeister Andi Wildschitz schien gute Kontakte mit ihm zu pflegen.

Felix Gubkins Frau, die Gubkinowa ... aber das sollte sie ihr selber erzählen. Sie stand plötzlich unter der Tür. Eva M. fühlte Enthusiasmus in sich aufsteigen. Das, was sie hier veranstaltete, hatte sie noch nie zuvor gemacht. Es war ihre eigene Erfindung. Gleichzeitig beschleunigte sich ihr Herzschlag.

Die Frau reichte ihr die Hand. »Sie müssen Frau Doktor Zarah sein. Wir haben telefoniert. Von welcher Zeitung kommen Sie? Ich hab nicht genau zugehört. Woher stammt Ihr Name? Ist er persisch?«

Stillschweigend überreichte Eva M. ihre Karte. »Dr. Monique Zarah, Redakteurin IPA. Las Vegas, München«, stand darauf. Es hatte viel Überredungskunst gekostet, die Burschen im Präsidium für diesen Schnellschuss zu begeistern.

»IPA?«

»International Press Agency. Hauptsitz Las Vegas.«

»Heißt das, Sie werden auch in den USA berichten?«

»Nicht nur auch. Hauptsächlich.«

Eva M. bereitete es etwas Mühe, die Coole, Arrogante, Souveräne zu spielen. Die Frau, die ihr gegenüberstand, verströmte eine Aura, der sie sich unterlegen fühlte: Ewig lockt das Weib. Dichte rote Locken, aristokratische Haltung. Der Teufel trägt Prada, dachte Eva M., als Engel getarnt.

»Also. Fragen Sie.« Die Frau war es gewohnt, Interviews zu geben.

Wesentliches kam nicht heraus. Kaum mehr als das, was sie eh schon wusste. Nadeschda Gubkinowa, die Charitylady. War sie das, oder war sie eine Abzockerin? Immerhin besaß sie für ihre Veranstaltungen ein Gütesiegel, das Unbedenklichkeitszertifikat. Wieder und wieder betonte die Gubkinowa das. Aber darauf kam es Eva M. gar nicht an. Sie war in das abgeschottete Revier der Gubkins eingedrungen, und das, was sie in den Räumlichkeiten registrierte, stimmte mit den rekonstruierten Bauplänen überein. Die neuen Besitzer hatten – soweit sie erkennen konnte – baulich nichts verändert. Gut zu wissen.

Sie wagte einen ungeplanten Vorstoß ins Private. »Ist Herr Gubkin im Haus? Ihr Mann?«

Frau Gubkinowa blickte ihr forschend ins Gesicht. »Warum? Was wollen Sie von ihm?«, gab sie unnötig heftig zurück. »Er hat nichts mit meinen Aktivitäten zu tun.«

Sie sprach sehr gut Deutsch. Sie hatte einen kaum hörbaren Akzent. Doch ihre Augen bewegten sich unruhig hin und her. Als ob sie sich vor etwas ängstigte.

Als Eva M. von der Düsteren hinabgeleitet wurde, hatte es überraschend stark zu regnen begonnen. Der Regen peitschte in dichten Strömen gegen die Fenster, als verlange er Einlass.

Er peitschte auch gegen die Heckscheibe des himmelblauen Lada Kombi, der direkt neben Eva M.s Golf einparkte, als sie die Autotür zugeworfen und Bayern 3 angeschaltet hatte. Ein mittelgroßer, gut gekleideter Mann stieg aus. Er hielt einen schmalen Aktenkoffer über den Kopf, um sich vor dem herniederprasselnden Regen zu schützen. Der Blick, den er Eva M. im Vorübergehen zuwarf, verhieß nichts Gutes. Als sie auf das große Portal zufuhr, beobachtete sie im Rückspiegel, wie der Mann sich umwandte und stehen blieb. Aus kalten, fast durchsichtigen Augen fokussierte er mit sprechenden Lippen seinen Blick auf das Nummernschild. Sie spürte, wie sich ihre Nackenhaare aufrichteten. Hatte sie das Schild nicht genügend verdreckt? Und noch ein weiterer Gedanke keimte in ihr auf. War das etwa der geheimnisvolle Mann aus Winslets Residenz, von dem sie gern ein Foto gehabt hätte?

»Zehntausend Uzis für Somalia. Das ist gut. Diese verdammten Piraten benötigen viele, viele Waffen.« Gubkin lachte hämisch. »Und was, ihr wollt die deutschen Schrott-Phantoms an Namibia verkaufen? Denkt dran, dass Lucas Pohamba und sein Minister sich auch für unser russisches Luftraumüberwachungsradar P-12 NP interessiert haben. Ist uralt, aber für Afrika reicht's. Das gibt einen Extrabonus, wenn ihr das schafft!«

Felix Iljitsch Gubkin, der feingliedrige, feinsinnige Pianist Gorbatschows und Jelzins, leitete die meisten Geschäfte aus seiner abhörsicheren Einsatzzentrale heraus ein. Die Einsatzzentrale war Teil eines U-Boots, das von einem Geheimgang unter der Küche im Südteil des Schlösschens aus erreichbar war.

Gubkin, vor sich die ultramoderne Funkanlage, lehnte sich in seinem Kommandantensessel zurück. Links ein winziger Wintergarten, der einzige Farbtupfer in dem Grau des Übrigen. Rechts hinter der Stahltür der Sanitärraum, hinter ihm zwei Klappkojen an der Wand. Unter seinen Füßen, getrennt nur durch den Stahlboden, die funktionierende Batterie des Boots. Das Kommandantenschapp stammte aus der PL 690 Kephal, einem Angriffs-U-Boot der sowjetischen Marine.

»Alterchen, was meinst du dazu? Sollen wir auch noch in Angola investieren? Dort fangen die Chinesen gerade erst an, das große Geschäft zu machen. Straßen, Fabriken, Hallen, Bürogebäude, Flugplätze. Ich finde, wir sollten mitmischen. Europa ist zu lahmarschig dazu. Die sitzen vor den Chinesen wie der Frosch vor der Schlange.«

Mit Großvater sprach er nicht über Funk, er konnte ihn auch nicht über Handy erreichen. Er redete mit ihm persönlich. Seltsam, wenn man einen Siebenundzwanzigjährigen zum Großvater hat, dachte er oft, wenn er sich mit ihm unterhielt. Und betrachtete intensiv das Foto des uniformierten Kapitänleutnants, das vor ihm an der Wand des gleichen U-Boot-Typs klebte, das auch sein Großvater im Krieg gefahren hatte.

Er zog eine Schublade auf. Griff hinein, holte vier Pässe in unterschiedlichen Farben heraus – deutsch, russisch, israelisch, lettisch – und fächerte sie auf, wie man ein Kartenspiel auffächert.

»Ein Doppelleben zu führen ist einfach, Alterchen. Damit hast du glücklicherweise nichts zu tun gehabt. Aber ein Drei- oder Vierfachleben hat seine Tücken, glaub mir. Nur, was will man machen? Ich hab mir den Job nicht ausgesucht. Er ist mir zugeflogen. Und dazu gehören verschiedene Identitäten.«

Gubkin zog das Periskop heran und fuhr es aus. Er konnte damit die Aktivitäten über sich in der Küche bis hinaus in den Eingangsbereich beobachten. Das Sehrohr war sein Spielzeug. Es hätte dessen nicht bedurft, denn das gesamte Anwesen war innen und außen videoüberwacht. In seinem Spielzeug sah er Nadjuscha nahen, sie kam vom Entree.

»Alterchen, soll ich mit ihr reden? Oder verschieben wir das Gespräch noch?«

Alterchen war für Reden. Meist wünscht man sich, meinte er, solche Gespräche nicht führen zu müssen. Aber sie müssen geführt werden. Dann ist es besser, man führt sie gleich.

Von dem Periskop wusste Nadjuscha nichts. Er drückte ihre Handykurzwahl. »Würdest du bitte herunterkommen? Ich habe mit dir zu reden.«

»Ach Felix! Muss es denn da unten in diesem Loch sein? Warum gehen wir nicht in einen Salon? Worüber hast du mit mir zu reden?«

Hörte er da einen ironischen Ton heraus?

Das wirst du gleich erleben, wollte er schon entgegnen, während er das Sehrohr wieder einfuhr. Im letzten Augenblick bekam er mit, wie Agnessa das Hausportal weit aufschwang. Es regnete stark. Er amüsierte sich über ihre Kniestrümpfe und die schwarzen Halbschuhe. Eine Gestalt kam mit fahrigen Bewegungen herein und schüttelte sich wie ein Hund. Kosmos! Was wollte er? Es war nicht ungewöhnlich, dass Kosmos plötzlich unangemeldet hereinschneite und ins Büro ging. Aber so früh am Morgen? Was hatte er im Sinn?

Chili

Beklagen Sie sich nicht. Sie könnten längst tot sein, bekomme ich von der freundlichen blonden Ärztin immer wieder zu hören. Sie können jederzeit einen Rückschlag bekommen.

Ich weiß, was das heißt. Ich kann immer noch sterben. Trotzdem wächst meine Ungeduld. Ich möchte raus aus der Klinik. Ich will bei den Ermittlungen dabei sein. Am liebsten selbst herausfinden, wer auf Kemal und mich geschossen hat und warum. Ich hab Ottakring gebeten, ein Wort für mich bei den Ärzten einzulegen. Ich weiß nicht, ob er's je tat. Eine Resonanz spüre ich nicht.

Von seiner zerschossenen Haustür hat mir Ottakring zunächst nichts berichtet. Ich hab's von Eva M. erfahren, die mich zum ersten Mal besucht hat. Der grüne Pullover des Jungen mit der kyrillischen Aufschrift am Rücken war auf den ersten Blick ein schlagender Indizienbeweis gegen das Russenhaus. Allerdings war man sich sofort darüber im Klaren, dass es sehr unwahrscheinlich war, dass das Stück vergessen wurde. Es roch förmlich nach Absicht. Aber warum?

Nach Zeugenaussage waren die Schüsse um zwanzig Uhr zwei zu hören gewesen. Um zwanzig Uhr zehn war das Haus am Hochriesweg umstellt, und eine Gruppe Beamter befand sich im Inneren. Der Landrover mit Rosenheimer Kennzeichen und dem RUS-Aufkleber stand vor der Tür des Russenhauses. Die Motorhaube war noch warm. Pistolnik öffnete die untere Wohnung beim ersten Läuten der Polizei. Er hatte die schwarze Lederjacke noch nicht ausgezogen, die er schon im Bernardiner angehabt hatte. Der Junge lugte hinter ihm hervor. Er trug einen grünen Pullover mit kyrillischer Aufschrift.

Die obere Wohnung war leer.

Wo ist Lenya?, war die meistgestellte Frage an diesem Tag.

Keine Ahnung, wo Lenya ist, äußerte sich Pistolnik in hartem Deutsch. Sein Junge hielt die Beine des Vaters umklammert und öffnete den Mund, um etwas zu sagen. Pistolnik zischte etwas auf Russisch, und der Junge blieb still.

Pistolnik und Lenya hatten das sicherste Alibi, das man sich vorstellen konnte. Sie waren zur Zeit der Tat gemeinsam mit Ottakring und Lola in einem belebten Restaurant gewesen. Also – Pistolnik konnte sich sicher fühlen.

Sie durchsuchten die untere Wohnung und öffneten die obere. Sie durchstöberten Keller, Speicher und Garten. Lenya blieb verschwunden. Der Durchsuchungsbeschluss lautete auf Sachbeschädigung und Hausfriedensbruch. Der Pullover gehörte dem Jungen. Der Bub hatte mehrere solcher Pullis, alle grün und mit Aufschrift. Ja, einer fehlte eindeutig. Wie der in Ottakrings Haus gekommen war, nein, davon hatte Pistolnik keine Ahnung.

Ottakring musste bald erkennen, dass es ihm schwerfallen würde, den Knoten zu zerschlagen, der sich um ihn festgezogen hatte.

Wie ein Lauffeuer hatten sich die Tat und der Polizeieinsatz in Aschbach herumgesprochen. Im Hochriesviertel drängten sich die Menschen. Stimmengewirr. Parkplätze wurden rar. Heinrich Euser war gewiss unschuldig daran, dass das Ottakring-Haus am nächsten Tag in allen Zeitungen Bayerns abgebildet war. Als ob jemand zwanzig Jahre lang im Keller versteckt gehalten worden sei. Innerhalb eines Tages stand der Alltag der beliebten Programmchefin und Moderatorin Lola Herrenhaus und ihres Ehemannes Josef Ottakring im Interesse der Presse. Sie wurden um Interviews angefleht, Fotografen überfielen sie mit Blitzlichtgewitter. Es war, als gäbe es keine Mordserie und als wäre Ottakring nicht Chef der Sonderkommission. Oder als wären die Morde automatisch gelöst, wenn man Lenya aufgreifen würde. Lenya wurde zum Mörder stilisiert, nicht nur in der Presse.

Doch Lenya blieb verschwunden.

Er ist es noch heute.

Auf der anderen Seite erhöhte sich der Druck auf Ottakring, die Mordserie zu lösen. Medien kennen kein Mitleid. Als Ottakring bei mir war, sah ich in seinem Blick keine Panik. Vielmehr eine Mischung verschiedener Gefühle, zu denen nicht zuletzt Verblüffung gehörte.

Ich habe in meiner Situation genügend Zeit zum Überlegen. Immer wieder stelle ich mir die Frage, warum Kemal und ich Opfer dieses wahnsinnigen Anschlags geworden sind. Der Täter sucht sich ausgerechnet Ottakrings Hochzeit aus, schleicht sich in der Verkleidung eines Gebirgsschützen ins Damenklo, tötet meinen Partner und schießt mich zusammen. Und entkommt unerkannt. Eine Verwechslung? Ein Ehrenmord?

Ich habe Mühe, die allgegenwärtige Panik und den schleichenden Wahnsinn dieser Ungewissheit zu bekämpfen. Kemal war als Dro-

genfahnder auf eine heiße Spur gestoßen, die von Moskau aus über Wien bis nach Amsterdam und London führte. Über mehr Details hat Kemal mich zu Lebzeiten nie informiert. Und ich hatte den jetzigen Bürgermeister Wildschitz wegen des Mordes an seinem Vorgänger verhört. Lächerlich, dahinter den Auslöser für das Attentat zu vermuten.

Ich habe Ottakring gefragt, welchen Beweggrund er hinter den Mobbingaktivitäten auf sich und seine Umgebung vermute. Bis hin zum Mord an seinem Hund. Die Mafia ist so, habe ihm Eva M. gesagt. Sie will Macht ausüben.

Und da suchen sie sich ausgerechnet den Leiter der Mordkommission aus?

Wenn ich nur bald hier rauskäme!

Leise geht die Tür auf. Ich wende mich ab und stelle mich schlafend.

Eine Hand legt sich auf meine Schulter.

Chili!

Ich spüre einen leichten Druck.

Chili!

Ich erwache aus meinem vorgetäuschten Tiefschlaf und rekle mich herum.

Eva M.! Hallo.

Gut sieht sie aus mit ihrem blassen, besorgten Gesicht und dem blonden Zopf, der ihr über die Schulter hängt. Was wird sie diesmal auf Lager haben?

Schon bald rückt sie damit heraus.

Ich bin hundertprozentig sicher, dass die Russenmafia hinter alldem steckt, sagt sie. Sie haben Kemal erschossen und dich lebensgefährlich verletzt. Sie haben die drei Serienmorde auf dem Gewissen, und ich bin überzeugt, dass sie auch hinter der Anschlagserie auf Ottakring stecken. Und wenn wir sie nicht bald auffliegen lassen, wird noch mehr passieren.

Eva M. berichtet von ihrem Besuch bei Frau Winslet und von dem mysteriösen Bodyguard. Ich amüsiere mich, als sie mit todernster Miene beschreibt, wie sie sich als Dr. Monique Zarah in das Schlösschen eingeschlichen und Frau Gubkinowa interviewt hat. Und meint, beim Wegfahren diesem Mann begegnet zu sein.

Eva M. lehnt sich vor und berührt leicht meinen Arm.

Hast du schon einmal den Begriff »Dieb im Gesetz« gehört?, fragt sie. »Wor w Sakone« *auf Russisch?*

In selbstvergessener Konzentration schiebt sie die Zungenspitze zwischen den Lippen hervor.

Nein. Nie. War sie auf einen Plausch aus? Wollte sie mich aus einer Depression retten? Wollte sie mir einen Gefallen tun und mich in die Ermittlungsergebnisse einbinden?

Von der Straße her dringen gedämpfte Geräusche ins Zimmer. Ein Moped. Hundegebell. Weit oben zieht ein Flugzeug mit zwei weißen Kondensstreifen seine Bahn auf der Luftstraße.

Diebe im Gesetz waren einst für Zucht und Ordnung in den Gulags zuständig, erklärt sie. Nach dem Fall des Eisernen Vorhangs eröffneten sich ganz neue Perspektiven für diese Schwerverbrecher. Aus jener Zeit stammen auch ihre Rituale, die bis heute gültig sind. Tätowierungen sind so etwas wie Rangabzeichen, und es gibt einen Code, wie man sich in bestimmten Situationen zu verhalten hat. Ähnlich der Italomafia, doch die haben wenigstens eine Art von Ehre im Leib. Viele dieser kriminellen Autoritäten, die damals den Ort der toten Seelen als freie Männer verlassen haben, sind heute Köpfe der kriminellen Mafiabanden aus dem Osten.

Und? Was hat das alles mit mir zu tun?, frage ich.

Eva M. zieht die Augenbrauen hoch. Ich versuche herauszufinden, wer hier die Autorität ist und wer der Leutnant.

Ich hab mich lange konzentriert. Zu lange. Schlagartig finde ich mich in einem Nebel der Hilflosigkeit wieder.

Eva M. sieht es mir an.

Geht's dir gut?, fragt sie besorgt.

Weiß Ottakring das alles?, kann ich gerade noch fragen.

Ja. Weiß er.

Noch ein kurzer Abschiedsgruß, dann zieht sie los.

In meinem Kopf herrscht Leere.

Mit der Klinke in der Hand dreht sie sich noch einmal um.

Weißt du eigentlich, dass man dich offiziell für tot erklärt hat?

SECHS

»Wenn man zum ersten Mal eine Waffe verkauft, ist das wie beim ersten Sex. Man hat keine Ahnung, aber es ist aufregend.« Felix Gubkin lachte schallend. »Der Spruch gefällt dir auch, Alterchen, nicht?«

Seine Augen waren auf das Foto des Großvaters gerichtet. Aber seine Gedanken kreisten um Nadeschda.

Da hörte er sie schon kommen. Das blecherne Trapptrapptrapp ihrer Schuhe auf der Eisentreppe näherte sich.

»Und? Was hab ich verbrochen, dass du mich so antanzen lässt?«

Sie lächelte ihn an. Ihre Hüften wiegten sich träge unter dem gestreiften Rock, und das Innenleder der hochhackigen Schuhe schlug sanft gegen ihre Fußsohlen. Auf der vorletzten Stufe blieb sie stehen.

Er begrüßte sie mit einem knappen Nicken.

»Kosmos«, sagte er. »Ist der eben reingekommen? Was will er?«

Sie klappte die Wimpern hoch, unschuldig wie Madonna vom Lande. Begehrenswert wie immer. »Wie kann ich das wissen? Ich hab ihn nicht kommen hören.« Sie nahm die letzte Stufe. »Kosmos«, sagte sie. »Ist er nicht ein wenig hyperaktiv?«

»Kann man wohl sagen.«

Mehr sagte er nicht. Wollte seine Munition nicht vorzeitig verschießen.

»Hastemir, der Polizist. Engel, der Bürgermeister.« Nadeschda wirkte nachdenklich. »Die Wirtin. Diese Polizistin, die noch in der Klinik liegt. Er legt eine Spur zu uns. Heute war schon eine Journalistin hier. Angeblich wegen meiner Charity. Aber ich hab – leider etwas spät – gemerkt, dass da etwas anderes im Busch war.«

»Journalistin? Warum weiß ich davon nichts?«

Er sah ihr an, dass sich ein Anflug schlechten Gewissens breitmachte. Sie hatte zugelassen, dass eine Fremde ins Haus kam, und damit schalteten sich automatisch die Kameras ab. Wegen eines Interviews! Wieder ihre verdammte Eitelkeit. Vorgestern, als sie in Salzburg waren, hatten ihr an einer Baustelle ein paar Arbeiter hinterhergepfiffen, und sie hatte ihnen zugewinkt, anstatt wie üblich das Gesicht zu verziehen, wenn Felix neben ihr saß. Vermisste sie es schon so sehr, bewundert zu werden, dass sie fragwürdige Komplimente von wildfremden Menschen annehmen musste?

»Hast du mir nichts anderes über Kosmos zu sagen?« Er versteckte die Arme hinterm Rücken und sah sie fragend an. »Hast du was mit ihm?«

Ihm graute vor der Antwort, die ihn erwarten könnte. In seinem Kopf bestand nicht der geringste Zweifel, dass die Blicke, die Nadeschda oft mit Kosmos wechselte, nicht von ungefähr kamen. Er hatte es lange verdrängt. Nun wollte er Gewissheit haben.

Nadeschda – seine Nadjuscha! – vor ihm wurde puterrot. Ihr weicher, samtener Teint, den er immer bewundert hatte, verfärbte sich schlagartig. Er war überrascht, den Schimmer einer Träne in ihrem Auge zu sehen.

Du bist wunderschön, wollte er sagen. Doch er ließ sich nichts anmerken. Er blickte drein, als fiele ihm ihre Veränderung nicht auf.

Seine Nadjuscha. Wie er sie liebte. Sie hatten sich bei einem Klavierkonzert kennengelernt, das er in St. Petersburg gegeben hatte. Variationen über Bizets Carmen-Suite. Sie war damals Model gewesen, und er hatte von ihr gehört. Sie erschien ihm sehr schön auf eine zarte, etwas farblose Art. Später standen sie zusammen an der Bar, tranken Champagner und unterhielten sich über Musik. Ihre blasse, unberührbare Schönheit verschwand mit einem Mal, ihre Augen blitzten, sie warf den Kopf zurück, ihr Körper zitterte vor Gefühl, und sie war wie verwandelt, wenn es um Carmen ging. Sie war fasziniert von der Figur und der Musik, und auf ihrem späteren Lebensweg schleppte er sie in jede bessere Carmen-Vorstellung, die irgendwo auf der Erde aufgeführt wurde. Mailand, New York, Barcelona, London, sogar Oslo. So kamen sie nach München und nach Bayern und nach Oberbayern.

Über eine Woche fuhren sie planlos umher, bevor sie das Grattenschlösschen für sich entdeckten. Die sauberen grünen Felder in der Region, die adretten Häuser in den Dörfern mit ihrem Geranienschmuck, plätschernde Brunnen mit Blumenbeeten drum herum, das braungefleckte Vieh auf den Weiden, die blaugrünen Seen mit unzähligen Tupfen weißer Segelboote – das alles war ihnen wie ein Paradies erschienen. Ganz anders als in den dünn besiedelten Provinzen Russlands rund um Moskau. Verkümmerte Bäume, endlose Steppen, elende, im Schnee begrabene Dörfer, bleigrauer Himmel, bitterkalter Wind, gefrorene, sumpfige Felder mit Eispfützen und reifüberzogenen Grasbüscheln, sich in die Unendlichkeit dahinwindende Straßen – das waren Erinnerungen Gubkins an sein Geburtsland. Irgendwo südlich von Rosenheim hatten sie in einem kleinen Biergarten gesessen, warm in der Sonne, und doch in Blickweite schneebedeckter Berge, die zum Himmel griffen. Nadeschda hatte einen Cappuccino vor sich und ein Stück Kuchen, er ein Weißbier und eine Butterbreze. Sie sahen sich an und dachten: Hier müssen die Menschen wirklich glücklich sein. Dies war der Beginn der Reise gewesen, an deren Ende sie schließlich im Priental sesshaft wurden.

Jetzt, in seinem U-Boot, stellte er noch einmal die Frage, die ihm schon lange auf der Zunge gelegen hatte. Ein qualvolles Gefühl machte sich in ihm breit.

»Hast du was mit ihm?«

Nadeschdas Wangen hatten wieder ihre normale Farbe angenommen. Er konnte sehen, wie sie tief durchatmete. Er fragte sich, was sie wohl von ihm dachte.

Nadeschda Gubkinowa gab keine Antwort.

Er richtete den Blick auf sie, doch sie starrte ins Leere.

Würde sie den gleichen Tod wie Bizets Carmen erleiden?

Nein.

Vorerst nein.

Nicht sie.

An diesem Morgen beschloss Felix Iljitsch Gubkin, wo und wie er Kosmos töten würde. Der Plan dazu hatte bereits Form angenommen.

»Agnessa, wer war die Frau?«

Es war nicht unbedingt gebräuchlich, dass Kosmos das Wort an die Haushälterin richtete. Doch immerhin war Agnessa auch ihm gegenüber zur Verschwiegenheit verpflichtet.

»Besuch der Herrin. Warum fragst du sie nicht selbst?«

»Ja, gut, wo ist sie?«

»Spricht mit dem Herrn.«

Kosmos fiel auf die Knie. »Agnessa, mein Täubchen. Ich hab nur eine einfache Frage an dich gerichtet. Ich will dich nicht aushorchen, ich will nicht wissen, was gesprochen wurde, und nicht wissen, wann die junge Dame Geburtstag hat. Ich bin einfach neugierig. Neugier zwischen Freunden. Also, bitte sag mir, wer die junge Frau war.«

Er schielte auf ihre schwarzen Halbschuhe. »Dann werde ich der Herrin auch nicht verraten, dass deine wunderschönen Schuhe Flecken haben. Du weißt, wie empfindlich sie ist.«

Er lachte schäkernd und richtete sich wieder auf. Das Haar fiel ihm in die Stirn. Er konnte charmant sein, wenn er wollte.

Wortlos wandte sich die düstere Haushälterin um und schritt zum Treppenaufgang. Noch in der Drehung griff sie in den Latz ihrer weißen Schürze. Sie legte die Hand ans Geländer und nahm die erste Stufe. Etwas Weißes segelte zu Boden.

Kosmos sah Agnessa mit Entzücken hinterher, bis sie nach dem ersten Treppenabsatz entschwunden war. Er bückte sich und hob die Visitenkarte auf. »Dr. Monique Zarah, Redakteurin IPA. Las Vegas, München.«

Er sandte einen dankbaren Blick nach oben und legte die Karte mit der Schriftseite nach unten wieder auf den Boden. Er war sicher, dass Agnessa in wenigen Augenblicken zurückkommen und sie wieder einsammeln würde.

Dann zückte er sein Mobiltelefon. »Findet raus, wem folgender Golf gehört. Nummer: RO – …«

SIEBEN

Er lenkt den Lada den Berg hinab, hält sich auf der langen, geraden Dorfstraße durch Aschbach an die Geschwindigkeitsbegrenzung, kommt kurz darauf an dem Waldparkplatz vorbei, wo er die Anhalterin verschont hatte, jagt den alten Kombi über die A8, was der Motor hergibt, und nimmt einundzwanzig Minuten später die Ausfahrt Rosenheim. Er gerät in den üblichen Stau Richtung Innenstadt. Ausgerechnet vor dem Haus gegenüber McDonald's in der Kufsteiner Straße, das er kürzlich besucht hatte, kommt die Autoschlange zum Halten.

Bevor die Ampel auf Grün schaltet, wirft er einen Blick hinauf zu einem der rot umrandeten Fenster, die zur Straße hinausgehen. Dahinter ist eines der Zimmer, in dem er die halbe Nacht verbracht hatte.

Galina hat einen gedrungenen Körper, lange, zum Zopf gebundene tintenschwarze Haare und ein rundes Gesicht.

»Ich bin Galina«, sagt sie in seiner Sprache.

Als sie lächelt, sieht er, dass ihre Zähne kantig sind und breit, mit einer schmalen Lücke in der Mitte. Sie ist jung. Einen Augenblick lang stehen sie nur da und schauen einander abschätzend an. Dann schält sie sich mit einer routinierten Bewegung aus ihrem flamingoroten Kleid.

»Na komm. Zieh dich auch aus«, lockt sie.

Galina ist ein liebenswürdiges Mädchen, dem Dialekt nach vom Land, mit hohen Wangenknochen und schweren Brüsten. Er scherzt mit ihr und lacht dröhnend, als sie hinterher mit einem anderen Pärchen an der kleinen Bar draußen im Gemeinschaftsflur stehen und aus dickwandigen Gläsern trinken. Sie summt ein altes Kirchenlied, als er sie zum zweiten Mal nimmt. Erst beim vierten Mal bemerkt er, dass sie einen zarten Geruch nach Zwiebeln und Knoblauch verbreitet. Der Duft ihres starken Parfüms hatte dies vorher übertönt.

Gegen Mitternacht fällt Kosmos auf, dass er genug hat. Sie schweigen. Er fühlt sich leicht und entspannt. Aus dieser Stimmungslage heraus hat er das starke Bedürfnis, Galina zu garrottieren. Seine Augen streifen ihren Hals. Es wäre kein Problem. Doch er unterlässt es aus zwei Gründen. Er hat keine Garrotte eingesteckt. Und es erscheint ihm umständlich, die Leiche aus diesem belebten Haus verschwinden zu lassen.

Beinahe zusammenhanglos erscheint vor seinem inneren Auge das Bild der jungen Frau, der er bei seiner Ankunft im Schlösschen im Regen begegnet war. Hübsch war sie, die Journalistin im zivilen Polizeigolf. Er erinnert sich an ihren blassen Teint und den Zopf, der ihr nach vorn auf die Brust fiel. Er ist sicher, dass sie bemerkt hat, wie er einen intensiven Blick auf das Kennzeichen ihres verdreckten Golf warf. Und er hat bemerkt, dass ihr Blick ebenso intensiv an ihm hängen geblieben war.

Er setzt den linken Blinker und biegt in das McDonald's-Drive-in ein. Er bestellt einen Cheeseburger mit Salat, Zwiebeln, Tomaten, Mayo und Ketchup und eine Cola. Er biegt nach rechts auf den Parkplatz ein. Aus der linken Hand isst er den Cheeseburger, mit der rechten versucht er aus dem Gedächtnis ein Bild der Polizistin zu zeichnen. Den Block hat er auf das Knie geklemmt. Was er nach knapp zehn Minuten vor sich hat, ist ein exaktes Abbild der Frau, so wie er sie in Erinnerung hat. Ovales Gesicht, blasser Teint, hohe Wangenknochen, blonder Chinesenzopf.

Er reißt das Blatt vom Block, faltet es, steckt es ein, entsorgt die Essensreste und startet Richtung Innenstadt. Auf der Loretowiese stellt er den Lada ab und geht, die Hände in den Taschen seiner Gucci-Jeans, zurück Richtung Polizeipräsidium.

Was hat eine Polizistin im Sinn, die sich als Journalistin ausgibt und sich an Nadeschda Gubkinowa heranmacht? Womöglich ein Interview mit ihr führt. Er kennt Nadeschda, sie ist eitel, vor allem, was ihre Charity betrifft. Das Spielchen bedeutet nichts anderes, als dass die Polizei ihre und möglicherweise seine Spur aufgenommen hat.

Schon bevor er die Straße überquert, hält er Ausschau nach einem geparkten Golf mit ungewisser Farbe und dem Kennzeichen, das er sucht. Er sieht ihn nicht auf den Polizeiparkplätzen in der üppigen Kaiserstraße, er findet ihn nicht in der kargen Ellmaierstraße.

Ohne Weiteres gelangt er in den Innenhof, wo die Werkstatt und die Waschanlagen des Polizeipräsidiums sind. Das Tor steht wegen Reparaturarbeiten offen. Er marschiert an einem Schild mit der Aufschrift »Zutritt verboten« vorbei. Er greift nach der Zeichnung in seiner Sakkotasche und wirft einen Blick darauf. Lässt den Blick kreisen. Nur Männer, keine einzige Frau.

Lenya fällt ihm ein, er weiß nicht warum. Wahrscheinlich weil es im Wesentlichen Lenya war, der ihnen diese Verfolgung eingebrockt hat. Lenya mit seinen kleinkarierten Machtgefühlen. Legt sich mit dem Chef der Mordkommission an, ohne die Folgen zu bedenken. Es ist schon richtig, dass er ihn beseitigt hat.

Dr. Monique Zarah. Wie kommt sie auf diesen Namen? Hätte es nicht Emmi Müller auch getan? Dr. Monique Zarah kommt von rechts direkt auf ihn zu. Erkennen darf sie ihn nicht. Er wendet sich ab und erhöht die Schrittfolge. Da sieht er ihn, den Golf. In der Waschanlage, er glänzt, das Kennzeichen blitzt ihm entgegen. Das Rolltor der Anlage war vorhin geschlossen gewesen. Die Zöpfin also auf dem Weg zu ihrem Wagen.

»Hallo!«

Eine helle Frauenstimme. Nein, das darf nicht sein. Unwillkürlich fährt die Rechte unter die Jacke. Fühlt das kalte Metall.

»Hallo! Bleiben Sie stehen!«

Fluchtinstinkt. Er will losrennen. Doch aus welchem Grund? Was liegt gegen ihn vor? Außer dass sie ihn bei Gubkin gesehen hat, hat sie nichts in der Hand. Cool bleiben. Er bleibt stehen. Langsam wendet er sich ihr zu. Sie hat nichts gegen ihn. Absolut nichts. Er muss sich zwingen, die rechte Hand in Schach zu halten. Jetzt sieht er, dass die Polizistin hinkt.

»Was suchen Sie hier? Kann ich Ihnen weiterhelfen?«

Seine trainierten Instinkte sind hellwach. Hat sie ihn nicht erkannt?

»Kennen wir uns?«, fragt er so harmlos wie möglich.

»Warum sollten wir uns kennen? Ich hab den Eindruck, Sie haben sich verirrt. Oder sind Sie ein Besucher? Zu wem wollen Sie?«

»Das stimmt«, sagt er. »Ich hab mich verirrt. Ich war noch nie in einem deutschen Polizeichof. In meiner Heimat war ich auch Polizist. Ich wollte sehen, wie ist das chier. Rein Neugier.« Er setzt das schönste Lächeln auf, das ihm gelingen will. »Oder wären Sie freundlich und zeigen mich a bissl rum?«

Sie zeigt. Nicht sehr lang. Gerade so lang, dass er seine gefühlte Überlegenheit wiedergewinnen kann.

»Wirtschaft, Würstlstand, Döner?«, lädt er sie ein. Er kann sich nicht vorstellen, dass sie so naiv ist, anzunehmen.

Doch sie folgt ihm. Wie in einem schlechten Kriminalroman landen sie in einem der Dönergeschäfte, die entlang der Kaiserstraße die Atmosphäre prägen. Er sieht sie an. Sie hat Ähnlichkeit mit Galina aus der Kufsteiner Straße. Nur die dicken Brüste, die hat sie nicht.

Er spürt ein deutliches Ziehen im Unterleib.

ACHT

Sie hatte ihn sofort erkannt. Das musste er sein. Ein Foto hatte sie sich gewünscht. Nun hatte sie ihn leibhaftig vor sich. Dunkler Typ, mittelgroß, runder Kopf, energischer Unterkiefer, Smoking. Bis auf Smoking stimmte alles, er hatte einen Anzug an. Was suchte er im Innenhof? Wie war er überhaupt hereingekommen? Sie wollte Ottakring anrufen. Aber nun stand sie mit dem Mann am Tresen einer Dönerbude, in die sie ohne ihn niemals gegangen wäre, und kam nicht so einfach wieder los.

Am Morgen noch waren sie sich vor dem Russenschlösschen begegnet. Obwohl es geregnet hatte und schlechte Sicht herrschte, musste er sie gesehen und jetzt wiedererkannt haben.

Ein grellweißer Blitz schoss durch ihren Kopf. Ihretwegen war er hier! Den Golf hatte er gesucht im Innenhof. Er war hinter ihr her. Den Schmäh mit der Journalistin hatte er durchschaut.

»Ich heiße Zarah. Wie heißen Sie?«

Der Mann, obwohl er lächelte, verbreitete eine tödliche Aura. Eva M. hatte so etwas noch nie erlebt. Eigentlich ein Mann zum Verlieben. Eine Art James Bond. Auf charmante Art tödlich.

»Ivanow. Georgi Ivanow.«

Sie sah ihm an, dass er log. Als Nächstes packst du Dienstmarke und Handschellen aus, wie? Wenn sie ihn weiter ausfragen würde, hätte er eine perfekte Legende parat. Nur – sie hatte keinen einzigen Beweis gegen diesen Mann.

Ein handfester Beweis ist das Gegengift gegen das Gift der Lüge, hatte Ottakring ihr beigebracht, als sie Praktikantin bei ihm war. Sonst stehst du nachher da wie der Depp.

Es war ein Katz-und-Maus-Spiel. Jeder wusste vom anderen, dass er nicht der war, als der er sich ausgab. Keiner konnte dem anderen vom Gesicht ablesen, ob er ihn erkannt hatte. Doch in Eva M.s Kopf bestand nicht mehr der geringste Zweifel, dass sie es mit einer Hauptfigur der aktuellen Geschehnisse zu tun hatte. Wenn nicht sogar mit dem Mörder selbst. Der hinter ihr her war! Sie entschloss sich zur direkten Attacke.

»Sie haben nicht vor, mir die Sache einfach zu machen, wie?«

»Wie? Wie meinen Sie das?«

Viele Gedanken jagten durch Eva M.s Kopf.

»Warum denken Sie wohl, gehe ich mit einem wildfremden Mann in eine Dönerkneipe?«

»Und? Warum?«, gab er zurück. Zum ersten Mal kam Leben in seine Augen.

»Na, denken Sie mal nach. Ich mach mich nur kurz frisch. Dann gehen wir zu mir. Okay?« Sie schürzte die Lippen gerade so weit, dass es nicht ordinär aussah.

Geschirr klapperte. Ein gelhaariger Kellner streifte mit einem Tablett an ihrem Stehtisch vorbei.

Eva M.s Gegenüber lächelte. Er saß in aller Ruhe auf seinem Hocker, die Beine übereinandergeschlagen. Er senkte den Blick auf seine Schuhe, als ob er sich geniere, nahm das Bein vom Oberschenkel, fuhr mit der Schuhoberfläche an seiner Hose auf und ab und schlug die Beine wieder übereinander.

Am liebsten hätte sie ihm die Faust ins Gesicht geschlagen.

»Okay«, sagte er. »Ich warte.«

Leichtfüßig bog die Kommissarin Eva Mathilde Leander um die Ecke und folgte dem Pfeil. Es war nicht weit, vielleicht zweieinhalb Meter.

Mal sehen, ob der Typ anspringt, dachte sie auf dem kurzen Weg und ging mit sich selbst eine Wette ein. Denkt er wirklich, er sei der Größte? Hat er mich durchschaut?

Sie verriegelte die Toilettentür und hantierte leise.

»Hallo, Herr Ottakring? Schnell! Superschnell!« Sie beschrieb in Kürze, worum es ging, und nannte den Standort.

»Festhalten, den Mann! In drei Minuten werden wir da sein.«

Eva M. entsicherte die P7 und bereitete sich auf das Gefecht vor, das todsicher folgen würde.

Sie verlor ihre eigene Saalwette.

Der Mann war weg.

»Herr Ottakring! Sind Sie noch im Büro?«

»Ich schnall mir grad die Waffe um.«

»Er ist weg. Lösen Sie bitte Funkfahndung aus. Männlich, hundertachtundsiebzig Zentimeter groß, rundes Gesicht, energischer Unterkiefer, bartlos, kurzes dunkles Haar, am rechten Unterarm eine dunkelblaue Tätowierung, trägt Jeans, elegantes blaues Sakko und braune Stiefel oder Stiefeletten. Eitel, der Mann.«

»Absolut. Bis gleich.«

Sie zückte ihren Ausweis. »Hinter den Tresen. Alle. Hinter die Theke! Nichts berühren.«

Die zwei Angestellten und drei Gäste gehorchten wortlos.

Die Gläser standen noch, wo sie vorher waren. Beide Hocker ebenso.

Der Mann war weg. Aber war er tatsächlich so blöd, sein Glas einfach stehen zu lassen? Mit Fingerabdrücken und Mundabdrücken drauf? Mit allem, was man für eine DNA benötigt.

NEUN

Um zehn nach drei am Nachmittag machte Kriminalrat Josef »Joe« Ottakring die Tür des Konferenzraums hinter sich zu, nachdem er die wichtigsten Mitglieder der Sonderkommission hereingelassen hatte. Bruni, Eva M., der Hagere mit der Mütze und Dr. Adamina Tordarroch mit ihrem Mops, alle hatten sich eingefunden. Sie warteten gespannt auf den Durchbruch, der erfolgen sollte.

In den Raum im Altbau des Präsidiums passten gerade mal zehn, maximal zwölf Leute. Ihnen stand keinerlei Technik zur Verfügung außer ihren eigenen Notebooks. Auch ihren Kaffee mussten sie mitbringen. Es gab keine Maschine.

»Wir haben ihn«, sagte Ottakring. Er konnte den Triumph nicht verbergen. Von seinem Büro waren es nur wenige Schritte zum Besprechungsraum. Bevor er hergekommen war, hatte er in seinem Büroschrank eine Krawatte entdeckt. Sie war grün mit braunen Schrägstreifen und vollkommen fleckenlos. Er konnte sein Glück kaum fassen, mit dem Resultat, dass er sie sich umband.

»Ich soll Sie alle von Chili Toledo grüßen. Sie hat Sehnsucht nach uns und Heimweh nach ihrem Schreibtisch. Also geht's ihr gut.«

Jeder im Raum wusste, dass das die Wahrheit sehr unpräzise umschrieb.

»Eva M., berichten Sie, was heute früh geschehen ist.«

Sie hatten vereinbart, dass er die Sitzung moderieren würde. Eva M. fiel jedoch die Hauptrolle zu.

Sie zögerte.

»Na ja«, begann sie und korrigierte den Kriminalrat. »›Wir haben ihn‹ ist geprahlt. Im Sinne von ›festgenommen‹. Wir haben einen Verdächtigen und eine Spur.«

Bruni war damit beschäftigt, eine verspätete Wespe oder Hummel zu verscheuchen, die ihm um den Kopf schwirrte. Trotzdem schaffte er es zwischendurch, entzückt auf Adaminas Oberteil zu starren.

Adamina räusperte sich und hob die Hand. Der Mops hechelte zu ihren Füßen, als wäre er am Sterben.

»Keine Spur«, sagte Adamina. »Einen Beweis …«

»Einer nach dem anderen«, unterbrach Ottakring. »*One after the other*. Eva M., Sie sind noch dran.« Er wagte es nicht, die schottische Austausch-Forensikerin mit Blicken zu berühren.

»Also«, begann Eva M. erneut. »Ich war in der Früh droben im Priental im Schlösschen der Frau Gubkinowa. Da haut's einen um, sag ich euch, wenn man da hineinkommt …«

Ottakrings Blick mahnte sie, sich kurz zu fassen. Wenige Worte später berichtete sie von der Dönerkneipe.

»Ich hatte mit mir eine Wette abgeschlossen. Ich hatte gewettet, der Typ bleibt, weil er mit mir ins Bett will.«

Bruni nahm ruckartig die Augen von Adaminas Oberteil und errötete.

»Aber er war weg. Einfach futsch. Na ja, den Rest kennt ihr ja.«

»Nicht ganz«, warf Ottakring ein. »*It's your turn*, Adamina.«

»*Shut up*«, sagte die Schottin. Dann präzisierte sie: »Ich meine Sir Francis. Nicht Sie, Sir Ottakring.« Sie blickte vom einen zum anderen. »Ich hab das Trinkglas sofort mit Boten nach München ins LKA geschickt. Dass wir dieses Glas haben, ist wie ein Sechser im Lotto.«

Sie blinzelte Eva M. zu. »Es würde nicht schaden, wenn Sie Ihre Beziehungen zur Zentrale spielen lassen würden, Herr Ottakring. Eine Routine-DNA dauert zwei, drei Wochen. Wenn Sie da hinterher sind, schaffen wir's in zwei Tagen.« Sie warf einen betont entzückten Blick auf Bruni. »Und ich wette ein Fass Whisky, die DNA stimmt mit der des Herrn überein, der Bürgermeister Engel, die Wirtin und den Fuchs auf dem Gewissen hat.«

»Gewissen?«, empörte sich der Hagere mit der Schirmmütze. »Denkt doch mal an unseren Kemal. Und an Chili Toledo.«

Ottakring sah sich um.

Alle schienen zu wissen, was auf sie zukam. Dennoch überkam sie ein Gefühl der Erleichterung. Die Unruhe legte sich, zumindest für eine Weile.

Sir Francis bellte.

»Aber da gibt's noch diesen Lenya!«, rief der Hagere und lupfte seine Schirmmütze. »Der Sie so malträtiert hat. Der ist doch untergetaucht.« Er verzog das Gesicht. »Kann er nicht unser Mörder sein?«

Ottakring nickte. »Ja. Wir werden ihn finden, meinen Nachbarn.« Ottakring tat cool. »Ich halte ihn oder den anderen, den Pistolnik, zumindest für den Mörder meines Hundes.

Momentan glaubte er allerdings, dass Lenya untergetaucht war und an irgendeinem Strand in Montevideo oder in Georgien auftauchen und gefasst werden würde, wenn er dort Geld abhob.

»Jedenfalls muss es jetzt schnell gehen. Und wir dürfen keine Fehler begehen«, sagte er am Ende der Sitzung. »Funkfahndung läuft.«

Er hielt sich an sein Versprechen und rief Heinrich Euser von der Zeitung an. Er gab ihm nur vier Worte. »Es tut sich was«, sagte er.

ZEHN

Kosmos lächelt. Ja, Kosmos kann lächeln.

Alle Leute, die ich kennengelernt habe, denkt er, haben irgendwie eine bedauernswert kurze Zukunft gehabt. Ich habe in meinem Beruf viel Geld verdient, konnte mir meine Arbeitszeit frei einteilen und bin mit vielen Menschen zusammengekommen. Die nachher alle nicht mehr gelebt haben. Wie gesagt, alle haben sie eine spärliche Zukunft gehabt. Praktisch überhaupt keine. Warum sollte da die Polizistin, die sich Dr. Monique Zarah nennt, eine Ausnahme machen?

Das mit ihr war knapp gewesen! Im Lauf des Gesprächs in der Dönerbude war er sich zunehmend sicher gewesen, dass die verdammte Polizistin ihn frühmorgens bei Gubkin gesehen, in Erinnerung behalten und ihn im Polizeihof erkannt hatte. Es hatte ihn verblüfft, wie rasch sie kombiniert hatte. Dass sie ihn zu dem Türken schleppte und ihm anbot, ihn mit zu sich zu nehmen. Wahrscheinlich hatte sie instinktiv gespürt, dass er sie begehrte, seit er sie gesehen hatte.

Kosmos zieht unwillkürlich die Schultern hoch. Er steht im Herzen von Rosenheims belebtester Fußgängerzone, dem Max-Josefs-Platz, der nach Maximilian I. Joseph benannt ist, dem ersten bayerischen König. Hat er auf einer Tafel gelesen. Er hält sich im Hintergrund unter den Laubengängen, in denen tiefe Schatten verlaufen, und sieht sich um. Der gepflasterte Platz ist umgeben von mehrstöckigen Geschäftshäusern mit Gewölben und Grabendächern. Alle haben sie Blumen vor den Fenstern, es gibt einen Brunnen in der Mitte des Platzes. Aus den Giebelfenstern ganz oben könnte man in aller Ruhe auf die Menschen zielen, die in Anzügen, in Tracht oder vollgepackt mit Einkäufen hin und her eilen, geht es ihm durch den Kopf. Oder auf jene, die in den Biergärten vor ihren Getränken und Speisen sitzen. Man hätte freies Schussfeld über den gesamten Platz.

Sie würden nach ihm suchen, nachdem er sich so plötzlich verabschiedet hat. Eigentlich hätte er erwartet, dass blinkende und heulende Einsatzwagen der Polizei die Szene beherrschen. Dass der Himmel sich mit Hubschraubern verdunkelt. Oder wenigstens Uniformierte in Fünferreihen über das Pflaster der Fußgängerzone marschieren. Stattdessen fallen ihm erstaunlich viele männliche und weibliche Singles auf, alle auffällig unauffällig bekleidet, die meisten mit verbissener Miene. Sie mustern diskret jeden Passanten und wirken auf besondere Weise unscheinbar. Ein einziger Streifenwagen fährt langsam und in Schleifen durch die Fußgängerzone. Und drüben, weit hinterm Brunnen, patrouillieren nun zwei Uniformierte, Mann und Frau, in die andere Richtung. Es war nicht anders zu erwarten gewesen. Sie suchen eine männliche Person, gut mittelgroß, rundes Gesicht, bartlos, kurzes dunkles Haar. Der Mann trägt Jeans, ein elegantes blaues Sakko und braune Stiefel. Gut, dass er jetzt blond ist, das Sakko auf die hellbraune Innenseite gewendet hat und eine Tüte Eis in der Hand hält.

ELF

Kosmos hatte die Polizistin abgefangen, als sie nach dem Dienst zu Fuß nach Hause geeilt war. Er hatte den Zugang zum Präsidium und die Ausfahrt beobachtet. Es war ein Leichtes gewesen, ihr bis zu ihrer Wohnung zu folgen. Er war blond, trug Baseballkappe, Brille, gestreiftes Hemd, darüber einen verwaschenen Kittel, darunter graue Hose. Einkaufstüte von C&A an der Hand. Kosmos wirkte unauffällig genug, um nicht auffällig zu wirken.

Ebenso unauffällig bezog er Posten hinter einem geparkten Van, als der Vorhang im zweiten Stockwerk zurückgeschoben wurde. Die Polizistin warf einen kurzen Blick auf die Straße und kippte das Fenster. Erst nach Einbruch der Dunkelheit wagte er es, das Klingelschild zu untersuchen. Zweiter Stock rechts. Leander.

Am nächsten Tag, dem Samstag, hat er Mühe, wieder einen Parkplatz auf der Loretowiese zu finden. Er muss zwei, drei Runden drehen, bis er mit dem Lada in eine schmale Lücke stoßen kann. Dann wendet er sich zu Fuß nach Norden, hellwach, entspannt und bieder. In ihm tobt nicht die lähmende Angst des Opfers, das schon den Atem der Jäger im Nacken spürt. Nur dumm, dass ihm der Fehler mit dem Glas passiert ist. Sie würden seine DNA zuordnen können. Doch das würde dauern.

Dann ist er da. Nichts rührt sich. Kein Mensch, kein Hund. Er bückt und vergewissert sich: Leander. Er rückt die Brille zurecht, richtet den Blick nach oben, zweites Stockwerk. Klingelt in der obersten Etage links. Der Türöffner summt.

Alles läuft bisher perfekt. Er wird sie in ihrer eigenen Wohnung erwarten.

»UPS«, ruft er laut hinauf, als er im Hausflur steht. »UPS für unten.« Es hallt.

Eine Weile wartet er im Hausflur. Macht die Eingangstür von innen auf, lässt sie wieder ins Schloss fallen. Dann schleicht er auf Zehenspitzen vier Treppenabsätze nach oben in den zweiten Stock. Unterwegs streift er Handschuhe über. Es ist kein Problem für ihn, den ovalen Schließzylinder mit dem mitgebrachten Werkzeug zu knacken.

Er drückt die Tür vorsichtig auf, betritt die Wohnung und macht die Tür hinter sich zu. Mit vorgehaltener Pistole, bereit zum Deut-Schuss, streift er durch alle Räume. Vor der Küche bleibt er stehen. Er wirft einen Blick hinein und geht nach hinten zum Schlafzimmer. Gemachtes Bett, eine Schranktür offen. Er durchquert das Zimmer und stößt die Badezimmertür auf. Alles sauber, gewienert, picobello. Zwei Becher mit zwei Zahnbürsten auf dem Abstellsims. Ein akkubetriebener Rasierapparat. Aha. Also ein Freund. Warum nicht. Er zieht beide Türen des Schränkchens über den beiden Waschbecken auf, besieht sich den Inhalt und schließt die Türen wieder. Er steckt die Pistole in den Hosenbund, zieht den Kittel darüber und geht zurück in die Küche. Er öffnet den Kühlschrank, nimmt eine Flasche Bier heraus, knackt sie und trägt sie ins Wohnzimmer. Dort setzt er sich auf die Couch. Zwei Sessel, zugehöriger Tisch, breiter Schrank an der Längswand, in der Ecke ein mittelgroßes HDTV-Fernsehgerät. Die Wohnung der Polizistin ist der sicherste Ort der Welt, um sich zu verstecken. Niemand würde ihn hier vermuten.

Er wartet. Trinkt aus der Flasche, geht ihre Post durch, die auf dem Tisch liegt, nichts Spektakuläres, und betrachtet sein Spiegelbild in dem toten Bildschirm. Der Lada steht immer noch auf der Loretowiese. Keiner kann wissen, dass es sein Lada ist. Er fühlt das Rasiermesser in der linken Innentasche. Die Kühle des Griffs beruhigt ihn. Aus der Einkaufstasche holt er die Garrotte, nimmt sie in beide Hände, lässt sie dreimal ruckartig auseinanderschnalzen, nickt und steckt sie zufrieden wieder ein.

»Such ihn. Ja, jetzt! Und lass die Leiche verschwinden! Bis morgen muss der Auftrag erledigt sein.«

Gubkins Befehle hatten einen Klang wie Glas, das zerspringt. Er duldete keinen Widerspruch und forderte unbedingten Gehorsam. Auch wenn es um den Tod seines Leutnants ging.

Es hatte einen hässlichen Streit zwischen ihm und Nadeschda gegeben, nachdem sie ihm ihre Affäre mit Kosmos gestanden hatte. Sie waren hinaufgegangen in den Musiksalon.

»Aber das war doch, bevor ich dich gekannt habe. Und nur kurz«, rief sie. »Du warst zu der Zeit in Amerika.«

Felix Iljitsch Gubkin brannte vor Eifersucht. Er schlug Nadeschda ins Gesicht. Er nahm sie in den Arm. Er fuhr ihr sanft über die

Wangen und trocknete ihre Tränen. Er wollte sie küssen, aber sie wehrte sich. Da packte er sie und presste sie gegen die Wand. Alles Blut war ihm aus dem Gesicht gewichen. Die Worte bröckelten wie Eisklumpen aus seinem Mund.

»Ich werde dich nie mehr fragen, ob du mit diesem Kerl etwas hast. Ich werde vorbeugen. Du wirst deinen Lover begraben können!«

Sie hatte aufgeschrien. Hatte die wilde Entschlossenheit in seinen Augen gesehen.

»Ruf ihn nicht an! Warne ihn nicht! Sonst werde ich mir auch für dich etwas einfallen lassen müssen.«

»Tu's nicht!«

»Was willst du? Er bringt die Polizei auf unsere Spur. Hast du selbst gesagt. Und du hast recht. Kosmos gerät außer Kontrolle. Er ist krank.«

»Wir können doch mit ihm reden.« Sie verbesserte sich. »Du kannst mit ihm reden.«

»Glaubst du wirklich, du kannst einen tollwütigen Hund bändigen, indem du mitfühlend auf ihn einredest?«

Seine Leidenschaft brach alle Dämme. Tschaikowsky spielte er und Liszt. Er zwang sie, ihm zuzuhören.

»Nein, nein, die Sache ist gelaufen«, sagte er nachher schnaufend. »Ich habe vorsichtshalber Alterchen gefragt. Er ist auch meiner Meinung.«

Als sie oben waren und in der Küche standen, erkannte er, wie sich der Schmerz wie ein Messer in ihr Herz bohrte.

»Es muss sein«, sagte er abschließend.

Im Stockwerk über ihm geht die Toilettenspülung. Stimmen im Hausflur. Dann ist wieder alles ruhig. Kosmos geht zum Fenster. Die Gardinen sind zugezogen. Er sieht den Turm einer Kirche, im Hintergrund die Bergkette. Ein Lkw wird scheppernd entladen.

Dann ein Geräusch an der Tür. Er rappelt sich hoch. Das Schloss, es klemmt. Jemand wirft sich von außen gegen die Tür. Hat eine Frau so viel Kraft?, fragt er sich. Eine Polizistin muss wohl. Gleichzeitig hastet er zur Wohnzimmertür, reißt sie nach innen auf und stellt sich dahinter.

Er wartet.

»Hallo!«

Nicht ihre Stimme. Eine männliche Stimme. Die Wohnungstür fällt zu.

»Hallo! Ist da wer?«

Jemand, der einen Schlüssel zur Wohnung besitzt. Ihr Freund?

Kosmos wartet. Zerrt die Beretta aus dem Hosenbund. Die andere Hand fährt nach unten und pflückt den stiftgroßen AAC-Schalldämpfer aus der Schleife um den Unterschenkel. Schraubt ihn mit geübtem Griff lautlos auf den Lauf. Garrotte und Messer wären in dieser Lage untauglich, obwohl er sie lieber genommen hätte. Er muss geräuschlos arbeiten.

Ein Arm erscheint. Ein grüner Arm. Wie in einem Marionettentheater, denkt er. Gleich wird das Krokodil auftauchen. Tut es aber nicht. In dem grünen Ärmel steckt eine Hand, und diese Hand umschließt den Griff einer Pistole. Eine P7! Und es ist das Grün einer Polizeiuniform. Die Situation kommt ihm bekannt vor. Vor Jahren in New York hatte er sich auch hinter eine Tür geduckt und einen Menschen getötet. Nur war es damals kein Polizist gewesen, sondern ein Tschetschene. Und keine Pistole, sondern ein Rasiermesser. Es gibt noch einen weiteren Unterschied: Er hat die Fähigkeit, Angst zu verspüren, gegenüber damals vollkommen verloren.

Der Tod hängt schwer in der Luft.

Ein fürchterlicher Schlag saust auf den Arm hinter der Tür nieder. Ein Schlag, wie Kosmos ihn in der Armee oft genug geführt hat. Die P7 wäre polternd zu Boden gekracht, wäre ihr Fall nicht von Kosmos' ausgestrecktem Fuß gebremst worden. Die linke Hand des Polizisten zuckt zum rechten Handgelenk, als Kosmos mit beidhändig ausgestreckter Waffe vor ihm steht.

Er sieht den Mann an. Mitte dreißig, gedrungen, schütteres Haar. Er schneidet eine wilde Grimasse, was Kosmos als Versuch eines Lächelns deutet.

Nein, stößt er mit brüchiger Stimme aus. Bitte nein!

Kosmos blickt den Flur entlang in Richtung Wohnungstür. Will wissen, ob da noch mehr Eindringlinge sind. Doch es ist niemand da, die Tür ist geschlossen.

Was wollen Sie von Eva M.?, fragt der Mann.

Eva M. Soso. Kosmos' Blick bleibt auf dem runden, unrasierten

Gesicht vor ihm hängen. Wie oft hat er diese Situation schon erlebt. Und erledigt.

Er schießt dem Polizisten in die Stirn. Mit vorgehaltener Waffe bleibt er stehen und sieht zu. Beobachtet, wie die Kapillargefäße in den Augen platzen. Wie mit einem Schlag das Licht aus den Augen schwindet. Der Körper knickt zur rechten Seite ab. Mit einem gedämpften Laut schlägt der Kopf auf dem Fußboden auf. Er bleibt mit geöffneten, toten Augen in einer langsam sich vergrößernden Blutlache liegen.

Kosmos wischt sich mit dem Unterarm über die Stirn. Er schraubt den Schalldämpfer ab und verstaut Beretta und Dämpfer. Der Mann hat ungefähr seine eigene Statur. Eine Sekunde lang überlegt er, ob er nicht in die Uniform schlüpfen soll. Aber wenn er anderen Polizisten begegnete, wäre er aufgeworfen. In einer Stadt wie dieser kennt jeder jeden. Außerdem: Wie sähe es aus, wenn ein Polizist in Uniform in einen verbeulten himmelblauen Lada Kombi steigt?

Er hat keine Lust mehr, zusammen mit diesem Herrn, der wahrscheinlich ihr Freund war, auf Eva M. zu warten. Er geht neben der Leiche auf die Knie und zieht dem Toten das Mobiltelefon aus der Handytasche am Gürtel. Keine Tastensperre. Nach einer Minute des Herumirrens in der Adressdatei zappt er sich durch die Wahlwiederholung. Dort findet er, was er sucht. Die Dienststelle des Toten. Ein Gespräch findet nicht statt. Er hört nur: Ja, Robert?, und legt wieder auf. Er wirft noch einen flüchtigen Blick auf Robert, schleudert das Handy in den Toilettenabfluss und spült nach.

Dann öffnet er die Tür, lauscht, schließt die Tür und macht sich auf den Weg zu seinem Lada Kombi. Noch im Treppenhaus schaltet er sein eigenes Handy ein und checkt die eingegangenen Anrufe in Abwesenheit. Es ist nur einer. Der Deckname, den er für Nadeschda gewählt hat, erscheint auf dem Display. Was will Nadeschda? Er wird sie vom Auto aus zurückrufen.

Kosmos verlässt die Straße, sieht auf die Uhr und geht über den Ludwigsplatz in Richtung Loretowiese. Ausdruckslose Blicke, wohin er sieht. Die Menschen schauen zu Boden oder sehen weg. Rosenheim ist eine Mittelstadt mit der kühlen Distanz der Großstadt. Gut. Soweit er es beobachten kann, gibt es nur ein Polizistenpaar in Zivil, das offensichtlich nach ihm Ausschau hält. Man sucht ihn also noch. Natürlich sucht man ihn. Keine Berührungsangst zu zeigen ist das sicherste Mittel gegen Entdeckung. Die Atmosphäre der Bedrohung jedenfalls, die er befürchtet hat, liegt nicht in der Luft.

Der Lada steht eingekeilt zwischen einem roten BMW und einem silberfarbenen Honda-Geländewagen. In dem hockt hinten ein Hund, der laut mault, als sich der Mensch nähert. Kosmos blickt um sich. Drüben, Richtung Polizeipräsidium, parken Mannschaftswagen der Polizei, die vorher noch nicht da gestanden hatten. Ein Hubschrauber überfliegt die Loretowiese in schnellem Schritttempo. Er duckt sich, schließt die Fahrertür auf und rutscht gemächlich auf den Sitz. Knarzend fällt die Tür langsam zu. Er atmet tief aus. Angst verspürt er nicht, aber seine Eingeweide arbeiten heftig.

Er will gerade den Motor anlassen, als er nach hinten gerissen wird und sehr schnell nahe am Ersticken ist. Seine Zunge quillt auf, bis sie den Rachen blockiert. Das Blut pulsiert in seinem Kopf. Trotzdem bleibt er Profi. Er erkennt blitzartig, dass er in eine Falle geraten ist. Und diese Falle hat nichts mit der Polizei zu tun. Ihm ist bewusst, dass er gegen den Draht machtlos ist, der sich in seinen Hals schneidet. Er versucht gar nicht erst, ihn mit den Händen zu greifen. Wenn dir einer eine Garrotte von hinten um den Hals schlingt, hast du keine Chance.

Kurz bevor ihm schwarz vor Augen wird, lockert sich der Druck.

Kosmos, sagt eine dunkle Stimme. Sie geht beinahe im Hubschrauberlärm unter. Sieh mich an.

Vorsichtig dreht er den Kopf zur Seite und starrt in ein bekanntes Gesicht. Es ist ein hartes, entschlossenes Gesicht. Die gebogene Nase, der breite Mund, die traurigen Augen, das dichte schwarze Haar unter dem Rand einer Baseballkappe. Das Gesicht zeigt nichts als Furchtlosigkeit. Ist er wahnsinnig?, denkt Kosmos.

Du?, flüstert er mit letzter Kraft. Es sollen die letzten Laute sein, die Kosmos von sich gibt.

Ja, ich.

Der Druck verstärkt sich und wird unerträglich. Er hat das Gefühl, er würde schweben, dann wieder auf den Kopf gestellt. Er will die Hände bewegen, aber sie sind taub. Er spürt seine Füße nicht mehr. Er will schreien, aber er bringt keinen Ton heraus. Sein Blut gefriert. Kosmos schließt die Augen und wartet darauf, dass sein Ende kommt.

Wenige Sekunden später ist Kosmos tot.

Es ist Samstag, der 3. Oktober 2009. Tag der Deutschen Einheit.

Teil 3

Die Insel

Chili

Offiziell bin ich tot. Das soll dem Täter oder den Tätern vorgaukeln, dass es nicht nötig sei, noch einmal nachzusetzen. Manchmal wünsche ich mir, ich wäre wirklich tot. Erst mal, weil das so natürlich kein Leben ist. Eine Woche bin ich jetzt hier drin, glaub ich, und hab immer noch keine Sicherheit, zu überleben. Und wenn ja, wie? Sie behandeln mich wegen Schusswunden. Sie sollten mich aber wegen Depressionen behandeln. Ich glaub, sie tun's sogar. Unbemerkt.

Draußen findet das Leben statt. Es ist ein wunderschöner Herbst. Wenn sie mich in meinem Krankenbett zum Fenster schieben und ich nach Süden schau, merke ich zwar deutlich, dass die Schatten länger werden, und abends senkt sich eine fahle Dämmerung herab. Himmel, Berge und Landschaft verschwimmen dann in diffusem Licht. Der goldene Oktober gibt seine Visitenkarte ab. Doch am Wochenende rennen die Menschen in der Früh auf den Berg, und mittags nutzen sie jede freie Minute in der Sonne. Sie sitzen vorm Haus, auf dem Balkon, im Biergarten. Mei, muss das Leben schön sein da draußen!

Trotzdem bin ich mir nicht sicher, wie ich mich fühlen würde, wäre ich frei. Kemal ist tot. Herr Huber ist tot. Bürgermeister Engel, die Wirtin sind tot. Innerhalb unglaublich kurzer Zeit.

Selbst in meiner noch jungen Dienstzeit hat sich die Kriminalität drastisch verändert. Während meiner Ausbildung gab's hier in der Region vielleicht ein, zwei Tötungsdelikte im Jahr, Kapitalverbrechen wie die aktuellen kamen nur in der Großstadt vor. Da hat's noch Freude gemacht, zu ermitteln. Der Bauer ersticht seine Frau im Rausch. Der Einbrecher schießt, weil er überrascht wird. Ein Schädelbruch beim Herbstfest, und der Italiener stirbt an einem Maßkrug. Einer alten Dame wird die Handtasche entrissen. Aber heute? Eltern lassen ihre Kinder verhungern. Dreizehnjährige vergewaltigen Fünfzehnjährige. Vorgestern haben sie mir aus der Zeitung vorgelesen, dass ein drogensüchtiges Pärchen zwei Obdachlose ermordet, verscharrt und wochenlang ihre Hartz-IV-Unterstützung kassiert hat. Der einen Leiche fehlte ein Daumen, der anderen der Skalp. Bei lebendigem Leib abgezogen, wahrscheinlich im Drogenrausch. Der erste Amoklauf an einer oberbayrischen Schule ist nicht mehr weit.

Richtig gemütlich war's, als die Welt des Verbrechens aus Bankraub, Betrug, Autodiebstahl und Fahrradklau bestand. Und dem jährlichen Totschlag aus Eifersucht.

Ein Russe soll der Täter sein. Jedenfalls haben wir seine DNA, sagt Ottakring. Sie soll mit der, die sie an allen Tatorten gefunden haben, übereinstimmen. Auch mit der, die Kemal und mich betrifft. Wir werden also leichtes Spiel haben. Wir müssen ihn nur noch finden.

Frau Toledo. Besuch für Sie. Wie fühlen Sie sich?

Ich hab mich nie besser gefühlt. Ich könnte Köpfe abreißen.

Ich dreh mich zur Seite. Zur Tür hin, wo die Schwester steht.

Wer?

Na, wer wohl?, sagt sie. Ihr großer Bruder Ottakring.

Nein, unmöglich, scherze ich. Das passt mir grad gar nicht. Ich bin beschäftigt.

Draußen streckt eine Polizistin den Kopf herein und reckt den Daumen in die Höh.

Ottakring steht schon, bevor ich ausgesprochen habe, mitten im Raum. Die gekrümmte Haltung und die dicken Tränensäcke sprechen Bände. Kreuzschmerzen und schlaflose Nächte. Doch ich weiß, dass unter diesem grünen Trachtensakko ein waches, aufrichtiges Herz schlägt.

Und?, sage ich. Gibt's Neues? Positives?

Die Antwort bräuchte er nicht auszusprechen. Ich sehe sie ihm an. Es geht nicht um einen Wasserrohrbruch.

Der Robert … beginnt er. Die Oberlippe zittert. Der Freund von der Eva M. …

Ich kenne den Robert nicht. Aber …

Erschossen. Wieder die gleiche DNA. Derselbe Kerl. Wenn nicht wieder so eine Panne passiert ist, dass die Wattestäbchen, mit der die Proben genommen wurden, schon bei der Auslieferung verseucht waren.

Er beugt sich zu mir und sieht mir in die Augen.

Ich muss blass geworden sein. Selbstverständlich denke ich sofort wieder an Kemal und mein eigenes Schicksal.

Der Robert war POM bei der Bad Aiblinger Inspektion. Die bei-

den kannten sich seit über einem Jahr. Er wohnte in Kolbermoor, sie in Rosenheim.

Wieso wohnt die Eva M. eigentlich in Rosenheim? Sie arbeitet doch in München.

Sie hat ihre hiesige Wohnung nicht aufgegeben. Die gehört eh ihren Eltern. Wollte wohl einen Fuß in Rosenheim behalten.

Die kleine Spur Eifersucht, die sich in mir herangebildet hat, zerfällt mit einem Schlag. Eva M. war nur für diesen Fall abkommandiert und nur, weil sie die ausgewiesene Expertin für organisierte Kriminalität ist. Sie will mir nicht ins Handwerk pfuschen oder mir die Stelle abjagen, und ich hab mich ja auf meine Weise ausgeklinkt. Nun ist ihr offenbar das Gleiche zugestoßen wie mir mit Kemal.

Ich sollte dich ja gar nicht mit so was belästigen, fährt Ottakring fort. Du hast andere Sorgen.

Er zieht sich einen Stuhl ans Bett.

Aber du musst informiert sein, wenn du bald wieder im Club mitmischst.

Als er meine zweifelnde Miene sieht, wird er theatralisch, ganz gegen seine Art.

Du glaubst nicht, wie schnell du wieder auf den Beinen bist. Schau dich doch an! Wie das blühende Leben.

Joe Ottakring, die personifizierte Lüge. Ich finde, er wird sogar ein bisschen rot dabei.

Ich stütze mich auf die Ellenbogen.

Das ist dann der vierte Tote. Und der Täter läuft immer noch frei rum? Da haben wir aber schlechte Karten. Woran hapert's?

Er wiegt den Kopf und macht ein ernstes Gesicht.

Zu tief in die Materie sollten wir nicht eindringen. Sagt deine Ärztin. Und daran muss ich mich halten.

Kaum hat er ausgesprochen, geht die Tür auf.

Herr Ottakring. Ein Gespräch für Sie.

Die Schwester reicht ihm das Telefon. Wie jeder Besucher muss auch er sein Handy draußen abgeben.

Ja. Ottakring. Ich hab doch …

Ich beobachte, wie jede Farbe aus seinem Gesicht weicht. Er steht da wie vom Donner gerührt.

Auf der Loretowiese wurde ein Auto in die Luft gesprengt, sagt der Kriminalrat leise. Sie vermuten, dass unser Täter drinsaß.

Chili hatte müde gewirkt. Ihr waren während des Gesprächs fast die Augen zugefallen. Angelogen hat er sie mit dem Schmäh vom Bessergehen.

Warum tue ich mir das überhaupt an?, fragte sich Ottakring, als er den zivilen Passat vom Klinikum zur Loretowiese lenkte. Sie haben mich aus dem Ruhestand geholt. Ich hab mich nicht gewehrt, und auf gewisse Weise macht's mir ja auch Freude. Aber die Freude hört einfach auf, wenn sich die Kriminalität im freien Fall befindet und ich der Verantwortliche bin. Die Anschläge kamen immer näher. Er dachte an Kemal, Chili, und nun der Robert. Seine eigenen Mitarbeiter. Polizisten wurden hingerichtet. Er musste an Lola denken, die praktisch ungeschützt die Tage bis zu ihrer finalen Augenuntersuchung verbrachte. Höchste Zeit, etwas für sie zu tun. Doch vielleicht – so wie der Anruf vorhin geklungen hatte – hatte sich die Lösung des Problems verselbstständigt.

So in Gedanken versunken erwartete er auf dem Weg zum Tatort unbewusst eine dicke Rauchwolke. Wie ein Kind, das sich eine Explosion vorstellt. Er sah sich getäuscht.

Er stellte das Auto auf einem Grasstreifen unter Bäumen ab. Von Weitem schon sah er die weißen Kapuzenanzüge der Spusi und die roten Helme der Feuerwehr. Dazwischen parkte ein Helikopter. Kleine Gruppen von Neugierigen hatten sich zwischen den Einsatzwagen der Polizei und der Feuerwehr bis an die Polizeiabsperrung herangedrängt. Ottakring sah sich nach einem Gesicht um, das ihm bekannt oder verdächtig vorkam. Er kannte niemanden. Außer einem. Er kam nicht gleich drauf. Ein älterer Herr mit vollem Haar, Tränensäcken und schiefer Nase. Nach kurzem Stirnrunzeln fiel es ihm wieder ein. Es war der Schriftsteller, der über seinen letzten Fall geschrieben hatte. Über den Toten in der Sauna vom Voglwirt. Was der schon wieder hier suchte. Er musste einen guten Riecher haben. Kein Wunder, bei der Nase!

Fast wäre er über den Beamten gestolpert, der die Absperrung bewachte. Er schüttelte ihm die Hand, überstieg das Absperrband und steuerte an den anderen vorbei auf Bruni zu. Mit einem flüchtigen Blick überflog er die Szene. Ein Auto gevier- oder gefünfteilt und ausgebrannt, die beiden daneben demoliert, drei, vier weitere beschädigt. Blechteile und Fetzen weit verstreut.

»Lassen Sie die Menschen vor der Absperrung fotografieren«, sagte er leise zu Bruni. »Aber so diskret wie möglich.«

Dann ließ er sich informieren und wandte sich dem mittleren Wrack zu, das wie von einer Granate getroffen wirkte. Den Autotyp konnte er nicht identifizieren. Das Gebilde sah aus wie eine abstrakte Skulptur aus dem Museum der Moderne in der Grundfarbe Gelb.

»Tatzeit siebzehn Uhr dreizehn. Dafür gibt's Zeugen.« Bruni nickte mit dem Kinn zu einem vergitterten Kleinbus hin. »Wir untersuchen gerade, wie die Sprengung erfolgt ist. Könnte ja auch sein, dass die Person sich selbst in die Luft gejagt hat.«

»Hello.« Adamina Tordarroch war unbemerkt herangetreten. »Ich hab Sir Francis weggebracht. Der Trubel hier ist nichts für ihn. Außerdem hasst er jede Form von Leichen.« Sie pausierte kurz. Ihr Blick blieb an Ottakring hängen. »Und ich eigentlich auch. Obwohl's mein Beruf ist.«

»Sir Francis brought away. Although it's your job is.«

Dr. Adamina Tordarroch war eine Frau Mitte vierzig, die ihn mit direkten Blicken überzog. Für einen kurzen Moment gestattete er sich, in diese Augen einzutauchen.

»Los, an die Arbeit.«

Ein Knurren hinter ihm. Er fuhr herum. »Meinen Sie mich?«

Staatsanwalt Goldner. Sieht ziemlich verdrießlich aus, fand Ottakring. Kam wohl wieder nicht vom Frühstückstisch mit seinen Zwillingen weg. Insgeheim aber bewunderte er Goldner ein bisschen, wie er als Alleinerziehender mit den zwei Mädels zurechtkam.

Der Staatsanwalt rückte seine silbergeränderte Brille zurecht. »Was geht vor, Herr Ottakring?«

Ottakring, der selbst noch nicht voll im Bild war, antwortete schnippisch: »Sehen Sie doch. Wir untersuchen eine Explosion.«

»Ja, das sehe ich«, war die Antwort. »Leider.«

Ottakring richtete fragend den Blick auf ihn. Ihm dämmerte Schreckliches.

»Genau«, sagte Goldner. »Sie ahnen es. Für derlei Kapitaldelikte führt zwingend das LKA die Sachbearbeitung durch. Stoppen Sie also sofort die Arbeit.«

Ottakring fühlte sich wie ein Schuljunge vor seinem Lehrer. Diese Regelung war selbstverständlich auch ihm bekannt. Doch … Er zog Handschuhe an, ging schweigend hin zu Adamina, die das Gespräch der beiden Männer mitbekommen hatte, nickte ihr zu und nahm ihr den Gegenstand aus der Hand, an den sie sich klammerte. Es war ein eleganter brauner Stiefel, in dem ein abgetrenntes, blutiges Schienbein steckte. Er hielt es Goldner hin. Goldner verweigerte die Annahme.

»Frau Leander«, rief er Eva M. zu. »Kommen Ihnen diese Stiefel bekannt vor?«

»Ja. Mit hoher Sicherheit ist das die Fußbekleidung des Mannes, mit dem ich noch vor Kurzem zusammen war.«

»Also.« Ottakring wandte sich wieder an Goldner. »Was wollen Sie? Wir müssen das Opfer identifizieren. Wir gehen davon aus, dass es unser Serientäter ist.«

Er wies auf eine intakte Beretta, die neben dem Wrack auf einem ausgebreiteten Tuch ruhte. Daneben ein glänzender, funkelnder Gegenstand.

»Das verstärkt unsere Annahme. Welcher Mensch fährt schon in einem russischen Billigauto eine Waffe mit vollem Magazin und ein Rasiermesser spazieren?«

»Sir!«

Adamina. Sie hielt einen weiteren Gegenstand hoch, verpackt in Folie. Es war ein ziemlich großer Gegenstand.

Ottakring nahm Goldner am Arm und führte ihn hin.

Wie ein Tropf am Krankenbett hing die Folie von Dr. Tordarrochs Hand herab. Sie drehte die Folie so, dass beide den Inhalt aus der Nähe erkennen konnten.

Es war ein Kopf mit einem Gesicht, dessen Miene nichts Friedliches an sich hatte. Am Hals wie von einem Beil durchtrennt. Runde Physiognomie mit kurzem schwarzem Haar darüber.

Ottakring rief Eva M. herbei. »Kennen Sie den?«, fragte er.

Sie ging in die Knie und etwas näher an den Kopf heran. Betrachtete ihn von allen Seiten. »Ja, das ist er«, sagte sie schließlich sehr bestimmt.

Erwartungsvoll sah Ottakring den Staatsanwalt an.

Goldner breitete die Arme aus. »Egal. Vorschrift ist Vorschrift. Wir dürfen keine überflüssigen Spuren setzen. Wir warten, bis der

LKA-Trupp angekommen ist. Verständigt wurden sie vor …«, er warf einen Blick auf seine Armbanduhr, »… vor fünfunddreißig Minuten.«

»Na gut«, gab Ottakring zu verstehen. »Dann bin ich ja hier überflüssig.«

So ein Gschiss. Was sollte er auch hier? Schließlich würden die LKAler in Kürze eintreffen. Dann waren alle vereint. Der Staatsanwalt, die Rechtsmedizinerin, die Spurensicherung, seine eigenen Leute, der Chef des LKA-Ermittlungsteams, der dann die Arbeit an sich reißen würde … Wenn sie ihn brauchten, wussten sie, wo sie ihn finden würden.

»Hey, gib mal eine Zigarette, Bruni.«

Bruni fuhr herum, als hätte ihm jemand ein Messer in den Rücken gestoßen.

»Zigarette? Sie?«, entfuhr es ihm ungläubig.

»Zigarette? Sie?«, rief Eva M. entsetzt.

Aufatmend zog Ottakring einen Stängel aus der angebotenen Schachtel. Ließ sich Feuer geben und nahm einen tiefen Zug. Es fühlte sich gut an. Zukünftig würde er wieder Wirtschaften bevorzugen, in denen geraucht würde. Seine Lungen weiteten sich, und ein ungeheurer Appetit kam auf. Er musste Lola sehen. Und – er hatte seit einer Woche kein Hemd mehr gebügelt.

ZWEI

Der Sonntag war verregnet und kühl. Das gedämpfte Licht verriet es. Ein rascher Blick aus dem Fenster genügte. Heute war es kein Wecker gewesen, sondern Lolas leises Gurren, das Ottakring geweckt hatte. Es war ein überwältigendes Erwachen, das er so nicht erwartet hatte, denn sie hatten sich schon vor dem Einschlafen geliebt.

Er brauchte im Normalfall kein Handy und keinen Wecker, um aufzuwachen. Sein ganz persönlicher Wecker tickte absolut zuverlässig in seinem Kopf. Wenn er es sich am Abend vornahm, wachte er in der Früh ganz von allein auf, ohne irgendwelche äußeren Reize. Hey, morgen musst du um halb sechs aufwachen. Wenn er sich das vornahm, genügte das. Es funktionierte immer. Nur weil Lola diesem Erwachensinstinkt nie so richtig vertraute, stellte sie ihre eigene Maschine an. Dieses wuchtige Dröhnen, verbunden mit Vibrieren und einer blödsinnigen Aufwachmelodie, stahl ihm die Freude seines ganz persönlichen Rituals.

Wenn er es sich leisten konnte, lag er in der Früh einfach mit geschlossenen Augen da, breit ausgestreckt unter oder auf der Bettdecke, und dachte an vollkommen belanglose Dinge. Wird Bayern München am nächsten Wochenende wieder solche Prügel beziehen wie gegen die Stadtauswahl von Passau? Wird Lola die Swarovski-Steine, die ich ihr für ihre Piratenklappe geschenkt habe, dranbehalten oder sie entfernen? Oder sie nur zu besonderen Anlässen anlegen? Werde ich nach Herrn Hubers Tod jemals wieder einen Hund haben? Solche Dinge eben. Gedanken nicht disziplinieren, nein, ruhig mal vagabundieren lassen.

Sie lehnten sich im Bett zurück, wie sie es meistens taten, wenn ihre Zeit es zuließ. Sie dachten nach und unterhielten sich leise.

Draußen schrien die Ringeltauben.

Ottakring ging zum Fenster und schloss es. Die Vorhänge hielten in ihrem hektischen Tanz inne. Das Schlafzimmer lag im Obergeschoss, von dem eine schmale, gewundene Treppe nach unten führte. Es war spärlich möbliert mit Schrank, einem Sessel mit Leopardenfellbezug, einem Frisiertischchen mit einer Decke aus dem gleichen Stoff. Auf einem Beistelltisch stand ein kleiner Fernseher, daneben eine Minibar für den Champagner. Neben Lola eine niedrige Ablage, deren einziger Zweck darin bestand, die Vase mit der Rose zu tragen, die schon beim ersten Zeichen von Müdigkeit gegen eine frische ausgetauscht wurde.

Nach jedem Schluck Tee begegneten sich ihre Blicke. Ottakring merkte, dass etwas nicht stimmte. Er sah Lola fragend an.

»Ach, es ist nichts«, winkte sie spröde ab.

Er nahm ihre Hand und drehte an ihrem Ehering. Ottakring selbst ließ seinen – wie viele seiner Kollegen von der Kripo – zu Hause, wenn er zum Dienst ging. Sie wollten ihren Familienstand nicht offen zeigen, außerdem konnte es tödliche Folgen haben, sich mit einem Ring im Abzug seiner Waffe zu verhaken.

»Es gibt immer häufiger Nächte, in denen ich aufwache und nicht schlafen kann«, gab sie mit Sorge in der Stimme zu. »Du merkst es nur nicht, weil du schlummerst wie ein Beuteltier.« Sie versuchte zu lachen.

»Was bedrückt dich, Liebes?«, fragte er.

»Zum Beispiel, dass es dir nicht gut geht.«

»Wie kommst du darauf?«

»Warum hast du wieder mit dem Rauchen angefangen?«

»Ach das. Das ist doch nur eine Spielerei.« Er wollte nicht zugeben, dass er am liebsten rausgehen und sich eine anstecken wollte.

Sie hielt die Hand mit dem Ring hoch. Er glänzte wie frisch poliert.

»Meine jüngst errungene Tapferkeitsauszeichnung«, flachste sie. Sie legte einen Arm um Ottakring und zog ihn an sich. »Unter einem guten Stern stand der Beginn unserer Ehe wirklich nicht. Die Russen da drüben mit ihrem Mobbing. Die Mordserie. Und du mittendrin in dem ganzen Dilemma. Ich hab einfach Angst um dich. Ach Gott, ging's uns gut, als du noch Pensionär warst.«

Ottakring löste sich aus ihrer Umarmung. Dass er seinerseits Angst um seine Frau hatte, ließ er sich nicht anmerken. Hatte sich die Situation durch den Tod eines Mörders verbessert? Er konnte es nicht einschätzen. Es konnte noch alles Mögliche passieren. Einschließlich einer Entführung. Er presste die Hände aneinander, sodass die Adern auf seinen Handrücken hervortraten. Feuer stand in seinen Augen. Doch er spielte die Lage herunter.

»Na, na«, sagte er. Er wusste, dass seine Frau einen eisernen Willen und einen stahlharten Kern hatte, sodass sie in der Vergangenheit fast immer bekommen hatte, was sie wollte. Sie konnte aber auch etwas Verwundbares haben, so wie in solchen Minuten. Diesen Teil an ihr liebte er beinahe noch mehr. Sie hatten geheiratet, nicht nur, weil sie absolut unwiderstehlich war und sie genau das verkörperte, was er gesucht hätte, wenn er sich auf die Suche hätte begeben müssen. Er sah sie nicht direkt an, konnte sie aber aus den Augenwinkeln betrachten.

Lolas Mund war geöffnet geblieben, als hätte sie noch etwas auf dem Herzen, was ihr nicht ganz über die Lippen kam.

»Versteh mich nicht falsch, Joe. Eine Ehe ist schließlich kein Hinderungsgrund für Liebe. Sie ist eine Entdeckungsreise durch Täler und Höhen.«

»Sehr schön gesagt. Und unsere Reise hat in einem tiefen Tal begonnen. ›Die Ehe ist kein Fertighaus, sondern ein Gebäude, an dem ständig konstruiert und repariert werden muss.‹ Ich weiß nicht mehr, wer das gesagt hat, aber …«

Ihre Hand verschloss seinen Mund.

Er erhaschte ihren Blick.

»Es gibt auch gute Nachrichten«, sagte sie. »Seit wir verheiratet sind, sehe ich von Tag zu Tag besser. Vorher so …« Ihre Hand rutschte über seine Augen. »Nachher so.« Ruckartig entfernte sie die Hand wieder.

Er konnte die kleinen feuchten Perlen auf ihrer Haut sehen. Dass ihr Hochzeitstag die Wende herbeigeführt haben sollte, hielt er für Aberglauben. Vielmehr glaubte er fest, dass der Schock, den sie erlitten haben musste, die Infektion einfach weggefegt hatte. Wie ein reinigendes Gewitter.

»Ich bin froh, dass wir jetzt verheiratet sind«, sagte sie leise.

Ottakring war nicht nur froh. Er fand es immer noch unfassbar, dass die berühmte Lola Herrenhaus ihm, dem Polizeibeamten, das Jawort gegeben hatte. Er konnte nicht verstehen, wie er sich so lange geziert hatte.

Sie aßen ihr Müsli und tranken Tee, während sie sich eine knappe Stunde lang auf der kleinen überdachten Terrasse unterhielten. Sie fröstelten, ließen sich die Frischluft aber nicht nehmen. Es ergab sich, dass sie einfach Erinnerungen auffrischten. Wie sie sich kennenlernten, der Faschingsball im Funkhaus, wie Lola sich nur mühsam an Herrn Huber gewöhnen konnte, ihr Urlaub am Meer. Ihre Trennungspausen, kurz und schmerzhaft, ihre Besuche beim Onkel, der dann doch starb und ihr das Haus überließ.

»Ist unser freundlicher Nachbar eigentlich immer noch nicht aufgetaucht?«, fragte Lola schließlich. »Du wolltest ihn doch häuten oder ihm den Kopf abbeißen, wenn du ihn triffst.«

»Nein«, sagte er versonnen. »Er ist immer noch nicht aufgetaucht.« Seine Gedanken über das Verschwinden des Hundemörders behielt er für sich.

»Lenya ist aufgetaucht«, begrüßte ihn Eva M., als er an diesem Sonntag kurz vor zehn das Konferenzzimmer im Präsidium betrat.

Er spürte, wie sein Herz schneller schlug. Einmal wegen der Neuigkeit. Zum anderen weil er Eva M. vor sich sah. Er legte ihr beide Hände auf die Schultern.

»Wieso sind Sie hier? Ich hätte – wir hätten hier alle – jedes Verständnis dafür, wenn Sie sich abmelden würden. Ihr Freund ist gerade getötet worden …«

Wahrscheinlich meinte Eva M. ihre Bemerkung nicht schnippisch. Doch die Kälte, die da herausklang, war für ihre Kollegen eine Granate.

»Ich-wollt-mich-eh-grad-von-ihm-trennen«, sagte sie, ohne rot zu werden.

Na, das ist dir perfekt gelungen, wollte Ottakring dagegensetzen. Doch er ließ es bleiben. Jeder hat seine eigene persönliche Art.

Als das Rosenheimer SoKo-Team vollständig war, ging die Tür auf, und Huawa, der Portier, schob einen Mann in den Raum, der aussah, als wolle er mit den Anwesenden ihre Steuererklärung durchgehen.

»Grüß Gott, Herr Jakob.« Ottakring begrüßte ihn mit einem knappen kollegialen Nicken. »Gut, dass Sie dabei sind. Obwohl's Sonntag ist.«

»Ist egal«, sagte Jakob mit deutlich norddeutschem Akzent. »Ich hab keine Familie.«

Sonntagssitzungen waren nicht der Normalfall. In diesem Fall natürlich absolut gerechtfertigt, denn nicht oft gab es so viele Ergebnisse auf einem Haufen auszuwerten wie gegenwärtig. Dr. Adamina Tordarroch hatte die DNA der gesprengten Person von der Loretowiese analysieren lassen, und die Nachricht, dass der vermisste Russe aufgetaucht sei, passte absolut dazu.

»Aufgetaucht im wahrsten Sinn des Wortes«, ergänzte Eva M. »Sie haben im Weitsee nach dem achtjährigen Mädchen gesucht, das in Hainbach verschwunden ist. Das Mädchen haben sie nicht gefunden, aber eine männliche Leiche mit einer Lkw-Felge um den Hals. Die Leiche war in edles Tuch gekleidet.«

»Lenya«, bemerkte Bruni.

»Lenya«, bestätigte Eva und nickte.

Und »Lenya« sagte auch Ottakring wenig glücklich.

»Erschossen, dem ersten Eindruck nach, bevor er in den Teich geworfen wurde«, sagte Adamina.

»After first impression«, meinte Ottakring und nickte. *»Into the pool thrown.«*

Er nahm am Kopfende Platz und blickte über den Tisch. Es war ein langer, rechteckiger Konferenztisch, der fast den gesamten Raum ausfüllte. Vierzehn Personen konnten daran sitzen, eine Spende des Hotels Voglwirt. Die Behörde selbst konnte sich ein solch exklusives Möbelstück nicht leisten.

Zwei Kannen Kaffee standen unberührt herum. Der Hagere verschlang eine Butterbreze unter dem schützenden Dach seiner Mütze.

»Also«, wollte Ottakring wissen. »Sie haben die gesprengte Leiche identifiziert. War es dieser sogenannte Kosmos? Ist er der Tote, Adamina?«

»Gesprengt wurde jedenfalls mit Nitropenta«, fuhr Jakob, der LKA-Beamte, dazwischen. »PETN. Der Sprengstoff wird in Würfeln von fünfhundert bis tausend Gramm hergestellt. Sieht aus wie Marzipan, ist formbar und hochbrisant. Das Zeug könnte am Querlenker, hinter der Stoßstange oder am Auspuff angebracht worden sein. Jedenfalls an der Unterseite des Fahrzeugs. Der Lada wurde durch die Wucht der Explosion regelrecht in die Höhe gehoben und quasi in der Luft zerlegt. Wir sind noch dabei, den exakten Vorgang zu rekonstruieren.« Er hüstelte.

»Quasi«, sagte Ottakring und nickte. »Interessant, dass es ein Lada war.«

Bruni meldete sich zu Wort. »Nitropenta kann in Russland und auf dem Balkan beschafft werden. Ein netter Zug daran: Ratten fressen den Kram gern. Deshalb heißt Nitropenta auch Rattenmarzipan.«

Stolz feixte er zu Adamina quer über den Tisch.

Die Schottin gab sich einen Ruck.

»Um auf Ihre Frage zurückzukommen, Herr Ottakring. Ja, der Mann, der im Auto saß, bevor es in die Luft flog, war der Gesuchte. Also der, der mit Eva M. beim Döner war und danach verschwunden ist. Der, den Frau Winslet Kosmos nennt. Das ist eindeutig«, sagte die Schottin bestimmt. »Die Spuren vom Trinkglas aus dem Döner-Pub stimmen mit der DNA überein, die wir von den Leichenteilen gewonnen haben. Schienbein und Kopf haben Sie gesehen. Aber da war noch mehr. Teil einer Hand, ein einzelner Finger, ein Stück Lunge, ein zerfranster Hoden. Und natürlich jede Menge Kleidungsfetzen. Also – da beißt die Maus keinen Faden ab …«

»Sehr gut …«

»… ich darf Ihnen unseren Serienmörder präsentieren.«

Sie lehnte sich zufrieden zurück. Ihre rechte Hand fuhr unter den Tisch. Ein heiseres, rasselndes Keuchen ertönte. Sir Francis ging in Stellung.

»Damit ist mein Teil des Falls dann wohl gelöst, Herr Ottakring?«, sagte Eva M. »Der Engel, die Annemirl, der Robert.«

»Der Fuchs«, meinte der Hagere.

»Wissen wir etwa, wer den Hund gesprengt hat, Kemal getötet und Chili Toledo schwer verletzt hat?«, fragte Bruni.

Eva M. nickte ihm heftig zu und stellte einen Daumen senkrecht.

Der Kriminalrat hob beide Hände wie zur Abwehr. »Nein. Auf keinen Fall! Kann gut sein, dass wir nun einen Auftragskiller ermittelt haben. Aber wer hat die Aufträge zu den Morden erteilt?«

Sie hatten kein vollständiges Bild, eigentlich überhaupt kein Bild von dem Mann, von dem Eva M. vermutete, dass er Kosmos hieß. Sie kannten seinen Namen nicht, seine Herkunft nicht, sein Leben nicht, seinen Charakter nicht. Alles, was sie hatten, war seine DNA, die war gesichert. An allen Tötungsopfern hatten auch viele andere DNA-Spuren gehaftet, deren jede einzelne vom Mörder stammen konnte. Doch diese DNA war die einzige, die gleichzeitig allen Mordopfern und Tatorten zugeordnet werden konnte.

»Wenn die gleiche DNA an allen bisherigen Leichen auftaucht«, fasste Ottakring zusammen, »und keine andere diese Eigenart hat … dann ist das die DNA des Mörders. *Is this correct*, Dr. Tordarroch?«

»Absolutely!«

Er hatte die Forensikerin bisher nur flüchtig angesehen. Nun aber fiel ihm ein verräterisches Funkeln in ihren Augen auf.

»Ist noch was, Doc?«, fragte er.

»*Yes*«, sagte sie. »Hat sich eigentlich bisher niemand gefragt, ob der Mann im Auto bei lebendigem Leib in die Luft geflogen ist? Oder ob er etwa zu diesem Zeitpunkt schon tot war?«

Wie konnte er nur so blöd sein!, dachte Ottakring. Sie hatten den Mörder, wenn auch auf andere Weise als erwartet. Er hatte nach Adaminas Erklärung eine gewisse Erleichterung verspürt, und zwar eine so große, dass ihm diese Frage gar nicht erst durch den Kopf gegangen war. Doch es wäre ein Kunstfehler gewesen, sie nicht zu stellen.

Er warf einen heimlichen Blick zu Jakob hin. Der ließ sich nichts anmerken.

Adamina lächelte ihn an.

»Sie erinnern sich an den Kopf? Eva M. hatte vor Ort schon das Gesicht erkannt. Ich habe diesen Kopf mit dem Gesicht von Kosmos untersucht. Er weist eindeutige Schnittverletzungen und Schürfungen am Hals auf. Nicht solche von einem Messer oder etwas Ähnlichem. Eher von einem Draht. Soll ich Ihnen meine Hypothese sagen?«

Ohne Worte erteilte Ottakring ihr mit einer lässig-großzügigen Geste das Wort.

»Der Mann wurde mit seiner eigenen Waffe getötet. Mit einer Garrotte. Jemand hat ihn damit erdrosselt, bevor er mit dem Auto zusammen gesprengt wurde.«

Die Worte wirkten. Es herrschte Stille. Ottakring ergriff als Erster wieder das Wort. Er sah dem LKA-Mann direkt ins Gesicht.

»Und? Was sagt uns das?«

Jakob verzog keine Miene und sprach leise.

»Es wurde alles gesagt, was an Details bisher ermittelt wurde. Sie müssen nur mehr herausfinden, wer diesen Kosmos …«, er zog die Mundwinkel nach unten, »… getötet hat. Wie ich es auf den ersten Blick sehe, hat hier ein Auftragskiller den anderen Auftragskiller umgebracht. Es muss einen bestimmten Grund dafür gegeben haben. Darüber können wir nur spekulieren, bestenfalls ahnen wir etwas. Nur einer kann dieses Geheimnis lüften. Aber das haben Sie ja selbst schon so ausgedrückt, Herr Ottakring: Der Auftraggeber!«

Ottakring nickte Jakob zu.

Keiner hatte irgendwelche Einwände, als er geendet hatte.

Ottakring kniff die Augen zusammen und ließ den Blick schweifen.

»Denkt eigentlich niemand an meinen freundlichen Nachbarn? Den aufgetauchten Gospodin Lenya? Der hat sich ja schließlich nicht selbst versenkt.«

Bruni schlug sich mit der flachen Hand gegen die Stirn, Eva M. verzog das hübsche Gesicht.

Ottakring war sicher, dass die Lösung auf keine andere Weise zu finden war als durch komplizierte, dezente Arbeit, die ihre Geduld auf eine harte Probe stellen würde. Vom Ergebnis aber, auch das wusste er, waren alle überzeugt: Sie würden den Drahtzieher fassen!

Nachdem sie aufgestanden waren, kam Eva M. auf Ottakring zu. Ihr blonder Zopf baumelte über die Schulter.

»Ich hab von dem Mann ein Phantombild fertigen lassen und es Frau Winslet unter die Nase gehalten«, sagte sie. »Frau Winslet hat das Gesicht sofort wiedererkannt. ›Ja, das ist Kosmos‹, hat sie gesagt. ›Der Aufpasser von dem Charityevent der Frau Gubkinowa.‹«

»Gubkinowa«, wiederholte Ottakring versonnen. »Wann waren Sie in diesem Schlösschen? Mei, das war erst vorgestern. Und beim Rausgehen sind Sie, ohne es zu wissen, diesem Kosmos begegnet. Und Sie sind vollkommen sicher, dass er dieselbe Person war, die Ihnen beim Döner gegenübergesessen ist?«

Eva M. nickte nur. Doch ihre dunklen Mandelaugen wanderten. Die anderen hatten sich dazugesellt.

»Es könnt ja sein«, warf der Hagere ein, »dass es sich um eine Art Bandenkrieg handelt. Dass eine Gruppe um diesen Kosmos den Gubkin bekämpft und umgekehrt.«

»Warum sollten sie dann den Engel töten und die anderen?«, rief Eva M. laut. »Wir haben ganz einfach die Russenmafia im Dorf. Selbst das Auto, das gesprengt wurde, war ein russisches Fabrikat.«

Beschämt nahm der Hagere die Mütze ab.

Ottakring hatte plötzlich eine unbändige Lust, zu rauchen. Um sie zu bändigen, ging er zum Tisch und goss sich einen Kaffee ein.

Er nahm einen Schluck, merkte, dass es nicht schmecken wollte, und warf ein Stück Zucker in das Gebräu.

Unwillkürlich schielte er zu Eva M. Auf ihrem Gesicht war keine Regung abzulesen.

Er hatte noch nie erlebt und konnte sich auch nicht erinnern, dass es so etwas schon irgendwann einmal gegeben hätte. Eine Mordserie löst sich von selbst, noch bevor der Täter in ernsthaften Verdacht geraten ist. Einfach dadurch, dass der Mörder getötet wird und die Ermittler im Nachgang quasi in aller Seelenruhe den Nachweis führen können. Auch dieser Mord war ein Mord. Wer sprengt am helllichten Tag auf einem belebten Platz ein Auto in die Luft? Und warum? Die Zeugenbefragungen liefen, markante Ergebnisse gab es noch keine. Außer dass im Nachbarauto ein Hund ums Leben gekommen war.

Jemand hatte Kosmos – er blieb der Einfachheit halber bei diesem Namen – als Killer beschäftigt und ihn nun aus dem Weg geräumt. Könnten es andere als Russen sein, die daran ein Interesse hatten? Natürlich. Doch auf den ersten Blick wenig wahrscheinlich.

Es spitzte sich mehr und mehr zu.

»Sir!«

Dr. Tordarroch holte ihn aus seinen Gedanken zurück. Mit leuchtenden Augen stand sie vor ihm. Sir Francis hielt sich bedeckt im Hintergrund.

»Sie können mir glauben«, sagte sie. »Ich kann im Schlaf den Brustkorb einer Leiche aufschneiden und ausräumen. Ich kann eine Niere in dünne Scheiben schnipseln und das Nierenmark herausschälen. Ich kann das Organ unter dem Mikroskop auf Krebs und Zysten untersuchen und Radioaktivität messen, wenn vorhanden. Aber das Geheimnis des menschlichen Herzens entzieht sich meinen Künsten und meinem Skalpell.«

Ottakring sah sie ratlos an und wandte sich ab. Zweierlei war ihm nicht klar: Erstens, was sie damit meinte, und zweitens, was »Skalpell« auf Englisch hieß.

Mordserie vor der Aufklärung?

Oberbayern kann wieder aufatmen! Wie aus zuverlässiger Quelle zu erfahren war, steht nunmehr fest, wer den Bürgermeister von Aschbach, Alois Engel, erdrosselt hat. Es scheint derselbe männliche Täter zu sein, der auch die Gastwirtin Annemarie K. und den Polizeiobermeister Robert A. umgebracht hat. Möglicherweise auch derjenige Täter, der bei der Hochzeit des Chefs unseres Morddezernats den Kriminalbeamten Kemal H. erschossen und die Beamtin Sabrina Chili T. lebensgefährlich verletzt hat.

Es scheint festzustehen, dass dieser Mann am Samstagnachmittag, am Tag seiner letzten Tat, mitten auf der Rosenheimer Loretowiese bei einer Explosion ums Leben gekommen ist. Sein Auto wurde zerstört, drei weitere Fahrzeuge wurden beschädigt und ein Hund getötet. Sonstige Personen kamen nicht zu Schaden. Spezialisten des Landeskriminalamts haben mit den Ermittlungen begonnen. Sie gehen davon aus, dass das Fahrzeug durch Fremdeinwirkung zur Explosion gebracht wurde. Wer die Person töten wollte und warum, ist bislang ein Rätsel.

Kriminalrat Ottakring, der Leiter der Rosenheimer Mordkommission, ist erleichtert über diese Entwicklung. Der grausame Serienmörder ist ermittelt. Andererseits ist mit diesem Mord an einem Mörder ein weiteres Kapitaldelikt aufzuklären.

Hinweis: Die Polizei sucht weitere Zeugen, die die Explosion auf der Loretowiese am vergangenen Samstag um die Mittagszeit beobachtet haben. Wer hat den dort geparkten hellblauen Lada Kombi gesehen und eventuell verdächtige Beobachtungen gemacht? Hinweise …

Ottakring hatte sein Versprechen gehalten und Heinrich Euser als Ersten informiert. Und ihm das Phantombild gemailt, auf dem Frau Winslet den Toten als Kosmos identifiziert hatte. Euser veröffentlichte dieses sowie ein Modellfoto eines himmelblauen Lada Kombi.

Lenya war tot. Pistolnik hatte bei seinen beiden Vernehmungen angeblich keinen blassen Schimmer, wieso sein Hausgenosse mit einer Lkw-Felge am Hals in den Weitsee gefallen war. Und der Nachfolger des toten Bürgermeisters hatte Kontakte zu Gubkin unterhalten. Gubkin, Felix Gubkin. Überall und nirgends, der Mann. Gegen ihn lag nichts vor. Doch schien dieser Kosmos sein Leibwächter gewesen zu sein. Eva M. hatte ihn und den Lada vor dem Schlösschen gesehen. Grund genug, Gubkin einen Besuch abzustatten. Ottakring drückte die Kurzwahl des Fuhrparks. Als er aufgelegt hatte, klingelte das Telefon auf seinem Schreibtisch.

»Herr Ottakring, Habedehre, der Huawa hier. Da steht eine Frau bei mir an der Pforte und will jemand sprechen wegen dem Zeitungsartikel von heut. Was mach ich mit der?«

Aha, dachte Ottakring. Die Leute melden sich. Oberbayern ist ein gutes Land – oberflächlich gesehen.

»Lass mich mal mit ihr sprechen«, sagte er.

Am Telefon hörte er sich kurz an, was die Frau zu sagen hatte.

»Huawa, bring sie hoch zu mir.«

Sie mochte Mitte zwanzig sein, zierlich, trug wie zur Dekoration einen winzigen Rucksack aus schwarzem Leder und ein Piercing in der Nase. Sie kniff die Augen zusammen, als er sie in den Konferenzraum bat.

»Ich hab die Zeichnung von dem Mann gesehen und das Bild von dem Auto. Der Mann hat mich in diesem Auto gevögelt.«

Ottakring spürte, wie ihm wieder einmal die Röte vom Hemdkragen hochstieg. Trotzdem schätzte er diese Art von Offenheit. Und ihren reizenden bayerischen Akzent. So nette Madln haben wir hier.

»Wann?«, fragte er. »Und wo war das gewesen?«

»Letzten Donnerstag, so ummerer hoiba sieme auf d' Nacht, schätz ich. Auf dem Waldparkplatz, dem ersten, wenn man die Autobahnausfahrt Frasdorf nimmt, Richtung Aschbach.«

Ottakring kannte den Parkplatz. Er ließ das Mikro an. Sie berichtete, wie sie das blaue Auto angehalten hatte, er sie auf der Ladefläche vernascht habe – »Nein, das war ganz freiwillig. Ich hab zur Zeit keinen Freund und war halt scharf wie Nachbars Lumpi« – und wie er wieder zurückkam, um mit ihr ein Glücksspiel zu machen.

»Ich hab ja erst jetzt mitgekriegt, mit wem ich's da zu tun gehabt hab. Der hätt mich ja glatt umbringen können.«

»Allerdings«, gab Ottakring ohne Ironie zurück. »Was war das für ein Glücksspiel?«

»Na ja, er hat mich raten lassen, in welcher Hand er diese Rose hat.«

»Wie bitte? Welche Rose?«

»Na ja, da war so eine schwarze Rose. Aus Holz, wie man sie im Dekoladen kaufen kann.«

»Oder aus Metall?«

»Kunnt aa sei.«

»Und er hat Sie raten lassen, in welcher Hand er sie versteckt hat?«

»Genau! Ich hab auf seine rechte Hand getippt. Die war leer. Die Rose war in der anderen.«

Ottakring fasste in die linke Jackentasche, umklammerte ein Streichholzheftchen, ballte die Hände zur Faust und kreuzte sie.

»So etwa?«

Sie tippte auf die rechte Hand. Er öffnete sie. Sie war leer.

»Genau so. Ja, so war's.«

Er klappte die linke auf.

»Und hier drin war diese Rose?«

Die Rose aus Schwarzblech, rund gehämmert und schwarz lackiert. Wie bei Engel. Wie bei der Annemirl.

»Ja. Klar.«

»Du hast verdammtes Glück gehabt«, sagte er. Unwillkürlich duzte er sie. Sie hätte seine Tochter sein können.

»Das hat er auch gesagt«, sagte sie. »›Du hast Glück.‹ Dann hat er ausgespuckt und ist abgerauscht. Mitgenommen hat er mich wieder nicht.«

Er musste herausfinden, was das bedeutete. Ein Mörder, der seinem Opfer den eigenen Tod auslosen ließ. Was ließ sich daraus folgern?

»Ist Ihnen sonst noch etwas aufgefallen?«

Es schien, dass sie auf die Frage gewartet hatte, so rasch kam die Antwort.

»Scho. Der Mann hatte eine Gebirgsschützenmontur an. Ich glaub, die Aschbacher. Ich kenn mich da ein bisserl aus. Mein Exfreund war auch bei die Gebirgsschützen. Deswegen wollt ich den Typ ja gleich vögeln.«

Ottakring schüttelte ungläubig den Kopf. Schon wieder diese Maskerade. Da läuft einer mitten unter uns als falscher Gebirgsschütz herum, und wir kriegen das nicht mit. Unglaublich!

»Und? Noch was?«

»Scho. Für einen Gebirgsschützen hat der eine echt coole Aussprach ghabt. Des is nie und nimmer a Gebirgsschütz, hab i glei denkt. Der redt wia a Russ. Dabei ham mir gar net so vui gredt.«

Er hatte es sich anders überlegt. Er steckte die Porscheschlüssel ein. Unter der Tür stieß er auf Eva M.

»Bei mir war eine Russennutte«, sagte sie.

»Wie bitte?«

»Halt eine von den Bewohnerinnen des Puffs in der Kufsteiner Straße. Mon Chérie. Sie hat den Artikel im OVB mitgekriegt. Kosmos war einer ihrer Kunden.«

»Hat sie ›Kosmos‹ gesagt?«

»Nein, hat sie nicht. Nur dass er sie vier Stunden hergenommen hat, hat sie gesagt. Sie heißt Galina, ist sehr blass und hat schlechte Zähne. Aber sonst ganz liebenswürdig.«

»War er Stammkunde?«

»Nein, sie hat ihn zum ersten Mal gesehen.«

»Wann?«

»Wusste sie nicht mehr so genau. ›Fiere darieber nicht Buch.‹ Weniger als eine Woche her, meint sie.«

»Einen Namen hat er demnach nicht genannt?«

»Hab ich sie auch gefragt. Nein. Aber sie ist sich absolut sicher, dass es der aus der Zeitung war.«

Kosmos musste sexbesessen gewesen sein. Nur half das im Nachhinein eher wenig. Sie mussten prüfen, mit wem er zu tun gehabt hatte. Wer die Hintermänner waren.

»Herr Ottakring?«

Wie ein kleines Mädchen machte Eva M. eine Schnute und spielte zwischen Schnute und Nase mit der Spitze ihres Zopfs.

»Morgen hat meine Mutter Todestag. Ich will ihr Grab besuchen. Kann ich da einen Tag freihaben? Oder einen halben?«

»Wo liegt die Mutter denn?«

»Auf der Fraueninsel.«

»Na, da brauchen Sie ja schon einen halben Tag für die Reise. Geht klar.«

Ein Gedanke schoss ihm durch den Kopf. Wie wäre es, Eva M. mitzunehmen, wenn er Gubkin besuchte? Im selben Augenblick verwarf er die Idee wieder. Den ersten Besuch wollte er ihm allein abstatten.

FÜNF

Felix Gubkin hatte die Hände auf dem Rücken verschränkt, als er Montag früh durch sein geliebtes Rosenfeld schritt. Im Südosten grüßte die Kampenwand herüber. Zweimal hatte er sie schon begangen. Die Sonne stand schräg, und die Bäume rings um die Rosen warfen dunkle, kühle Schatten. Die Vögel schwiegen, auch im Schlösschen war es still. Nur das Summen zufriedener Bienen war zu hören. An einigen Sträuchern ließen die Blüten schon die Köpfe hängen, bald müsste er sie schneiden lassen.

Doch Felix Iljitsch Gubkin stand der Sinn nicht nach Rosen. Er warf sein Haar zurück. Eine kilometerlange Straße sah er im Geist vor sich, eine Straße, die an den Bäumen entlang Richtung Süden führt, ehe sie auf eine Lichtung trifft, so groß, dass man ein Oktoberfest darauf ausrichten könnte. Zwischen mehrstöckigen Bürohäusern und Industriehallen durchziehen silbergraue Rohrleitungen das Gelände. Biochemiker forschen an Antikörpern, und er, Felix Gubkin, produziert die Grundstoffe für Medikamente, die Millionen Menschen helfen sollen. Und ihm weitere Geldsummen einbringen, wie es ihm schon sein russisches Werk einbrachte. Sein Nonnenwald sollte eines der größten Biotech-Zentren Europas werden. Nicht nur modern, elegant und erfolgreich. Auch sicher. Keine Erdbeben, kein Hochwasser. Krisensicher. Die Pharmabranche unterlag nicht den Konjunkturschwankungen wie andere Wirtschaftszweige. Und – er hätte Platz. Platz für Expansionen für weitere Jahrzehnte.

»Challo, Andi!« Gubkin rief, so laut er konnte, und wedelte mit beiden Armen durch die Luft.

Im kleinen Stadtpark von Aschbach drunten im Tal stand Andi Wildschitz im Korb der Drehleiter seiner Feuerwehr und sägte in der Krone eines uralten Ahorns herum. Vorschriftsmäßig im Waldarbeiteranzug mit Gitternetzvisier, Gehörschutz und Lederstiefeln. Erst nach einer ganzen Weile bemerkte er Gubkin weit unter ihm. Er musste ihn erkennen. Felix Gubkin war unverwechselbar mit seinen weichen Zügen und dem langen, welligen Haar. Außerdem trug er teure, helle Salzburgmode, die sonst keiner anhatte.

»Ja!«, rief er herunter. »Was ist, Herr Gubkin?«

Gubkin gab ihm ein Zeichen.

»Okay«, kam es von oben. »Ich komme.«

Die Männer am Boden schauten verwundert. Ihr Hauptmann, der auf Pfiff reagierte? Der Bürgermeister, der kam, wenn er gerufen wurde? Amüsiert beobachtete Gubkin ihre Reaktion.

Wildschitz stellte den Motor der Säge ab und hängte sie sich über die Schulter. Er kletterte die Leiter herunter, drückte einem der Männer das Gerät in die Hand und gab ihm kurze Anweisungen. Dann stellte er sich abwartend vor Gubkin hin.

Gubkin legte ihm freundschaftlich – die anderen sollten es ruhig sehen – den Arm um die Schulter und zog ihn weg zu einer Parkbank am See.

»Andi«, sagte er. »Ich habe große Pläne mit Ihnen. Sie werden reich werden. Ihr Bürgermeistergehalt werden Sie auf dem Konto haben, aber Sie werden darüber müde lächeln. Ihre beiden Buben werden es später einmal gut haben. Sie sind Mitglied in der Unteroffizierkameradschaft der Pranburger Pioniere. Denen werd ich auch etwas spenden.«

Die Überraschung, die er aus dem Gesicht seines Gegenübers lesen konnte, erheiterte ihn.

»Ja, ich hab mich informiert. Ich kenne nicht nur Ihre Gegenwart. Ich weiß auch um Ihre Vergangenheit.«

»Und?«, fragte Wildschitz. Er sah sich vorsichtig um. »Was muss ich dafür tun? Sie wissen doch, ich hab nur begrenzten Einfluss auf die Bauplanung.«

Gubkin schüttelte sanft den Kopf und erhob sich. »Darum geht's mir im Moment nicht. Ich hab was anderes mit Ihnen vor. Kommen Sie heute zu mir, und ich werd's Ihnen erklären. Wann haben Sie Zeit?«

»Wie lang brauchmer denn?«

»Eine Stunde und zehn Minuten. Wenn Sie sich sträuben.« Er lachte hell. »Eine Viertelstunde, wenn Sie mitmachen.«

Punkt siebzehn Uhr fünfzehn rollte der dunkelblaue Opel des Bürgermeisters über den Kies auf das Grattenschlösschen zu. Gubkin hatte Weisung gegeben, Wildschitz' Auto vor dem Gebäude parken zu lassen.

Die finstere Haushälterin ging ihm auf der Treppe voraus.

»Danke, Agnessa«, sagte Gubkin, als die Alte ihn ablieferte, und »Challo, Andi«, begrüßte er Gubkin im Musiksalon. »Passendes Gwand«, sagte er erfreut und strich über die Geranienblüten an Andis Hut. »Passt!«

Wildschitz trug die Montur der Aschbacher Gebirgsschützen.

Gubkin setzte sich an den Flügel und spielte die Mondscheinsonate. Wenn es brenzlig wurde, spielte er sie immer. Beethovens Musik wirkte zugleich ausgleichend und fordernd. Er hatte die Erfahrung gemacht, dass gerade dieses Stück den Gegner einlullte.

Wildschitz lehnte mit verschränkten Armen an der Wand und wartete ab. Es war ihm anzusehen, dass ihm die Musik gefiel.

»Was sagen Sie eigentlich zu dieser Explosion in Rosenheim?«, fragte er nach dem langsamen ersten Satz.

Gubkin setzte eine laute Dissonanz in die Tasten. Er wandte den Kopf zu Wildschitz und sah ihn lange an.

»Exakt darüber wollt ich mit dir reden.«

»Felix, da ist ein Herr von der Polizei. Ein Kriminalrat. Der will dich sprechen«, kündigte Nadeschda wenig später an.

Die beiden Männer sahen sich an, Fluchtinstinkt in den Augen. Gubkin hatte vorausgesehen, dass die Polizei irgendwann bei ihm auftauchen würde. Auch sein Alterchen hatte ihn gewarnt. Doch nun wurden seine Züge hart.

»Nervös, Herr Gubkin?«, fragte Wildschitz.

»Nur auf der Hut.«

»Sie gehen große Risiken ein.«

»Das ist nichts Neues für mich.«

Gubkin überlegte, ob es klug war, wenn der Kommissar den Bürgermeister bei ihm antraf. Aber erstens konnte er dessen Auto nicht vom Parkplatz wegzaubern, und zweitens war es nicht unüblich, dass sich ein Dorfbürgermeister persönlich mit der Realisierung eines Großprojekts wie dem Biotech-Projekt befasste.

Er warf einen Blick aus dem Fenster. Neben dem blauen Opel parkte ein orangefarbener alter Porsche. Der Kommissar hatte einen erlesenen Geschmack.

Nun stand er mit Nadeschda unter der Tür.

Selbstverständlich hatte Gubkin sich schlaugemacht. Er wusste, wer dieser Ottakring war, und hatte sich Fotos von ihm zeigen lassen. Auch seine Mitarbeiter kannte er, den toten und die lebenden. Polizei hatte für ihn stets einen negativen Beigeschmack gehabt, es sei denn, er konnte sich ihrer bedienen, wie in seiner Heimat. Hier in Bayern hatte er es gar nicht erst versucht.

Doch nun, als dieser Ottakring in der Tür stand, überkam ihn ein plötzliches Gefühl der Sympathie. Der Mann wirkte nicht wie ein bissiger, überschlauer Kriminaler, eher wie ein Mann, der gutes Essen schätzt und es sich wohlergehen lässt. Es war gut gewesen, dass er die Angriffe auf ihn gestoppt hatte.

Es fiel ihm nicht leicht, aber sein Gesichtsausdruck blieb vollkommen gelassen. Zwanzig Sekunden lang blieb er einfach stehen. Dann löste er den Blick, trat an seinen Klavierstuhl, setzte sich und legte die Hände in den Schoß.

Wildschitz hielt sich im Hintergrund.

Es war offensichtlich, dass Ottakring den Bürgermeister gesehen hatte, doch außer einem kurzen Nicken nahm er keine Notiz von ihm.

»Alterchen, hilf mir«, flüsterte Gubkin unhörbar.

»Na los, fragen Sie schon«, sagte er zu Ottakring. Er wusste nicht, wie der andere reagieren würde, und es überraschte ihn, wie ruhig er es hinnahm.

Ottakring war beeindruckt gewesen, als er den Porsche langsam das gewundene Sträßchen hinaufsteuerte. Er lebte zwar in Aschbach, war aber noch nie im Priental gewesen, das sich über die Höhenzüge südlich dahinter bis nach Tirol hinzog. Es erschien ihm wie ein kleines Wunder, als sich auf einmal der Wald öffnete und das Schlösschen, umgeben von einem Rosenfeld, märchenhaft zum Vorschein kam. Er wusste, dass Felix Gubkin sich in den Kopf gesetzt hatte, hier ein gigantisches Biotech-Unternehmen aufzuziehen. Gubkin war einer dieser neureichen Russen, von denen man in der Presse las. Wie stellte er sich den Herrn vor? Eine finster dreinblickende Gestalt, ein Kraftprotz in Jeans und Muscleshirt, pfundweise Gel im Haar, neureiches Lächeln, neureiches Gehabe. Geschmack Fehlanzeige, Kleingeld in Hülle und Fülle.

Zuerst empfing ihn eine vertrocknete, mürrische Alte an der Tür. Ihr zeigte er seinen Dienstausweis. Es hätte auch sein Lottoschein vom letzten Samstag sein können. Sie rief ihre Herrin.

Als die Gubkinowa ihn am Eingangsportal empfing, hätte er beinahe einen Pfiff der Bewunderung ausgestoßen. Er hatte eine korpulente Blondine mit hochgestecktem Haar erwartet, grell geschminkt, an der Grenze zum Ordinären. Diese Frau aber war sportlich und modisch gekleidet, hatte aristokratische Züge und strahlte ihn mit einem umwerfenden Lächeln an. Ihm verschlug es den Atem, als sie ihn aus halb geschlossenen Augen musterte. Ihn belustigt musterte, so kam es ihm vor.

»Kommen Sie, Herr Kommissar«, sprach sie fast akzentfrei. »Sie wollen sicher meinen Mann sprechen. Er ist oben.«

Der Anblick ihres Mannes traf ihn nun wie ein weiterer Schlag, und ein Großteil seiner Selbstsicherheit war wie weggeblasen. Dieser Mensch sollte Gubkin sein? Vor ihm stand ein Mann, der ihn an den Dirigenten Riccardo Muti erinnerte. Mittelgroß und schlank, wache blaue Augen, feine Gesichtszüge, umrahmt von schulterlangem Haar. Gubkin setzte sich an einen Konzertflügel in einem Raum, in dem sich nicht viel mehr befand als das Instrument. Der Deckel des Flügels war geöffnet.

»Na los, fragen Sie schon«, forderte er den Kriminalrat mit sanfter Stimme auf. »Nehmen Sie Platz.«

Ottakring musste sich von seinem ersten Eindruck losreißen. Sich zwingen, die Fragen zu stellen, die er sich bei der Herfahrt überlegt hatte.

»Ich glaub, ich geh dann mal besser«, sagte Wildschitz. »Ich werd im Büro erwartet.« Mit einem knappen Händedruck verabschiedete er sich.

Ein übler Gedanke zuckte durch Ottakrings Gehirn. Hatte er je von Korruption in der bayerischen Administration gehört? Er wollte sich sachkundig machen.

»Haben Sie den Mann gekannt, der in dem hellblauen Lada saß?« Das war Ottakrings erste Frage.

Gubkin hatte sich erhoben. Er verschränkte die Arme vor der Brust. Die Antwort ließ keine Sekunde auf sich warten.

»Herr Kommissar, der Tote war mein Leutnant, ein Smotrjaschtschij, wie wir in meiner Heimat sagen. Mein Fahrer, mein Hausmeister, mein Mädchen für alles.«

»Wenn er Ihnen so nahestand, weshalb haben Sie sich dann nicht gemeldet, als Sie ihn vermissten?«

»Kosmos war ein freier Mann. Er musste keine Rechenschaft über seine Zeit ablegen. Es war nichts Ungewöhnliches, dass er mal wegblieb.«

Jetzt stellte Ottakring die Frage, die ihm die ganze Zeit schon auf der Zunge lag. Und er beobachtete Gubkin dabei sehr genau.

»Haben Sie Kosmos getötet?«

Gubkins Lächeln verschwand. Daneben zuckte er mit keiner Wimper.

»Nein«, sagte er bestimmt. »Natürlich nicht. Ich habe mit einer solchen Frage gerechnet. Nein.«

»Wie konnten Sie die Frage erwarten?«

Gubkin schritt mit am Rücken verschränkten Händen zum Fenster und blickte eine halbe Minute auf den Wald hinaus. Dann wandte er sich wieder dem Kriminalrat zu.

»Ich habe Ihnen berichtet, was Kosmos mir bedeutet hat. Wir haben eng zusammengearbeitet, er war mir eine wichtige Stütze. Trotzdem – es gibt nicht allzu viele Russen hier, und es bedarf keiner großen Findigkeit, die Spur zu mir aufzunehmen, wenn einer von ihnen gewaltsam getötet wird. Ich war mir sicher, dass Sie früher oder später bei mir vorbeikommen würden.«

Geschickt, der Mann, dachte Ottakring.

»Seien Sie ehrlich, Herr Kommissar. Überlegen Sie: Warum hätte ich Kosmos umbringen sollen?«

Ottakring blickte etwas betreten drein. Er fragte sich, was für ein Mensch dieser Mann war. Noch wusste er so gut wie nichts über ihn, ließ sich wahrscheinlich von seinem angenehmen Äußeren blenden. Er mochte so sein, wie er wirkte, gehörte vielleicht zu dieser guten Handvoll erfolgreicher Jungunternehmer, die der Nachsowjetzeit entschlüpft waren. Ein Musik liebender Genussmensch, der sich nichts Besseres wünschte, als Rosen zu züchten. Vielleicht steckte hinter dieser Fassade aber auch ein machthungriger Verbrecher, ein Sadist, ein kaltblütiger Mörder. Als Erstes würde er sein Alibi überprüfen lassen.

»Sie werden sicher mein Alibi für Samstag am frühen Nachmittag überprüfen wollen. Voilà. Ich war hier und habe telefoniert. Ich habe bestimmt eine Stunde lang mit Russland telefoniert, sogar über Festnetz. Das lässt sich doch leicht nachprüfen, oder?«

»Darauf können Sie wetten.« Eine tiefe Falte bildete sich auf Ottakrings Stirn. »Erzählen Sie mir über den Charakter Ihres Leutnants, wie Sie ihn nennen. Sie haben sein Umfeld beobachtet. Wie war er denn so?«

»Absolut loyal«, sagte Gubkin freundlich. »Nicht devot, kein Softie, beileibe nicht. Kein gutmütiger Mensch, aber doch mit sensiblen Seiten ausgestattet. Er hatte natürlich auch seine Freiheiten. Und ganz kann man einen Menschen nie kennenlernen, ein Stück von ihm wird uns immer verborgen bleiben, meinen Sie nicht, Herr Kommissar?«

Auf die Blutspur, die dieser sensible Mensch hinterlassen hatte, wollte Ottakring vorerst nicht zu sprechen kommen, auch wenn es ihm schwerfiel. Erst wollte er noch mehr über das Netz wissen, in dem diese Spinne sich bewegt hatte.

Ein seltsames Gefühl überkam Ottakring. Er schaute sich kurz im Salon um. Alles schien in perfekter Harmonie. Doch etwas stimmte nicht, und er würde noch herausfinden, was.

»Wie war sein richtiger Name?«, fragte er.

Gubkin ließ ein sattes Lachen hören. »Kosmos. Er hieß tatsächlich Kosmos. Seine Eltern haben ihn nach der ersten sowjetischen Weltraumrakete benannt.« Er hielt kurz inne und wurde wieder ernst. »Das hat er mir erzählt, Herr Kommissar. Ob es wirklich so war, kann ich nicht sagen. Ich habe es nicht nachgeprüft. Er hatte hier im Haus ein kleines Büro. Sie werden bestimmt seinen Computer untersuchen wollen. Wo er privat gewohnt hat, ist mir nicht geläufig. Wir hatten ständigen Kontakt über Mobiltelefon. Wenn ich ihn brauchte, war er da. Meist hat er ohnehin gespürt, wann er anzutreten hatte. Sein Gehalt hat er cash auf die Hand bekommen. Alles andere hat mich nie interessiert. Und ihn wahrscheinlich auch nicht.«

Gubkin verfiel wieder stärker in seinen harten osteuropäischen Akzent, für Ottakring ein Zeichen, dass er entweder sehr entspannt oder sehr erregt war.

»Das ist wie so vieles in unserem großen Russland. Alles, was in die Zeit der alten Sowjetunion fällt, ist wie grauer Nebel. Da können Sie lange stochern.«

Ob er damit etwas andeuten wollte?

»Eine letzte Frage, Herr Gubkin. Warum musste Kosmos sterben? Haben Sie einen Verdacht, wer es getan haben könnte?«

»Zur zweiten Frage. Nein. Zur ersten: Irgendjemand war der Ansicht, er wüsste mehr, als gut für ihn oder diesen Jemand war.«

»Was hätte er denn wissen können?«

»Vielleicht hat das mit dem Nebel zu tun, von dem ich vorhin sprach.«

Verdammt. Dieser Kosmos war der engste Vertraute dieses Herrn gewesen. Er war vorsätzlich in ein Idyll eingedrungen und hatte kurz hintereinander drei Menschen auf grausame Art getötet und Ottakrings Kollegin an die Schwelle des Todes geschossen. Und da sprach dieser freundliche Russe ihm gegenüber von Nebel. Der Kriminalrat musste sich eingestehen, dass er nirgendwo den festen Boden finden konnte, den er suchte.

»Wir werden uns wiedersehen, Herr Gubkin. Bestimmt werden wir uns wiedersehen.«

»Das hoffe ich, Herr Kommissar. Sie sind ein freundlicher Mann.«

SECHS

Die MS Edeltraud legte um acht Uhr dreißig an der Fraueninsel mitten im Chiemsee an. Eva M. hatte sich trotz der unangenehmen

Temperatur aufs Oberdeck gewagt und sich einen Kaffee genehmigt. Nun war sie durchgefroren und wollte erst einmal die Insel umrunden, bevor sie zum Friedhof ging.

Morgennebel lag über dem Chiemsee, ein paar Möwen flogen wie Kormorane so tief übers Wasser, dass die Flügelspitzen die Oberfläche berührten. Die Geranien an den Balkonen verloren ihren Glanz, und die ersten Blätter färbten sich. Um diese Zeit waren kaum Menschen unterwegs, die Touristen überfielen die Insel erst später am Tag.

Als die Glocken neunmal schlugen, bog Eva M. in den kleinen Weg ein, der zur Kirche und zum Friedhof führte. Zwei Klosterfrauen in weiß-schwarzer Tracht kamen ihr entgegen, sie unterhielten sich. Eine trug eine Sonnenbrille. Eva M. hielt das für ungewöhnlich. Als sie auf gleicher Höhe waren, grüßten beide freundlich, Eva M. grüßte zurück. Ihr Blick blieb an der mit der Sonnenbrille hängen. Auch die andere schien überrascht zu sein.

Nach wenigen Metern drehte sie sich um. Auch die mit der Sonnenbrille hatte sich umgewandt. Eva M. ging weiter. Irgendwo war sie der Schwester schon einmal begegnet.

»Evita!«

Eva M. fuhr herum.

Die Ordensschwester kam mit ausgebreiteten Armen auf sie zugerannt. »Leipzig! Psycho!«, rief sie.

Natürlich. Nur eine Person auf der Erde hatte sie je Evita genannt. Penelope. Sie hatten sich auf einem Psychologieseminar im Leipziger Servicecenter kennengelernt und angefreundet. Penelope war etwas älter als sie, extravertiert und immer fröhlich. Eine Frau, mit der man Pferde stehlen konnte. Sie hatte irgendwo im Osten gelebt. Und nun traf sie diese Penelope wieder in Schwesterntracht. Wäre sie hier auf der Fraueninsel frei laufenden Giraffen begegnet, hätte sie dies auch nicht mehr verwundert.

Die beiden Frauen fielen sich in die Arme.

»Ja, so eine Überraschung!«, rief Penelope mit gerötetem Gesicht aus.

»Überraschung? Ein Erdbeben oder ein Tsunami käme für mich nicht überraschender. Seit wann bist du im Kloster? Und warum?«

Penelope wurde ernst. Sie nahm ihre Sonnenbrille ab und gab der Mitschwester einen kurzen Hinweis.

»Das ist eine lange Geschichte. Lädst du mich auf einen Kaffee in den Klosterwirt ein? Zum Draußensitzen ist's schon zu kühl.«

Sie setzten sich ans Fenster.

Eva M. sah die Ordensschwester neugierig an. »Erzähl«, sagte sie verwirrt. »Was ist passiert? Fast wäre ich an dir vorbeigelaufen.«

Drüben leuchtete der See in kaltem Aquamarin, vereinzelt durchbrochen vom Weiß einzelner Segelboote. Penelope in ihrer Ordenstracht strahlte eine Würde aus, die sie in weltlicher Kleidung nicht gehabt hätte. Die schwarze Haube verdeckte die Frisur. Der weiße Schleier umrahmte ein ebenmäßiges Gesicht, in dem sich seit Leipzig ein paar Fältchen um die Mund- und Augenwinkel gebildet hatten.

Penelope wartete mit der Antwort, bis sie beide einen Cappuccino bestellt hatten. Ihre schmalen Hände lagen brav gefaltet auf dem Tisch.

»Tja. Wo fang ich an.« Sie leistete sich ein schüchternes Lächeln. »Ich hab dir damals schon erzählt, dass meine Ehe wackelt. Details waren damals und sind auch heute noch tabu. Seit eineinhalb Jahren bin ich geschieden. Und da ich jede Lust und Freude am weltlichen Leben und vor allem an der Männerwelt verloren hatte, habe ich überlegt, mich einem Orden anzuschließen. Ich hab mich längere Zeit mit dem Thema beschäftigt und mich schließlich für die Benediktiner entschieden. Erst mal musste ich eine Aufnahmeprüfung machen, in einer Art Assessment-Center. Ich wurde für würdig befunden. Das nahm ich als Gottesurteil hin und bin dem Orden beigetreten. Mein Ordensname ist Caroline, und weltlich habe ich meinen Mädchennamen Modrow eh nie abgelegt. Was gibt es Schöneres, als hier in der uralten Abtei Frauenwörth auf dieser einzigartigen Insel zu leben und Gott zu dienen.«

Eva M. erinnerte sich genau. Penelope war mit einem steinreichen Russen verheiratet gewesen. Sie fuhr ein als Zweisitzer verkleidetes rotes Torpedo. Es hatte ihr in der Freizeit des Seminars weder an Unternehmungsgeist noch an den Mitteln, ihre Vorhaben zu finanzieren, gefehlt. Scheidung ist eine Allerweltssache. Wie kam eine attraktive junge Frau auf die Idee, sich deswegen hinter Klostermauern zu begeben? Eva M. beschloss, mit Fragen noch zu warten.

»Und du?«, fragte Penelope und nippte am Kaffee.

»Ich bin hier, um meine Mutter zu besuchen. Sie hat heute Todestag.«

»Ach, sie ist auf unserem schönen Friedhof begraben?« Penelope leerte ihre Tasse. »Komm, ich begleite dich, wenn du magst.«

Draußen am Weg zur Kirche stießen sie wieder auf die Schwester, mit der Penelope vorhin Eva M. entgegengekommen war.

»Das ist meine liebe Schwester Matilda«, stellte Penelope sie vor. »Sie kümmert sich um unseren Klostergarten.«

Matilda lächelte und hielt Eva M. einen Strauß Kräuter hin. »Ich komm grade von dort. Riechen Sie mal«, sagte sie. »Rosmarin.«

Eva M. steckte höflichkeitshalber die Nase in den Busch. Das Kraut war ihr nicht unbekannt. Ihr fiel auf, wie ähnlich sich die beiden Schwestern waren. Kam das durch die gleiche Tracht?

Penelope legte Eva M. die Hand auf den Arm.

»Und dies ist eine gute Bekannte, Eva M.«, sagte sie zu Matilda. Dann wandte sie sich wieder Eva M. zu und sah sie fragend an. »Arbeitest du immer noch bei der Polizei?«

»Einmal Polizei, immer Polizei. Raten Sie mal, was das M in meinem Namen bedeutet«, ergänzte Eva M., nur um freundlich zu Matilda zu sein.

»Doch nicht etwa Matilda?«

»Aber fast. Mathilde.«

»Hihihi. Ich …«

Eva M. verabschiedete sich und zog Penelope weiter.

»Gut, jemanden zu kennen, der bei der Polizei arbeitet«, sagte die Schwester beiläufig. »Man weiß nie im Leben, wann man einen Polizisten braucht.«

Diese Bemerkung verblüffte.

»Warum?«, fragte Eva M. »Befürchtet ihr hinter den Klostermauern einen Einbruch? Willst du den Papst wegen seiner letzten Enzyklika anzeigen?« Kaum war der Satz ausgesprochen, legte Eva M. erschrocken eine Hand über den Mund.

Doch Penelope ging nicht darauf ein.

»Ich glaub, ich lass dich hier allein«, sagte die Schwester, als sie den Eingang zum Friedhof erreichten. »Falls du später eine Privatführung durch unsere ursprünglich romanische Kirche haben möchtest, dann gib mir Bescheid.«

Plötzlich hielt sie ein Handy umfasst. »Kann sein, dass ich dich bald mal anrufen werde. Vielleicht gibt's Arbeit für dich«, meinte Penelope geheimnisvoll, als sie sich verabschiedeten.

Eva M. konnte sich nicht vorstellen, um welche Art von Arbeit es sich dabei handeln könnte.

»Auf Wiedersehen, Schwester Caroline«, rief sie Penelope gut gelaunt hinterher.

Sie sollten sich früher wiedersehen, als ihr recht sein konnte.

Die massive Tür von Gubkins Arbeitszimmer flog auf und knallte gegen die Wand. Kreideweiß stand Nadeschda da. Sie hatte ein Messer in der Hand.

»Du hast ihn töten lassen«, schleuderte sie ihm entgegen.

Schneeweiße Zähne, dachte er. Wie ein junges wildes Tier, das mich anknurrt. Ein gefährliches Tier, mit dem nicht zu spaßen ist.

»Ja«, sagte er und stand auf.

Die klare Antwort machte Nadeschda rasend. Sie stürzte sich auf ihren Mann. Das Messer hob sie hoch in die Luft, zielte auf sein Herz und ließ die Waffe mit aller Kraft niedersausen.

»Ich hasse dich, ich hasse dich, ich hasse dich …«

Gubkin sprang zur Seite, packte ihr Handgelenk, quetschte ihr das Messer aus der Hand und stieß sie in einen Besuchersessel. Das Messer schlenzte er mit dem Fuß unter den Schreibtisch.

Sie brach in hysterisches Schluchzen aus.

Nach einigen Minuten sprach Gubkin wieder ganz ruhig, als ob nichts geschehen wäre.

»Ich kann ihn nicht wieder lebendig machen«, sagte er. »Aber ich kann dir verzeihen.«

Voller Verachtung blickte sie ihn durch Tränen an. »Du Barbar! Was willst du mir denn verzeihen?«

Er sah sie lange an. »Dass du mit ihm geschlafen hast.«

»Das ist lange her. Vor deiner Zeit. Du hattest ja auch Frauen vor mir. Du warst schon mal verheiratet. Ich nicht.«

Er zuckte mit den Schultern. »Ja. Aber du hast auch in unserer gemeinsamen Zeit mit ihm geschlafen. Frag mich nicht, woher ich das weiß. Das war einer der Gründe, warum er sterben musste. Er hat den Tod verdient. Wir hatten keine Wahl. Er hätte uns ruiniert. Aber begraben wir das.«

Er streckte seine behaarten Arme nach ihr aus.

Sie wich zurück.

»Du hast ihn geliebt?«

»Ja!«, sagte sie trotzig.

»Ich liebe dich«, sagte er.

Sie sagte nichts.

Er ließ den Blick zwischen verschiedenen Punkten ihres Gesichts hin und her wandern. Mund, Haaransatz, Augen.

Sie wich seinem Blick nicht aus.

Er sah, dass da noch Liebe war.

»Tu so etwas nicht wieder«, sagte er. Es sollte nicht wie eine Drohung klingen. Klang aber so. »Ich müsste auch dich töten.«

SIEBEN

»Max! Max, komm her!«

Ottakring fuhr herum. Die Stimme kam ihm bekannt vor. Er hatte schon den Schlüssel zum Präsidium in der Hand, und Huawa winkte von innen. Was war das für ein Hund! Genau wie der Herr Huber, als er noch kein Jahr alt war. Riesige Pratzen, feuriger Blick, neugierige Zunge.

Natürlich kannte er den Hundebesitzer. Er wusste nur nicht, dass er einen Hund besaß.

»Wie alt ist der Max?«, fragte er den Schriftsteller mit der schiefen Nase und den Tränensäcken.

»Acht Monate. Er stammt aus einem Sägewerk in Feilndorf.«

Ottakring ging in die Knie, strich dem Hund über den Kopf, stopfte ihm die Faust mitten ins Maul und hob mit der anderen Hand eine Pfote. Er hatte Mühe, nicht von seinen Erinnerungen überwältigt zu werden.

»Schreiben Sie wieder einen Roman?«, fragte er.

»Natürlich. Wir sind doch schon mittendrin.«

Der Kriminalrat riss sich los und hastete zur Tür. Ungern ließ er seine Leute warten. Er drückte die Zigarette aus.

Der Pförtner bedeckte die Augen mit der Hand.

»Haben S' Sehnsucht nach Herrn Huber, gell?«, rief ihm der Huawa nach. »Ich auch. Mei Frau auch.«

Er nahm zwei Stufen auf einmal und kam etwas außer Atem am Konferenzraum an. Schon an der letzten Stufe wuselte ihm der beigefarbene Mops entgegen.

»Ah, Herr Ottakring. Ich hab gehört, es gibt Nachrichten.«

»*It gives news, yes*. Ich hoffe, auch von Ihnen, Adamina.«

»Also, Herr Ottakring!« Eva M. kam von der Seite und zog ihn am Ärmel weg. »Ich halt's einfach nicht mehr aus! Ich muss es Ihnen sagen.«

»Ja, ja, ich weiß schon. Natürliche Schönheit lässt sich auf Dauer nicht verbergen.«

»Eitel sind Sie gar nicht, wie?«

»Was denn sonst? Hab ich Lippenstift am Hemd?«

»Ihr Englisch ist einfach grauslich. Sie sollten Ihre Sprachübungen heimlich machen.« Sie grinste. »*Homely*, wie Sie sagen würden.«

»Ich hab auch nie Englisch gehabt, ich war noch nie in England und nie in Amerika. Aber in Latein, da schlägt mich keiner. Da könnt ich mich locker mit dem Papst unterhalten.«

»Tststs. Latein ist gut, um römische Grabinschriften zu lesen. Sonst fällt mir kein Vorteil ein. Englisch ist eine lebende Weltsprache.«

»Sag ich's doch. Deswegen will ich's ja lernen.«

»Mit dem Handy wurde sie ausgelöst«, rief Bruni vom Fenster her. »Grad haben sie's rausgefunden.«

»Was, wer, Handy? Verfallen Sie doch mal in richtiges Deutsch.«

»Ich meine, das LKA hat herausgefunden, dass das Nitropenta-Sprengpaket an dem Lada durch einen Handyanruf ausgelöst wurde. Sender hier, Empfänger dort, ganz einfach.«

»Brav, Bruni.«

Dr. Adamina Tordarroch war in den Raum getreten. »Auch ich habe ein Ergebnis, Sir.«

So wie sie ihn wieder anschaute, spürte Ottakring, wie er rote Ohren bekam. Möglicherweise zeigte sich auch auf den Wangen ein zartes Rosa. Natürlich wurde er verlegen bei so viel offensichtlicher Bewunderung. Das tat gut in seinem Alter, selbst wenn man frisch verheiratet war. Er warf einen prüfenden Blick hinüber zu

Bruni. Doch Bruni war ausschließlich vertieft in den Anblick seiner angebeteten Adamina.

»Es ist mir gelungen, die Teile und Brocken und Fetzen des Körpers, der vorher im Lada gesessen war, halbwegs zusammenzusetzen. Ich müsste dafür ins Guinnessbuch der Rekorde kommen unter der Rubrik Puzzle. Das Einzige, was ganz war, war der Kopf.«

Die anderen hatten sich irgendwo aufgestellt, Ottakring saß als Einziger am langen Konferenztisch und hörte zu.

»Dieser Mensch war am ganzen Körper über und über tätowiert. Übrigens überaus hilfreich, wenn man den Originalzustand einer zerfetzten Leiche rekonstruieren will.«

»Ja, ja, mit Nitropenta ist nicht zu spaßen«, warf Bruni ein.

Adamina warf ihm einen missbilligenden Blick zu.

»Tätowierungen am ganzen Körper. Den Tätowierungen nach muss dieser Kosmos einen ziemlich hohen Rang innerhalb der Organisation gehabt haben.«

»Organisation?«, unterbrach Ottakring. »Welche Organisation?«

Eva M., die OK-Spezialistin, meldete sich zu Wort.

»Die russische Mafia kennt sehr unterschiedliche Symbole. Der russische Kriminelle spricht von seinem Frack, den er auf der Haut trägt. Das zentrale Symbol ist die Rose. Quasi das Einsteigersymbol, das auf die Brust tätowiert wird. Es ist ein komplexes System von deutlichen Zeichen, das eine ganze Menge Information über seinen Träger hergibt. So gibt es den Totenkopf, den Spaten, Diamanten ...«

»Schon klar. Und welchen Frack hatte Kosmos an?« Ottakring war seine Ungeduld anzumerken.

»Natürlich die Rose«, gab Adamina zurück. »Eine Katze. Die Schlange, die nur hochrangigen Mitgliedern vorbehalten ist. Zwei Tiger, und der Tiger ist das untrügliche Symbol für den unerbittlichen Vollstrecker ...«

»Interessant«, sagte Ottakring. Er empfand eine unstillbare Lust zu rauchen. »Sehr interessant. Aber wir sprechen hier von einem Toten. Von der Vergangenheit, die uns nichts mehr bringt. Genau wie die Sprengung per Handy. Es ist schließlich vollkommen egal, wie das Auto in die Luft geflogen ist. Durch eine Handgranate, eine Bombe, und wie sie gezündet wurde – Annäherungszünder,

Zeitzünder, Kontaktzünder oder eben durch ein Handy. Und so egal ist es auch, welche Herzerln, Kätzchen, Schlangen der Tote an seiner Haut hatte. Wichtig ist einzig und allein: Wir haben ihn! Er ist gefasst. Leider nicht durch uns. Dieser Serienmörder ist Vergangenheit, Freunde.«

Ottakring hielt inne und wischte den Schweiß von der Stirn. Warum hatte er sich so in Rage geredet? Er wusste es selbst nicht. War es immer noch die ohnmächtige Wut über Herrn Hubers Sprengung? Machte sich die Gier nach einer Zigarette auf diese Weise bemerkbar? Ihm war, als wache er gerade auf und habe im Schlaf gesprochen. Etwas, was nur zum Traum passte und nicht zum richtigen Leben. In den Gesichtern der Mitarbeiter stand Ratlosigkeit. Er musste es wieder hinbügeln. Er räusperte sich.

»Nun haben wir den Fall komplett aufzuklären. Lassen Sie es mich so formulieren. Die Hintermänner sind wichtiger und bedeutender noch als dieser Vollstrecker. Die müssen wir fassen. Und deshalb sind wir hier.«

Dr. Adamina Tordarroch lehnte an einem der Konferenzstühle. Ihr furchtloser Blick ruhte auf Ottakring. Sie hatte schmale, strenge Lippen, die durch eine Spur Lippenstift etwas weicher wirkten, dickes blondes Haar, das von einer einfachen Spange zusammengehalten wurde. Sie trug eine Bluse und einen leicht unterhalb des Knies endenden Rock mit hochhackigen Schuhen. Ihre großen Hände lagen elegant und selbstsicher auf der Stuhllehne vor ihr. Ihre ruhige Stimme erfüllte den Raum.

»Dann kann ich ja wieder abreisen, oder?«

Erschreckt erwiderte Ottakring ihren Blick. »Wie … wie meinen Sie das? Sind Sie denn schon fertig?« Er rutschte nach vorn und saß auf der Stuhlkante.

»Ich bin Forensikerin und Pathologin. Mein Beruf ist es, mich ausschließlich mit der Vergangenheit zu beschäftigen. Wenn das nicht gewünscht ist, bin ich arbeitslos und muss mich verabschieden.«

Bruni drüben an der Tür nickte heftig. Eva M.s Augen folgten einer dicken Stubenfliege, die sich aus dem Fenster werfen wollte.

Und *»Shit«*, murmelte Ottakring, »Scheiße«, obwohl er dieses Wort sonst strikt vermied.

»How nice«, sagte Adamina halblaut. »Wie schön, den großen

Kriminalrat Ottakring einmal verlegen und klein und hässlich zu sehen. Aber das war nicht meine Absicht. Jeder hat mal einen schlechten Tag.«

In kleinen Schritten bewegte sie sich seitwärts auf Ottakring zu und stellte sich neben ihn. »Ich hätte noch etwas anderes für Sie als Tätowierungen, die Sie langweilen, und Leichen, die schon tot sind. Wollen Sie hören?«

Die Mienen der anderen bestanden aus dicken Fragezeichen. Ottakring blickte zu Adamina auf, froh, keine weiteren Erklärungen abgeben zu müssen. Er nickte nur.

»Es geht um Felix Iljitsch Gubkin, Ihren neuen Freund. Ich hab mich mal darum gekümmert. Seine Eltern leben bei Moskau in guten Verhältnissen, Vater geboren 1937. Wie weit Kontakte mit dem Sohn bestehen, konnte ich nicht erfahren. Interessanter ist der Großvater Pjotr Iljitsch Gubkin. War eng mit dem Komponisten Dmitri Dmitrijewitsch Schostakowitsch befreundet. Er war ein hervorragender Pianist und begabter Komponist mit einer riesigen Fangemeinde nicht nur in der Hauptstadt. Vereinzelt werden heute noch seine Werke aufgeführt oder im Radio gespielt. Dann kam der Zweite Weltkrieg, Gubkin wurde eingezogen, diente in der Armee und ist 1942 bei einem Luftangriff der Deutschen gefallen.«

Bruni war nahe an Adamina herangeglitten und sah sie verzückt an. Kein halber Meter Abstand zwischen ihnen. Als Adamina eine ungeschickte Bewegung mit dem Kopf machte, löste sich die Haarspange und fiel zu Boden. Goldenes Haar breitete sich über ihren Schultern aus. Die Frau spendete Bruni einen vorwurfsvollen Blick, als sei er schuld an diesem Unglück. Sie bückte sich, um die Spange aufzuheben, doch er kam ihr zuvor.

»Bitte schön.«

Ottakring betrachtete die Szene mit Ungeduld und Bitterkeit. Längst hätte er Adamina das Wort abgeschnitten, wäre da nicht sein Aussetzer von vorhin gewesen. Er war vorsichtig geworden.

»Woher haben Sie diese Informationen?« Zu gern hätte er die Frage »Und was bringen sie uns?« hinzugefügt.

»Scotland Yard könnte es sein«, sagte sie in Anspielung auf ihre Heimat. »Ist es aber nicht. Auch wir auf der Insel haben so unsere Verbindungen, denken Sie zum Beispiel an James Bond. Sie können von der Richtigkeit meiner Aussage überzeugt sein.« Sie versprühte etwas wie Stolz. »Es heißt, dass Felix Gubkin, also unser Gubkin, seinen Großvater sehr geliebt und verehrt hat. Er soll es gewesen sein, der nach Jahren ein gigantisches Denkmal auf seine Grabstätte gesetzt hat.«

Sie ließ ein Foto herumgehen, auf dem ein Klavier aus Marmor zu sehen war, das an der Rückseite eines Grabs stand, offenbar anstatt eines Grabsteins.

»Aber er hat seinen Großvater ja nie gesehen«, sagte Eva M. mit dem Zeigefinger an der Nase.

»Ja. Das ist's ja gerade. Meine Informanten betonen, dass Felix Gubkin, also unser Gubkin, eine gewaltige Affinität zu seinem berühmten Großvater hat. Weit mehr als zu seinem Vater. Er verehrt ihn wie einen Heiligen.«

Ottakring hatte genau zugehört. Er hatte Gubkins Bild genau vor Augen. Doch im Moment wusste er nicht so recht, was er mit der neuen Erkenntnis anfangen sollte.

ACHT

Ottakring blieb genervt, er konnte nichts dagegen tun. Und so beschloss er, Lola anzurufen.

»Hättest du Lust, heute Mittag mit mir essen zu gehen?«

»Wenn ja, warum und wohin?«

Seine Frau war offensichtlich guter Laune. Das passte. Dann war sie auch in der Lage, ihn aufzuheitern.

»Ich hol dich ab. Wenn du mit dem Dienstwagen vorliebnehmen willst.«

Als er in den Hochriesweg einbog, stach ihm von Weitem schon der grüne Pulli des Pistolnik-Knaben ins Auge. Er verlangsamte das Tempo. Er sah den Jungen ans Fenster der unteren Wohnung klopfen und etwas hineinrufen. Sekunden später stand der stiernackige Pistolnik im Trainingsanzug neben seinem Sohn und winkte dem Kriminalrat zu.

Ottakring bremste, fuhr die rechte Scheibe herunter und beugte sich hinüber.

»Was ist? Wollen Sie mir etwas sagen?«, fragte er.

»Tut mir leid, dass waren uncheflich zu Ihnen. Ich habe nicht gewusst, dass Sie Polizei sind.«

»Wollen Sie damit zugeben, dass Sie es waren, der sich an meinem Eigentum zu schaffen gemacht hat? An meinem Auto, meinem Haus? Ha?«

Ottakring stieg aus und ging um den Wagen herum. Eine leichte Nervosität machte sich breit. Er steckte sich eine Zigarette an.

Der Junge wich zurück und stellte sich hinter seinen Vater.

Pistolnik tat erschreckt. »Nix zugeben. Ich werde nur grießen, zukinftig, wollte sagen.«

»Passen Sie auf, dass Sie nicht enden wie Ihr Kollege Lenya.«

Der Junge kam hinter dem Rücken des Vaters hervor und streckte die Zunge heraus.

Am liebsten wäre Ottakring hingegangen und hätte ihm ein paar bayerische Watschn runtergehauen. Doch er zuckte die Achseln, warf sich wieder in sein Dienstfahrzeug und knallte die Tür zu. Er hatte Besseres vor.

Ganz bedeutungslos war der Vorfall jedoch nicht. Ein Gedanke begann in seinem Kopf zu reifen, gerade als er merkte, dass die Zigarette noch an war. Obwohl er sich geschworen hatte, niemals – niemals! – in geschlossenen Räumen und im Auto zu rauchen. Er hielt an, drückte die Zigarette mit der Schuhspitze aus, hob sie auf und warf sie in eine Mülltonne.

Er parkte nah am Zaun. Die Pistolniks waren verschwunden.

Lola kam freudestrahlend aus dem Haus.

»Woher hast du es gewusst? Mich sofort zum Essen einzuladen.«

Ottakring beschlich sofort ein schlechtes Gewissen. Er hatte keine Ahnung, wovon Lola sprach. Die Antwort blieb er schuldig.

»Gehen wir?«, sagte er stattdessen.

»Stell dir vor, ich kann morgen die Klappe abnehmen. Für hoffentlich immer. Hat dich der Arzt denn auch verständigt, dass ich bald wieder arbeiten kann? Die Laborwerte sind absolut im grünen Bereich.«

Er kniete sich vor sie hin, legte voller Glück die Hände um ihre Taille und presste den Kopf an ihren Bauch. Einen Anlass, Lolas Irrtum zu korrigieren, konnte er nicht erkennen.

»Sagenhaft! Ich freu mich so. Richtig feiern müssen wir das ein andermal. Heute Mittag geht's nur spontan. Ich muss wieder zurück.« Er stand auf. »Was hältst du vom Fischer am See?«

Sie fuhren eine gute Viertelstunde zu der Gartenwirtschaft in Prienling am Chiemsee. Aschbach selbst hatte außer der teuren Winslets Residenz nichts zu bieten. Sie nutzten die Mittagssonne, um am Wasser zu sitzen. Zwei Möwen in Fast-Gänsegröße standen ganz in ihrer Nähe mit beiden Beinen im Seichten und balgten sich um einen Brocken. Draußen konnten sie die Jollen beobachten, die ihre letzten Runden drehten, bevor sie in den Winterschlaf geschickt wurden.

»Und das hat der Arzt wirklich gesagt?«, begann Ottakring noch einmal. »Dieser Ekehard? Und was lässt dich glauben, dass du einfach so mir nichts, dir nichts wieder arbeiten kannst?«

Lola schnitt eine majestätische Grimasse. »Ich habe immer schon die Fähigkeit besessen«, sagte sie, »mich so zu überschätzen, dass ich die Kraft habe, Dinge zu tun, die ich eigentlich gar nicht kann.«

Er warf ihr einen aufmerksamen Blick zu und dachte eine Weile über das Gesagte nach. Als er es kapiert hatte, lächelte er und erzählte, während sie auf ihren Waller im Wurzelsud warteten, von der Begegnung mit den Pistolniks.

Bestürzt sah Lola auf. »Leg dich bloß nicht mit denen an. Die kennen kein Pardon.«

»Ich auch nicht«, sagte Ottakring und beendete damit die Diskussion. Er war in Gedanken.

»Was hast du?«, fragte sie. »Du wirkst bedrückt. Eigentlich haben wir doch Grund zu feiern.«

Er beichtete ihr sein Verhalten in der Besprechung vom Vormittag. Es hörte sich an wie ein Geständnis.

»Ich hab die beiden ganz cool zu Sau gemacht, den Bruni und die Tordarroch. Dabei bin ich ihnen dankbar für ihre gute Arbeit.«

Er berichtete von Max, der jugendlichen Ausgabe von Herrn Huber, und seinem Herrn, dem Schriftsteller. Und von Brunis Recherche, die Explosion des Lada sei durch ein Handy ausgelöst worden. Genau wie die Explosion in Herrn Hubers Magen.

»Diese Assoziation hat mich wohl in den emotionalen Ruin getrieben. Ich …«

»Ach, jetzt mach dir doch keinen Kopf über solche Kleinigkeiten. Deine Leute im Dienst sind andere Kaliber gewohnt.« Lola konnte sich königlich über ihr Sensibelchen amüsieren. »Endlich haben sie mal wieder den Ottakring erlebt, wie er wirklich ist: Mit Ecken und Kanten.«

»With edges and corners«, flüsterte Ottakring.

Sie aßen den Fisch mit viel Genuss. Lola hob ihr Achtel Veltliner und prostete Ottakring zu.

»Ich möchte wissen, was wirklich in deinem Kopf vorgeht«, sagte sie.

»Dienstgeheimnis«, sagte er und legte seine Hand auf ihre Hand.

Er liebte Lola wie keine Frau zuvor. Doch in seinem Inneren kochte die Wut und suchte sich ein Ventil. Womöglich ihr zuliebe.

NEUN

Juri Pistolnik schließt die Seitentür vom Hausflur zur Garage auf. Eine brennende Zigarette steckt im linken Mundwinkel. Er will einkaufen fahren und Geld ausgeben. Er wird's nicht für sich persönlich ausgeben. Sein Sohn hat bald Geburtstag. In der Garage ist es dunkel. Seltsam. Gestern hat das Licht noch funktioniert. Er muss es bei Gelegenheit richten. Jetzt will er los. Die schwere Tür des Landrover knarrt in den Angeln. In Juris Ohren ein wohltuender Klang. Einer, der Erinnerungen wach werden lässt.

Kalt hier drin und dunkel, denkt er noch, bevor etwas auf ihn einfällt. Greifarme wie Enterhaken schlingen sich um seinen Hals, riesige Hände legen sich um sein Gesicht und drücken es so bestialisch in den nikotinverseuchten Ledersitz, dass ihm der Atem wegbleibt. Es zischt, als sich die Zigarettenglut in seine linke Wange brennt. Eisenklammern legen sich um sein Kinn und wollen es aus dem Kopf pressen. Ein Schmerz explodiert in der unteren Gesichtshälfte und driftet nach Süden weg.

Ein Vorführgerät in seinem Kopf geht an. So muss sich Kosmos gefühlt haben, als er ihm im Auto die Garrotte um den Hals schlang und zuzog. Die Bilder drängen aus dem Nichts in seine Vorstellung, als der Druck ein wenig nachlässt und der Blutstrom ins Gehirn zurückkehrt. Er hätte es nicht getan, wenn Gubkin ihn nicht gezwungen hätte. Gubkin hat ihn komplett in der Hand. Der Schmerz kommt wieder über ihn. Am liebsten möchte er schreien, wenn er könnte.

Sekunden später findet er sich auf dem Garagenboden, ummantelt von Klebeband. Die Arme mit Klebeband an den Seiten befestigt, Klebeband um beide Knöchel, eine Hülle aus Klebeband um den gesamten Kopf. Nur die Nasenlöcher sind frei. Dann wird er unsanft zwei Meter weit geschleift. Mit dem Gesicht nach oben schlägt er auf und versucht, sich in aussichtloser Panik zu krümmen und zu winden.

»Kämpfe nicht dagegen an, Pistolnik«, hört er eine Stimme über sich sagen. »Dein Atem funktioniert nur durch die Nase. Konzentrier dich darauf. Wenn du dich weiter so wehrst, wirst du ersticken.«

Juri hat noch nicht begriffen. Er versucht, zu strampeln und sich zu wehren. Erstickte, dünne Laute kommen von tief unterhalb der Schicht aus Klebeband.

»Mach nur weiter so«, hört er aus der Ferne. »Der Durchfluss deiner Atemluft hält sich in Grenzen. Du bekommst gerade so viel Luft, um dich bei Bewusstsein zu halten. Nicht genug, um dich mit mir anzulegen. Außerdem würde das nicht klappen. Sei froh, dass ich Klebeband benutze. Die Polizei würde für so etwas Handschellen benutzen, aber Klebeband ist wesentlich humaner. Nur mit Handschellen gefesselt würdest du schreien, ich würde dir dafür die Fresse polieren. Sogar beißen könntest du. Hast du gewusst, dass ein Menschenbiss tödlicher sein kann als ein Hundebiss? Ein beißender Mensch ist gefährlicher als ein Rottweiler. Weißt du überhaupt, was ein Rottweiler ist? Nein? Aber einen Pitbullterrier kennst du doch, oder? Na, siehst du, wovor ich dich bewahre. Du bist auch schon ein wenig ruhiger geworden.«

Mit Schrecken muss er an Kosmos denken. Kosmos war in weniger als einer Minute tot gewesen. Versuchte auch zu kämpfen, zuckte dann nur mehr, zitterte und sackte weg wie ein eingeschläferter Hund. Erledigt. Juri will nicht, dass es ihm auch so geht. Er bleibt einfach liegen. Wenn er nur wüsste, wer der Kerl ist und was er will.

»So ist's gut. Du hast verstanden. Komm her.«

Sein Kopf wird wieder umklammert. Er wimmert leise. Luft entweicht zischend durch die Nasenlöcher. Er merkt, wie sich seine Blase leert und das Zeug die Oberschenkel hinabkriecht. Er spürt, wie ein Streifen abgerissen wird. Ein Auge ist frei. Er kann sehen.

Verschwommen kann er eine Männergestalt erkennen, deren Kopf mit einer Balaklava vermummt ist. Kein Mundschlitz, nur Augenlöcher. Ein Ungeheuer mit glühenden Augen und wahrscheinlich gefletschten Zähnen. Die Monsterhände stecken in Gummihandschuhen. Juri riecht seinen eigenen Urin.

»Das kann passieren«, sagt der große Mann über ihm leichthin. Der Stoff, durch den die Worte kommen, macht die Aussprache undeutlich. »Wenn du nicht entspannst, Pistolnik, kommt der Schließmuskel an die Reihe. Aber sieh dich vor! Ich lass dich deine eigene Scheiße fressen, wenn du das tust! Der Pissegestank reicht mir.«

Juri inhaliert vorsichtig durch die rotzverschmierten Nasenlöcher. Als wenn er Luft durch einen Strohhalm atmet.

»Wenn dich dein Sohn so sehen würde«, kommt es aus der Balaklava. »Der hätte Respekt vor seinem Vater. Apropos Sohn. Was hieltest du beispielsweise davon, wenn wir den mit einem Pitbull zusammen in einen Käfig sperren? Du weißt ja, was ein Pitbull ist, hast du gesagt. Das wär doch eine Riesengaudi, wie sie hier in Bayern sagen. Dein Söhnchen in seinem niedlichen grünen Pulli mit einem schwarzbraunen Pitbull in einem Käfig? Wär doch eine interessante Farbkombination. Na, wie gefiele dir das, Pistolnik? In einen geschlossenen Käfig, mit Lautsprechern, voll hochgetunt? Wie gesagt, nur beispielsweise. Ich kenne noch andere nette Spielchen mit kleinen Kindern.«

Juri ist bei allem Entsetzen froh, dass sein Schließmuskel funktioniert und nicht defekt ist. Sein Atem tritt leise und stoßweise aus dem Untergrund der Beschichtung hervor.

»Pass auf. Ich schlag dir ein Geschäft vor. Du sagst mir, wer die Sachen von dem Polizisten da drüben, von dem Ottakring, beschädigt hat. Wer sein Auto zerkratzt, die Haustür zerschossen hat, um nur eine Auswahl zu nennen. Und – jetzt hör zu, du beschissenes Arschloch – du sagst mir, wer seinen Hund getötet hat. Wer das

Handy bedient hat, mit dem der Hund in die Luft gesprengt wurde. Und wer der Frau Ottakring so große Angst eingejagt hat. Das alles will ich von dir wissen, du Hurenfurz. Du wirst mir jedes Detail nennen. Jedes winzige, kleine Körnchen Wahrheit. Und solltest du etwas anderes sagen als die gottverdammte Wahrheit, dann – ich schwör's dir – werd ich deinen Sohn in die Luft sprengen. Ihn einen Chip mit dem Empfänger fressen lassen und den Sender mit dem Handy auslösen.«

Juri sieht, wie die riesige, dunkle Gestalt von oben auf ihn zukommt. Erst der Beton unter ihm bremst den Fall seines Gesichts. Dann spürt er eine stählerne Klammer im Nacken.

»Okay, bereit? Vielleicht fällt dir auf, dass ich große, starke Hände habe. Und du ein sehr schmales, schwaches Genick. Wir testen mal kurz.«

Juri will schreien vor Schmerz, aber es geht nicht. Der erstickte Schrei geht über in einen Hustenreiz, doch husten kann er auch nicht. Schließlich spürt er den Drang, sich zu übergeben. Doch auch das geht nicht.

Der Riese über ihm lacht triumphierend. »Dir bleibt die Kotze im Hals stecken, nicht? Ein gutes Gefühl.«

Der Druck lockert sich.

»Das war ein kleiner Vorgeschmack auf das, was dich erwarten kann. Ich werde jetzt das Klebeband ein wenig lockern. Damit du reden kannst. Solltest du schreien, werde ich allerdings sehr stark zudrücken. Mit beiden Händen.«

Das Band über der unteren Gesichtshälfte wird vorsichtig abgeschält. Juris Magen und das, was sich in der Speiseröhre gestaut hat, schießen ins Freie, begleitet von einem irrsinnigen Geräusch, einer Mixtur aus Würgen und Angstgeschrei.

Sofort wird sein Mund wieder zugeklebt.

Der Mann wechselt die Handschuhe, schließt die Innentür zum Haus ab, durch die Pistolnik eingetreten ist, und ringt selbst nach Luft.

»Nun gut«, sagt er. »Nehmen wir uns einfach Zeit.«

»Ich hab mich selten so unwohl gefühlt, Alterchen. Penelope hat angerufen. Stell dir vor – Penelope! Ich hatte gedacht, ich könnte die ganze Sache vergessen.«

Felix Gubkin hatte sich in seine Einsatzzentrale zurückgezogen. In den Kommandantensessel des PL 690-U-Boots, vor sich das Foto des gefallenen siebenundzwanzigjährigen Kapitänleutnants. Aus der Küche hatte er sich eine Tasse Kaffee mitgenommen. Die Angst vor dem Ungewissen saß ihm in den Knochen. Seltsam, Nadjuschas Ausbruch hatte ihn kaum berührt. Im Gegenteil, er kannte ja das Temperament seiner Frau, wenngleich sie diesmal tatsächlich zugestochen hätte. Es stand in ihren Augen geschrieben.

»Ich fühle mich bedroht. Stellst du mich einer bewaffneten Armee gegenüber, werde ich reagieren wie ein Held, du kennst das. Das habe ich von dir. Aber wenn es um Frauenlist geht, Alterchen, befällt mich Unruhe, die sich nicht legen will, bis Fakten geschaffen sind.«

Er nahm einen Schluck aus der Tasse.

»Penelope ist von einer gefährlichen Intelligenz. Was sie sich in den Kopf gesetzt hat, will sie haben. Oder wird sie durchführen, je nachdem. Ich habe von hier unten ihren Standort bestimmt. Rate, woher sie mich angerufen hat. Du denkst, aus Halle, wo sie hingehört? Nein. Vom Chiemsee aus hat sie mich angerufen. Von dieser Insel, die sie Fraueninsel nennen. Ich frage mich, wie sie dorthin kommt und was sie dort zu suchen hat. Allein die Tatsache, dass sie sich auf einmal in unsrer unmittelbaren Nähe aufhält, macht mich nervös.«

Er hörte auf, mit den Fingern auf die Platte des kleinen Metalltischs zu trommeln, und erhob sich.

»Du kannst dich erinnern, Alterchen, wir haben damals darüber gesprochen. Ich musste ihn erschießen, ihren Vater, ich hielt es für Notwehr, aber Penelope hat mir das niemals abgenommen. Und nun kommt sie an und will als Zeugin vor Gericht aussagen. Das hätte verheerende Folgen für uns alle. Wenn der gesamte Fall aufgerollt würde. Sie ist die einzige Zeugin.«

Zwei Meter nach links, zwei Meter nach rechts. Mehr Bewegungsfreiheit gab der Innenraum nicht her. Vor Großvaters Foto machte Gubkin halt.

»Ich sag dir was. Ich muss sie beseitigen lassen. Mit Puschkin hab ich gesprochen. Er ist einverstanden. Er wird den Auftrag durchführen. Er ist zwar kein *Wor w Sakone*, hat aber andere Qualitäten. Absolut tauglich, der Mann, darauf gebe ich dir mein Wort. Was meinst du dazu? Bevor ich Puschkin losschicke, ist mir dein Rat wichtig. Gib mir ein Zeichen, Alterchen.«

Pünktlich um acht Uhr fährt die MS Edeltraud am Prienlinger Hafen ab. Geplante Ankunft Herreninsel acht Uhr fünfzehn, Fraueninsel halb neun. Es ist die erste Fahrt an diesem Tag. Trotz der herbstlichen Witterung herrscht ein lebhaftes Treiben am Oberdeck, die ersten durstigen Touristen halten schon ein Bier in der Hand. Auch zwei Benediktinerinnen sind unter den Passagieren, ein abgemagerter Hund, eine Frau mit weiß-braunen Hasen in einem Käfig und eine hochgewachsene Gestalt mit steifem Hut und einem bis zum Hals zugeknöpften schwarzen Mantel. In einer Ecke liegt ein rostzerfressener Anker.

Das alles registriert Puschkin mit seinem fotografischen Gedächtnis. Selbst nach Wochen hätte er noch eine Beschreibung abgeben können. Niemand dagegen achtet auf ihn. Ein Mann in ledernen Kniebundhosen, grauem Janker und einem mit Geranien geschmückten Hut am Kopf ist in dieser Gegend so selbstverständlich wie die Möwen, die dem Schiff in großer Schar hinterherziehen. Die Gubkinowa hat ihm einen Schnauzbart verpasst und sein Gesicht nach allen Regeln der Kunst total verändert. Erst heute hat er erfahren, dass sie früher als Model gearbeitet hat und viel über Maskenbildnerei weiß.

Die Umrisse der großen Herreninsel und der sehr viel kleineren Fraueninsel sind bereits deutlich zu erkennen, als er unter Deck geht. Dort ist er mit dem Getränkeverkäufer allein, und der hat genug zu tun. So kann er den Inhalt der Plastiktüte mit Werbeaufdruck noch einmal überprüfen. Die Garrotte, die Gubkin ihm mitgegeben hat, ein Messer aus eigenem Besitz und eine Pistole für alle Fälle. Er hat Gubkin versprechen müssen, sie ausschließlich zur Selbstverteidigung zu benutzen, falls etwas Unvorhergesehenes eintreten sollte. Und schließlich das Foto von Gubkins Ex. Sein Alterchen habe auch zugestimmt, hat Gubkin geheimnisumwittert angedeutet. Puschkin hat Mühe gehabt, nicht ungläubig den Kopf zu schütteln. So eine Marotte hätte er dem Boss nicht zugetraut.

Puschkin. Alexander Puschkin, so hieß der russische Nationaldichter, hat ihn Gubkin belehrt und ihm aus dessen Leben erzählt. Ein großer Mann! An den Namen muss er sich erst noch gewöhnen. Ehre, wem Ehre gebührt. Während das Schiff auf die Herreninsel zusteuert, stellt er sich vor, was er mit dem Mordsbatzen Geld machen wird.

Was soll schon passieren? Er kennt jeden Meter der Insel, jedes Haus, jeden Garten, die Speisekarte jeder Wirtschaft, kennt die Namen fast aller Boote. Vor Jahren hatte er mit der Äbtissin von Frauenwörth ein paar Gläser des Wildfruchtlikörs getrunken, den das Kloster nach eigenem Rezept herstellt, und verschwommen hat er sogar noch im Sinn, wann die Schwestern ihre Rundgänge machen. Die Position, von der aus Gubkins Ex – Penelope! Was für ein Name – mit Gubkin telefoniert hat, liegt auf dem inneren Klostergelände, plus/minus zehn Meter. »GPS-Koordinaten sind unbestechlich«, hat Gubkin betont. In welcher Funktion Penelope sich dort aufhält, ist natürlich unklar. Fest steht lediglich, dass außer den Schwestern und der Äbtissin sonst niemand Zutritt hat.

Das Schiff hatte am Anlegesteg der Herreninsel kurz festgemacht. Etliche Passagiere waren aus-, nur zwei waren zugestiegen. Nun halten sie ostwärts auf die Fraueninsel zu, machen einen Schlenker nach Süden und legen unweit des Klosters, der Kirche und des Lindenwirts an.

Puschkin setzt den Fuß auf festen Boden. Es ist halb neun. Seine Hand umklammert die Plastiktüte. Es soll sein erster Mord werden.

ELF

Die Augenklinik befand sich in unmittelbarer Nähe des Rosenheimer Bahnhofs. Eine abscheuliche Gegend, aber eine gute Klinik, musste Ottakring denken, als er die zwei Treppen zur Praxis emporstieg. Es war Freitag kurz vor Mittag, und Lola sollte fertig sein. Doch Zeitvereinbarungen in Arztpraxen, die eingehalten werden, haben Seltenheitswert. Als er die neunzehnte Illustrierte sorgfältig studiert hatte, hörte er die schnarrende Stimme des Chefarzts, und mit ihm bog Lola in den Patientenbereich ein.

Seine Lola. Sie strahlte, so wie er sie vom Fernsehen kannte. Freudentränen schimmerten. Sie breitete die Arme aus, und er huschte hinein.

»Hähähä«, meckerte der renommierte, schnauzbärtige Professor Ekehard.

»Komm, ich geb einen Kaffee aus. Und heute Abend gibt's Champagner«, versprach Lola, als sie unten waren. Ihr brauner Pagenschnitt bewegte sich im Wind. Das peppte die Glanzlosigkeit dieses Herbstmorgens sofort beträchtlich auf.

Sie gingen ins Giornale, sein Stammlokal aus der Zeit, als er noch in der Papinstraße wohnte. Lang war's noch nicht her.

Um diese Zeit war nicht viel Betrieb.

»Lass uns kurz draußen bleiben, dann kann ich eine rauchen.«

Lola lächelte schmal.

Sie stellten sich an einen der lackierten Bistrotische, und Ottakring fischte eine Zigarette heraus. Er nahm einen tiefen Lungenzug, hustete und sah besorgt aus.

»Ich muss dir was sagen«, meinte er, nahm seine Ehefrau an den Hüften und bugsierte sie zu einem der hinteren Tische.

Sie bestellten zwei Cappuccino und ein Mineral.

Ottakring nahm ihr Gesicht in beide Hände und küsste sie auf die Spitze ihrer Stupsnase. Dann korrigierte er sich und traf den Mund.

»Ich bin richtig so etwas wie glücklich«, sagte er leise, so als ob er sich geniere, das zu sagen. »Dass du geheilt bist. Ich kann den Namen dieser saublöden Infektion gar nicht mehr hören. Endophthalmitis. Das war das letzte Mal, dass ich ihn ausgesprochen habe. Jetzt ist alles wieder gut.«

»Was musst du mir sagen?«, fragte Lola. Ihre blauen Augen funkelten.

Er beugte sich zu ihr.

»Hat mit meinem Dienst zu tun«, begann er. »Aber ich denke, dich interessiert's. Unsere Mordserie scheint gelöst.«

In wenigen Worten erläuterte er noch einmal die Fakten, die sie ansatzweise schon kannte. Bis er ihr breites Lächeln registrierte. Ottakring las aus diesem Lächeln heraus, dass seine Mördergeschichten bei ihr auf ebenso viel Aufmerksamkeit stießen wie bei ihm die Verkabelung ihres Aufnahmestudios. Sie wollte den Augenblick genießen und nur glücklich sein.

Er betrachtete sie lange mit ernstem Gesicht. Ihren schönen Hals und das braune Haar. Ihr Lachen, wie ein Sonnenaufgang in den Bergen. Ihre Augen, die so klar waren, dass ihm die Luft weggeblieben war, als er sich das erste Mal in sie versenkt hatte.

Das erste Mal. Er hatte Lola Herrenhaus in der Münchener Stadtbibliothek im Gasteig kennengelernt, als sie fünfunddreißig war. Doch sie verloren sich aus den Augen. In jenen Jahren arbeitete sie für die Süddeutsche Zeitung, bekam aber kurz nach ihrem Kennenlernen eine Stelle als Radiomoderatorin im Bayerischen Rundfunk. Er hatte den spektakulären Sedlmayr-Mord am Hals mit all den Auswüchsen der Medien und der Prominentenszene. Lola bekam eine eigene LEUTE-Sendung im Bayerischen Fernsehen, »Herrenhaus«. Ihre Sendung – jeden Sonntagabend um dreiundzwanzig Uhr zwanzig – wurde für ihn zur Pflicht. Wenn es so etwas wie Verliebtheit auf Raten gibt, dann traf es auf ihn zu. Jedes Mal ein bisschen mehr. Nach seiner Scheidung – wer hat jemals schon seine Frau an einen Kanarienvogel verloren? – hatte er keine Affäre mehr gehabt, die man als ernsthaft hätte bezeichnen können. Dafür war er nicht der Typ. Nun aber schlug Amor umso mehr zu.

Er hatte schon ihre Privatnummer herausgefunden, da las er: »Herrenhaus im Amerikahaus«. Lola Herrenhaus, stand in der AZ, sollte eine Live-Talkshow moderieren. Das Thema interessierte ihn nicht. Ihn interessierte nur die Frau. Er kannte den Direktor, dem er einmal bei der Aufklärung eines Einbruchs in dessen Privathaus beigestanden hatte. Der Mann war glücklicherweise Deutscher. Mit einem Amerikaner hätte er sich nur auf Lateinisch unterhalten können. Also bekam er eine Einladung.

Er lud sie kühn zum Essen ein. Ihr Zögern dauerte nicht länger als ein Herzschlag. Als sie zusagte, errötete Josef »Joe« Ottakring wie ein Sechzehnjähriger beim ersten Tanz – falls Sechzehnjährige heute noch erröten.

Unglaublich, wie das damals war, dachte er heute. Das Feuer der Liebe ist unauslöschlich.

The fire of love … unextinguishable?

»Wir haben darüber spekuliert, wer den Porsche zerkratzt hat«, sagte er. »Wer uns die tote Katze …«

»Ja? Und? Gibt's denn ein Ergebnis? Und was mir am wichtigsten wäre: Wer hat Herrn Huber ermordet?«

»Ähäm. Hrrrmph. Es ist nicht protokolliert, aber aus erster Hand.« Unwillkürlich fasste er sich an die Innenseite des Oberschenkels, wo er bei dem Gemenge mit Pistolnik einen heftigen Tritt abbekommen hatte.

»Der Pistolnik-Junge war es. Das lässt sich zwar nicht beweisen, aber ich habe die glaubwürdige Aussage eines Augenzeugen. Sogar so etwas wie ein Kronzeuge. Der Junge hat den Porsche mit einem Wagenheber zerkratzt. Der Junge hat die tote Katze in den Garten geworfen …«

»… und unsere Tür zerschossen? Der Junge hat mit einer Maschinenpistole sechsunddreißig Schüsse auf unsere Tür angegeben?«

»So sagt meine Gewährsmann.«

»Kaum zu glauben. Wie alt ist denn der Bub?«

Ottakring zuckte die Schultern. »Elf Jahre.«

»Das gibt's doch nicht, dass ein unscheinbarer Elfjähriger eine MPi bedienen kann. Sechsunddreißig Schuss auf offener Straße!«

Der Kriminalrat fand sich auf einmal in der Klemme. Lola war von den Ereignissen ebenso betroffen wie er. So gern er ihr die Wahrheit gesagt hätte, konnte er aber unmöglich polizeiliche Interna preisgeben. Dass der Besitz einer Uzi unter das Kriegswaffenkontrollgesetz fiel, hätte er ja noch verraten können. Dass der Junge im Beisein des Vaters beweisen musste, dass er mit der Waffe umgehen konnte, wollte er jedoch für sich behalten. Und wie der damit hantieren konnte!

»Und was ist mit Herrn Huber?«, wollte sie wissen.

Er hatte immer noch Probleme, über Herrn Hubers Tod zu reden. Lola musste sich eine Sekunde gedulden, und selbst dann noch klang seine Stimme gepresst.

»Der Empfänger, der ihm mit einem Stück Fleisch oder Wurst – oder Käse, Herr Huber mochte auch Käse – einverleibt wurde, konnte von jedem x-beliebigen Telefon aus angewählt werden, sofern man die Nummer kannte. In diesem Fall von einem Handy, das angeblich ebenfalls der Junge betätigt hat.«

»Das bedeutet dann doch …«

»Genau. Wenn's stimmt, haben wir's mit einem Minderjährigen zu tun. Der Junge wird straffrei bleiben. Es existiert für Kinder sogar ein Vernehmungsverbot. Womit wir den Vater belangen können, ist Beihilfe oder Anleitung zu diversen Vergehen wie Sachbeschädigung oder Hausfriedensbruch. Auch ein Hund gilt juristisch immer noch als Sache.«

Ottakring schnitt eine Grimasse, die Lola als Versuch eines Lächelns deuten sollte.

»Pistolnik also, oder?«

Er nickte.

»Und woher weißt du das alles? Habt ihr ihn noch einmal vernommen?«

»In gewisser Weise. Ja.«

Nachher im Auto telefonierte Lola noch einmal mit dem Sender. Sie nahm Ottakrings Mobiltelefon, ihre Akkus waren leer. Der Porsche tuckerte mit hundertzwanzig die Autobahn entlang nach Osten, Richtung Aschbach.

»Nein, ich lass mich da nicht hinhalten!«, rief sie ins Telefon. »Ich will den Intendanten sprechen! Jetzt!«

Das energische Gesicht einer Tigerin.

Doch auch eine Tigerin löst nicht alle Probleme an einem Tag. Es hieß, der Intendant würde sich bei ihr melden.

Lola lehnte sich zurück und wartete.

Ottakring legte die Hand auf ihren Oberschenkel.

Sie waren kurz vor der Ausfahrt Aschbach, da ertönte Beethovens Fünfte. Bäbäbäbäää.

Lola schnappte sich das Handy.

»Ja?«, rief sie erwartungsvoll hinein. Lauschte. Und war enttäuscht. »Für dich.«

Es war Eva M. Ob er denn heute noch einmal reinkäme. Ja, klar, sagte Ottakring, aber momentan habe er Wichtigeres zu tun, als den Tod eines Serienmörders zu rächen.

»Des glauben S' doch selber net«, sagte Eva M. Er hörte Geräusche im Hintergrund. »Es gibt Neuigkeiten.«

»Ich höre.«

»Das LKA hat den Pistolnik endlich festgenommen. Aber erst nachdem Sie Druck gemacht haben. Sie haben die Uzi nach dem KWKG eingezogen und prüfen nun nach, ob sie vorher schon einmal Verwendung gefunden hat. Keine Fingerabdrücke auf der Waffe. Den Buben haben wir so lange in Verwahrung genommen.«

Ottakring warf einen prüfenden Blick auf seine Frau. Er war sicher, dass der Mann nicht plaudern würde. Er hatte es ihm versprechen müssen. Beim Leben seines Sohnes. Es gibt Menschen, die eine heillose Angst vor Pitbulls haben.

Sofort nachdem er Lola zu Hause abgeliefert hatte, raste er über die Autobahn nach Rosenheim zurück.

ZWÖLF

Es hatte eine Weile gedauert, bis es möglich war, etwas auf die Beine zu stellen, was als Lagebesprechung – Briefing nannte Ottakring das Meeting inzwischen – angesehen werden konnte. Schließlich saßen weder Ottakring noch Eva M. noch Bruni noch der Hagere mit der Mütze ständig in ihren Büros, und Dr. Adamina Tordarroch ging nicht ununterbrochen mit Sir Francis bieseln. Alle hatten genug zu tun. So war es erstaunlich, dass bei Ottakrings Eintreffen das komplette Team anwesend war. Selbst Polizeidirektor Schuster hatte sich Zeit genommen. Mit einem Gesicht wie ein Indianer, der keinen Schmerz kennt, saß er am Ende des langen Konferenztischs.

Eva M. verteilte Kopien einer E-Mail, die sie erhalten hatte, an die Anwesenden.

> *info@bka.de to eva.m.leander@polizei.bayern.de.*
> *Hallo, Eva M., schön, von dir zu hören. Wie immer bist du offenbar voll im Stress. Bezüglich deiner Anfrage wegen Penelope Modrow können wir dir vorläufig auf die Schnelle Folgendes mitteilen:*
> *Penelope Modrow, geboren 04071975, zuletzt wohnhaft in Halle, Saale. Abmeldung Hauptwohnung 14. März 2008, Zielort unbekannt.*

2007 geschieden, Mutter verstorben. Vater Karsten Modrow, Oberstleutnant der Nationalen Volksarmee a. D., dringender Verdacht auf illegale Waffengeschäfte, er wurde erschossen. Täter bisher unbekannt. Weitere Infos liegen zur Zeit nicht vor, wir recherchieren weiter.
Mach's gut, beste Grüße aus Wiesbaden

Und?, sprach es aus den Gesichtern, als alle gelesen hatten.

Eva M. nickte und warf einen flüchtigen Blick auf Ottakring. Auch dessen Miene war nicht zu durchschauen.

»Neugier ist doch Teil unsres Berufs, oder?« Sie schilderte, wie sie das Grab ihrer Mutter auf der Fraueninsel besuchen wollte und auf ihre Bekannte Penelope Modrow gestoßen war, die sie während eines Psychoseminars in Leipzig kennengelernt hatte.

»Und die steht plötzlich in Schwesterntracht vor mir. Erzählt mir, dass sie aus lauter Gottesliebe ins Kloster gegangen sei und jetzt Schwester Caroline heiße. So wie ich sie in Leipzig kennengelernt hatte, mit Schmuck, Sportwagen und allem Pipapo, gibt es keinen krasseren Gegensatz. Es wär für mich keine Überraschung mehr, wenn Heidi Klum sich ihr anschließen würde.«

»Und? Was hat das mit unseren Fällen zu tun?«, knurrte Schuster mürrisch aus dem Hintergrund.

»Darauf komme ich gleich, Herr Schuster. Ich hab sie natürlich nach dem Grund gefragt, warum sie der Welt plötzlich Ade sagt. Und nun kommt ihr Exmann ins Spiel. Was meinen Sie wohl, von wem sie da geschieden wurde? Ich sag's Ihnen. Von einem steinreichen Russen. Da gibt's, wie wir wissen, viele davon. Richtig heißgemacht hat mich allerdings erst ihre Bemerkung, die sie mir wie einen Knochen zuwarf, als wir uns verabschiedeten. ›Kann sein, dass ich dich bald mal anrufen werde. Vielleicht gibt's Arbeit für dich‹, hat sie gesagt. Selbstverständlich hab ich nachgehakt, was sie denn meine. Aber sie hat darüber geschwiegen. Die Aussage verweigert.«

»Und auf welche Spur führen nun ein steinreicher geschiedener Russe und ein möglicherweise waffenhandelnder, erschossener Vater Ihre weibliche Intuition?«

»Na ja, ich hab versucht, den Namen dieses Russen, ihres Ex also, herauszukriegen. Sie selbst kenne ich ja nur unter ihrem Mädchennamen Modrow. Die Recherche läuft noch. Ich sag Ihnen allen ganz offen: Ich hab einen schalen Geschmack im Mund behalten. Niemand verbringt den Rest seines Lebens einfach so hinter Klostermauern. Nicht wegen einer Scheidung oder weil das schöne Leben nicht mehr gefällt. Da stimmt was nicht.«

Der Raum füllte sich mit Gemurmel. Niemand wollte dem, was Eva M. vorgebracht hatte, beipflichten. Aber auch wollte es niemand unter den Tisch kehren. Da gab Ottakring Eva M. ein Zeichen.

Eva M. stand auf und verteilte eine zweite Mail.

»Ich hab an das LKA eine Anfrage gerichtet«, erklärte Ottakring. »Herrn Gubkin betreffend. Und die haben meine Mail an den BND in Berlin weitergeleitet. Hier ist die Antwort.«

info@bnd.de to info@lka.bayern.de,
josef.ottakring@polizei.bayern.de
Sehr geehrter Herr Ottakring,
Ihre Anfrage an das LKA Bayern wurde an uns weitergeleitet.
Wir beantworten Ihre Anfrage wie folgt:
Felix Iljitsch Gubkin, geb. 1960 in Moskau, ist kein unbeschriebenes Blatt. Er kann aber keineswegs einer kriminellen Vereinigung zugerechnet werden. Hat in Moskau und im damaligen Leningrad ein Klavier- und Dirigentenstudium absolviert. Lieblingspianist Gorbatschows, später Jelzins, bevorzugte Werke Tschaikowskys und Liszts. Wenn Jelzin mit dem Finger schnippte, war Felix Gubkin da. Jelzin dankte es ihm zuerst nur mit Geld, später auch mit Macht und Einfluss. Gubkin erlangte so Kontakte bis in höchste russische Regierungs- und Militärkreise. Verfügt offenbar heute noch über Macht, Beziehungen, Geld. Noch zu Zeiten der GUS-Staaten gründete er die Firma Moskowit, die an Waffen- und anderen dunklen Geschäften mit der NVA und der einstigen GSTD, der Gruppe sowjetischer Truppen in Deutschland, kräftig verdiente. Früh schon war Gubkin einer der Hauptaktionäre des Moskauer Gorki-Vergnügungsparks. Nach unseren Informationen ist er es heute noch. Er gehörte zu der Clique junger, aufstrebender Yuppies, die in Russlands Umbruchzeiten über Koffer voller Geld gestolpert waren. Alle gescheit, skrupellos und schnell. Oleg Deripaska, Roman Abramowitsch, Michail Pro-

chorow, Wiktor Wekselberg. Bis hin zu Präsident Dmitri Anatoljewitsch Medwedew reichen Gubkins Beziehungen. Auch dieser mochte und förderte sein Klavierspiel, bis G. seinen Hauptaufenthalt nach Oberbayern verlegte, sich dort ein Schloss kaufte, aber darüber wissen Sie ja sicher mehr als wir.
F. Gubkin war bekannt für seine Frauengeschichten, ein Womanizer, würden wir sagen. Bis er Nadeschda Kr. heiratete, ein seriöses Model für Mode und Kosmetik. Keine Affären und Skandale bekannt.
Fazit: Felix Gubkin ist eine schillernde Figur, einer dieser jungen Wilden, die der Umbruch nach oben geschwemmt hat. Keine Vorstrafen, kriminelle Aktivitäten nicht bekannt, aber auch nicht ausgeschlossen.
Viel Erfolg weiterhin, halten Sie uns auf dem Laufenden.

»Nun kennen wir also den Hintergrund von Felix Gubkin. Mit den Informationen, die Sie über seinen Großvater, Pjotr Iljitsch Gubkin, zusammengetragen haben, Adamina, haben wir ein relativ umfassendes Bild von unserem Meister …«

»… ich kann auch noch weiter recherchieren«, schlug die Schottin vor.

»Danke, das genügt vorerst.« Ottakring schnalzte mit der Zunge. »Feines Kerlchen, unser Gubkin. Was fangen wir jetzt mit diesen Infos an?«

»Ja«, sagte Schuster. »Was fangen wir damit an? Es zieht sich wie Kaugummi. Wenn nicht in den nächsten Tagen ein reuiger Sünder oder ein Spezialzeuge auftaucht, müssen wir uns auf eine zähe Geschichte einstellen.«

Der Kripochef stand auf und war drauf und dran, zu seinen Pokalen zurückzukehren. An der Tür drehte er sich noch einmal um. »Nur gut, dass dieser Kosmos tot ist. Sonst könnte keiner von uns mehr ruhig schlafen.«

»Miserabel, ja. *Miserable. Lousy.*« Ottakring sah ihm nachdenklich hinterher. »Soll ich mal ehrlich sein«, sagte er zu Eva M., Bruni, dem Hageren und Adamina.

»Oh, oh«, meldete sich Admina. »Sind Sie das nicht immer?« Erschrocken über ihre Kühnheit wurde sie rot bis unter die Haarspitzen.

»*Oh yes. Normally always*. Aber das hier *is something differen-ce*. Welcher Hahn kräht schon danach, ob wir den, der diesen Kosmos gesprengt hat oder sprengen hat lassen, ob wir den in Rekordzeit finden oder wir ihn irgendwann mal festsetzen? Er tut uns schließlich nicht mehr weh. Im Übrigen hab ich das Gefühl, dass Gubkin irgendwie kräftig mitmischt. Oder mitgemischt hat. Ich möcht das endlich klären. Die Frage ist nur: Wie packen wir ihn? Hat da jemand eine Idee?«

Von der Tür zum Flur, die Schuster offen gelassen hatte, zog es kalt herein.

Zurück in seinem Büro fand Ottakring auf seinem PC eine cc-Mail vor, die informativ an ihn gerichtet war.

dieter.schuster@polizei-bayern.de to info@sta.halle.de
Geehrte KollegInnen,
im Rahmen von Amtshilfe bitte ich um folgende Auskunft: Liegt im Zusammenhang mit Frau Penelope Modrow, geboren 04071975, zuletzt wohnhaft in Halle, Saale, ein Vorgang vor? Abmeldung Hauptwohnung 14. März 2008. Frau Modrow hält sich zur Zeit als Ordenssschwester in der Abtei Frauenwörth, Gemeinde Chiemsee, auf.
Freundliche Grüße nach Halle Schuster, PolDir

DREIZEHN

Der Wimmerl Herzland war ungefähr ein Viertel so alt wie sein blumenumranktes Reetdachhaus an der Ostseite der Fraueninsel. Der Wimmerl hatte das Haus und ein kleines Vermögen geerbt und seither nichts Rechtes mehr gearbeitet. Er sah älter aus als fünfundvierzig, war mittelgroß und schwer und schlaff, eine Bierkutscherfigur. Die Jahre hatten an ihm gezehrt, doch nicht in Form von Plackerei und Mühsal. Eher aufgrund von Faulenzen, dicken Sahnesoßen, Knödeln und ein paar Obstlern am Tag. Das mausgraue Haar war dünn und ohne Glanz und von der Seite her nach oben gekämmt, wahrscheinlich, um eine ausgeprägte Platte zu kaschieren. Alles, was er an Bewegung hatte, waren hie und da ein paar Hüpfer auf einer Frau und ein Spaziergang mit seinem Hund.

Der Hund hieß auch Wimmerl und sah punktgenau aus wie sein Herr. An diesem Abend hielt er wacker Schritt mit ihm, ja er lief ab und zu sogar in voller Freiheit fünfzehn, zwanzig Meter voraus, die Nase am Boden, beides war selten genug. Der Chiemsee schlug in kurzen, dunklen Wellen an den Grasstrand. Wimmerl I marschierte mit auf dem Rücken verschränkten Händen den Inselrundweg entlang, der von seinem Haus nach Norden führte. Irgendwann fiel ihm auf, dass er nicht einmal mehr einen Schatten von Wimmerl II sah. Er pfiff. Er rief. Er roch Unheil. Das war noch nie passiert. Egal, ob der Hund ein Kaninchen witterte, an einem Blümchen schnupperte oder von Touristen gestreichelt wurde, in kürzester Zeit hatte er sein Herrchen hechelnd wieder eingeholt.

Wimmerl Herzland blieb stehen und versuchte, die Dunkelheit zu überlisten. Vergeblich. Bis er den Hund in einiger Entfernung bellen hörte. Dieses Bellen hätte er aus tausend anderen herausgehört. Für einen Hundebesitzer ist das Bellen seines Hundes ebenso individuell wie die Stimme seiner Frau, sofern er eine hat. Er drehte den Kopf und lauschte. Das Bellen kam von vorn, vom Wasser her. Es waren dumpfe, zornige, ausdauernde Rufe, die sich nicht von der Stelle rührten. So als habe Wimmerl einen Igel im Busch entdeckt.

Später hätte er nicht genau sagen können, ob er zuerst den Wimmerl oder den weißen Fleck gesehen hatte. Der weiße Fleck entpuppte sich als Teil der Kopfhaube einer Klosterschwester. Der Kopf lag an Land, dort, wo die Böschung sanft zum See hin abfiel. Der schwarze Rest wurde von Wasser überspült. Die meisten Schwestern auf der Insel waren dem Wimmerl Herzland bekannt. Doch er wollte nicht wissen, wer diese war.

Der Hund hüllte sich jetzt, wo er seinem Herrn den Fund präsentieren konnte, in Schweigen. Er stand ganz still. In einer irgendwie wachsamen, kampfbereiten Haltung, nach vorn durchgebogen, die Schnauze nicht weit entfernt von der Leiche.

Der Wimmerl Herzland sah trotz der Finsternis alles sehr deutlich. In Bruchteilen einer Sekunde schätzte er den Ernst der Lage ein. Und erkannte, dass er, der Wimmerl, plötzlich bedeutend war. Er schnaufte tief und laut. Er schnappte sich den Hund, zog ihn weg, drückte ihn an sein Bein und klopfte ihm den fetten Hals. Einen Augenblick lang hoffte er, es möge jemand kommen, die Situation mit ihm teilen und ihm auch den fetten Hals klopfen. Es kam niemand.

Er sah sich um. Ein dunkles, spitzes Dach ragte gegen den Westhimmel auf. Cilly Schiffers Haus. Die Cilly mit der Schafwollproduktion. Dort ging er hin. Schön, dachte er, dass ich nicht allein auf dieser Insel bin.

»Griaß di, Wimmerl«, sagte Cilly. Sie hatte ein helles geflochtenes Band aus Wolle um die Stirn geschlungen. »Der Wind is umgschlagn, gell? Jetzt hammer wieder Ostsüdost.«

»Scheiß aufs Wetter. Der Wimmerl hat a Leich gfundn. A Schwester.«

»A Leich?«

»A Klosterschwester«, sagte Wimmerl Herzland. »Grad grauslich. Ruf die Polizei, und mir gibst an Schnaps.«

»Dominus vobiscum!«, sang Pfarrer Presidio. Hochaufgeschossen stand er vor dem Hochaltar der Aschbacher Barockkirche und zeichnete das Kreuzzeichen in die Luft.

»Et cum spiritu tuo«, antwortete die Gemeinde. Das Gotteshaus war zur Abendmesse halb gefüllt. Ottakring und Lola saßen in der fünften Reihe. Sie hatte ihre Hand unter seinem Arm hindurch an seinen Körper gekuschelt. Ihn erfüllte eine heftige Sehnsucht danach, dass sie seine Arme um ihn schlänge und ihn festhielte.

Sie mussten aufstehen.

Sie setzten sich. Einige blieben stehen.

Sie standen auf. Bürgermeister Wildschitz zwei Reihen vor ihnen kniete sich hin.

Pfarrer Presidio kletterte die Treppen zur Kanzel empor und hielt eine wortgewaltige Predigt. Er ging auch auf die schrecklichen Morde in seiner Gemeinde ein.

»Den Mörder hat der Teufel geholt«, wetterte er. »Niemand wird Mitleid mit ihm haben. Und doch: Gott sei seiner Seele gnädig.«

»In Ewigkeit, Amen«, sprach die Gemeinde im Chor. Einige schwiegen. Sie widersprachen innerlich. Ottakring war auch darunter.

Ein Choral ertönte von der Empore, während der Geistliche

zur Kommunion einlud. Er machte seine Kniebeuge, eine Schlange bildete sich vor den Altartreppen, angeführt von drei Frauen in Tracht, dahinter Bürgermeister Wildschitz in der Montur der Aschbacher Gebirgsschützen.

»Nimm hin, dies ist sein Leib.«

Wildschitz öffnete andächtig den Mund und kehrte dann geläutert an seinen Platz zurück.

An das Dankgebet und die Ankündigungen für die Gemeinde schloss sich der Entlassungsruf an. Mitten in den Entlassungsruf hinein ertönte wie eine Trompete von Jericho das Bäbäbäbäää von Ottakrings Handy. Er erntete einen vorwurfsvollen Blick von Lola und mehrere tödliche aus den Reihen der Nachbarn. Von der Kanzel her wurde er von lodernden Flammen bekriegt.

Du kimmst mer gschlichn, schoss es Ottakring durch den Kopf. Niemand außer ihm hätte in diesem Augenblick auch nur im Entferntesten an das seltsame Hobby des Pfarrers gedacht. Hatte er wirklich nackte Frauen in seiner Wohnung, die er selbst gestickt hatte?

Ottakring konnte spüren, wie ihm wieder die Röte vom Hals her hochstieg. Okay, dass er sein Mobiltelefon nicht ausgeschaltet hatte, war ein Versehen. Dass er aber um diese Uhrzeit angerufen wurde, konnte nur Schlechtes bedeuten. Nervosität umgab ihn wie der Geruch nach altem Knoblauch vom letzten Essen.

Es war der Kriminaldauerdienst, der ihn über den Leichenfund auf der Fraueninsel informierte.

Das Foto der erwürgten Benediktinerschwester Matilda war schon am Montag in den drei wichtigsten Zeitungen zu sehen. Die Süddeutsche, der Münchner Merkur und das Oberbayerische Volksblatt brachten es auf der ersten Seite. Die Öffentlichkeit wurde informiert und zur Mithilfe aufgerufen.

Wenn ein Mord auf einer Insel mit gut dreihundert Bewohnern geschieht, gibt es nur zwei Möglichkeiten, kombinierte Ottakring: Entweder der Täter lebt auf der Insel, oder er ist mit dem Schiff angereist. Einen Flugplatz gab es nicht. Dass er rübergeschwommen war, wäre unwahrscheinlich. Deshalb hatte er Heinrich Euser gebeten, die Leser zu fragen, ob ihnen etwas Ungewöhnliches … vor allem auf den Schiffen … das Übliche halt.

Es meldeten sich eine fünfundvierzigjährige Sozialarbeiterin und ein siebenundachtzigjähriger verwitweter Brückenbauer. Da die beiden sich bei jedem Aufruf und für jedes Kreuzworträtsel meldeten, bewies das nichts anderes als ihre Belesenheit, nicht aber ihre Glaubwürdigkeit.

Er rief Eva M. zu sich.

»Du hast doch beste Beziehungen zum Kloster«, sagte er, nachdem sie ihm gegenüber Platz genommen hatte. Jetzt erst merkte er, wie trübsinnig sie dreinsah. »Was ist los? Kommt jetzt erst die Trauer um deinen Freund, den POM?«

»Blödsinn. Ich bin froh, dass ich ihn los bin. Wenn auch nicht gleich so. Nein, aber ist Ihnen denn nix aufgefallen, als Sie den Namen der Schwester gehört haben? Matilda? Ha?«

Entgeistert sah er sie an.

»Na, dämmert's?«, fragte sie.

Ja, es wurde sogar taghell in Ottakrings Gehirn.

»Das ist ja ...«

»Genau. Die Freundin von der Penelope. Der ich mit ihr begegnet bin. Die den Klostergarten unter sich hat. Die Gartenschwester.« Hrrrmph. »Hatte.«

Ottakring stand auf und machte eine paar Schritte zum Fenster hin.

»Das alles kotzt mich an«, sagte er laut. »Das ist wie in einem schlechten Krimi. Du denkst, wir hätten das Problem gelöst, dann geht's grad so weiter. Du kannst niemals ein gutes Gefühl haben, nie beruhigt sein, wenn du deine Aufgaben erledigt hast. Es könnte ja wieder von vorn losgehen. Weißt du, was ich mir schon mal überlegt hab? Wir sollten darauf hinarbeiten, dass wir keine Mordkommission brauchen, sondern eine Verhütungs-, eine Vorbeuge-, eine Präventivkommission. Freilich, ganz abschaffen werden wir unser Geschäft nie ganz. Es wird immer Tötungen geben. Aber das mit der Vorbeugung, das sollte man sich genauer ansehen. Ich werde daran herumdenken, und wenn ich eines Tages die Lösung habe, werde ich sie mir patentieren lassen.«

Er ging wieder an seinen Platz, lehnte sich in seinem Stuhl zurück und ließ einige Sekunden verstreichen.

»Weißt du, so wie wir jetzt Profiler haben, die anhand der Tatmerkmale ein exaktes Täterprofil abgeben. Also den Täter beschreiben an der Art, wie das Opfer umgebracht wurde, wie es dalag, ob es bei Voll- oder bei Neumond geschah, im Auto oder im Wald und mit welcher Waffe. Sie schreiben mit ihrer Methode fest, ob der gesuchte Täter ein Mann ist oder eine Frau, sie nennen sein Alter, seine Rasse und noch zwei Dutzend Details im Voraus. Es stellt sich, wenn der Täter gefasst ist, immer wieder heraus, dass unsere Profiler eine erstaunlich hohe Trefferquote haben.« Er sah Eva M. lächeln. »Na ja, das weißt du alles selbst.«

»Ich bin trotzdem gespannt auf Ihre neue Methode«, sagte Eva M.

»Mein Profiler der Zukunft geht grad andersrum vor. Er sieht sich die Menschen an oder schickt ihre Daten durch einen Spezialrechner. Anhand eines Grundmusters werden die Daten abgeglichen, und es ergibt sich eine Gefährdungsquote des Einzelnen. Weißt, so wie bei einem Seismographen. Ab einer bestimmten Gefährdungsstufe fängt's an zu ticken und löst Alarm aus, wenn es so weit ist. Dann wird dieser gefährdete Mensch aus dem Verkehr gezogen, und die Tat wird erst gar nicht begangen.«

»Wow!«, machte Eva M. »Es ist immer wieder interessant, dabei sein zu dürfen, wenn ein großes Gehirn arbeitet.«

Ottakring war sich nicht sicher, wie ihre Bemerkung gemeint war. Seinen Gedankengang konnte er nicht mehr zu Ende führen, weil das Telefon klingelte.

Eva M. ging ran. Dann sagte sie: »Ja, ich«, »Ja«, »Nein« und »Ja, er sitzt hier«. Sie legte die Hand auf den Hörer und flüsterte: »Der Chef. Herr Schuster.«

Ottakring seufzte tief und tauschte sein kleines Seminar über zukünftige Verfahren der Verbrechensvorbeugung ein gegen einen Telefonhörer voll Grant.

»…«

»Ja, es gibt ein neues Opfer«, sagte er beherrscht.

»…«

»Ja, es gibt gewisse Ähnlichkeiten. Bald sind wir schlauer.«

»…«

»Nein, das ist natürlich gesichert. Wir haben den Kosmos, äh, seinen Kopf sogar von Felix Gubkin identifizieren lassen. Der musste ihn ja schließlich kennen. Da lege ich meine Hand ins Feuer, dass der tot ist. Sie sehen Gespenster, Herr Schuster.«

Das Gespräch dauerte über zwanzig Minuten. Ottakring schloss mit der Bemerkung: »Nein, Doktor Tordarroch hat die Obduktion bereits vorgezogen. Die Klosterschwester ist als Übernächste oder sogar Nächste dran. Bleiben Sie cool. Schätze, dass ich heute noch das Ergebnis bekomme. Wir schaffen das schon.«

Für einen kurzen Augenblick überlegte er, wie viele Klosterschwestern die Pathologie in der Frauenlobstraße wohl schon gesehen haben mochte. Eva M. brachte ihn wieder in die Realität zurück.

»Also wenn ich das richtig verstehe«, sagte sie, »soll ich rüber auf die Insel und mir meine Bekannte vornehmen, die Schwester Caroline?«

»Nicht nur. Kämm die ganze Insel durch, checke die Schiffe, den Ticketverkauf in Prienling und in Gstadt. Der Mörder muss ja irgendwie angekommen sein. Und wieder weg. Ich kümmere mich derweil um die Obduktion. Die Tordarroch ist dran.«

Ottakring überlegte kurz.

»Und dreh sie durch die Mangel, wie sie dazu kommt, dir zu sagen, dass sie bald Arbeit für dich hat, die Caroline. Die Penelope.«

VIERZEHN

Kriminalrat Ottakring wusste, wie der perfekte Morgen auszusehen hatte. Die Sonne schien zum Fenster herein, während er die Frau seines Lebens intensiv und doch lautlos liebte. Sie würden sich noch eine Weile im Bett rekeln, Lola würde ihm das Frühstück ans Bett bringen, während er die Morgenzeitung überflog. Dann noch einmal umschlungen eine Runde schlafen, einen Waldlauf machen und eine ausgiebige heiße Dusche nehmen. Früher war Herr Huber noch dabei gewesen.

Danach wäre er bereit, seine Arbeit im Präsidium aufzunehmen.

In diesem Stadium jedoch – im Herbst des laufenden Jahres und im Frühherbst seines Lebens – gab es aktuell zwei Hindernisse, die die Vorstellung eines solchen idealen Morgens gar nicht erst aufkommen ließen.

Das eine war sein Kopf. Sein Kopf war ein Würfel von etwa drei mal drei mal drei Metern, in dem sich Achterbahnen gegenseitig überholten, in dem Beton gemischt wurde, ein Bergwerk mit über tausend hämmernden, hackenden und schaufelnden Arbeitern und das Ganze mit Spiritus übergossen und entflammt.

Das andere Hindernis war das Telefon. Diesmal war es Dr. Adamina Tordarroch, die ihn in aller Frühe aus dem Schlaf riss. Lola schlief friedlich neben ihm, die Faust geballt, im Einklang mit sich und der Welt.

»Die erste Ordensschwester, die ich obduziert habe«, eröffnete Adamina das Gespräch. »Ein seltsames Gefühl.«

Damit war Ottakrings Frage beantwortet.

»Die Frau wurde von hinten erdrosselt. Auf die gleiche Art wie der Bürgermeister Engel. Vermutlich wieder eine Garrotte. Aber es gibt einen gravierenden Unterschied. Die Würgespuren sind nicht identisch. Das Material der Garrotte ist ein anderes, die Drahtdicke ist unterschiedlich. Bei Engel wurde strikt und konsequent zugedrückt. Hier war eher Zögern mit im Spiel. Ich faxe Ihnen meinen Bericht am besten ins Büro, oder?«

Also ein anderer Täter, folgerte Ottakring. Selbstverständlich, muss ja auch sein. Ein Nachahmungstäter?

Nachdem von Ottakring keine Reaktion kam, wiederholte Adamina noch einmal in Stichworten das Gesagte. »Haben Sie mich verstanden, Sir Ottakring?«

»Have I understood you? Yes!«

»Nur – das Interessante habe ich mir bis zum Schluss aufgehoben.«

Waren Schotten immer so sparsam mit Informationen?

»Da war wieder eine Rose. Diesmal nicht in eine Hautspalte versenkt, Gott sei Dank. Sie war mit einer dünnen Schnur am Rosenkranz der Schwester befestigt. Eine schwarze Metallrose, aus einen Millimeter dünnem Schwarzblech gearbeitet, rund gehämmert und schwarz lackiert. Kommt Ihnen das bekannt vor?«

»Hier!«, tobte Felix Gubkin. »Schau dir das an!« Er hielt Puschkin das Foto auf dem Titelblatt des Volksblatts vor die Nase. Klosterschwester Matilda erwürgt am Chiemseestrand.

»Das ist nicht Penelope!« In seinen Augen tanzte der Teufel.

Er und Puschkin hatten sich in einem Waldstück außerhalb Aschbachs getroffen. Ein Besuch Puschkins im Schlösschen wäre zu riskant gewesen.

Puschkin war nicht im Gebirgsschützenornat erschienen, das hätte sich im Wald etwas seltsam gemacht. Er trug ein blaugrundiges Sweatshirt zu gewöhnlichen Jeans. Er biss sich auf die Lippe.

»Diese Klosterschwestern sehen alle gleich aus. Ich hatte ja auch nur dieses eine Foto.«

Er hielt Gubkin ein Foto hin, das eine Frau mit lustigen Augen und blondem Haar in spärlicher Bekleidung an einem Strand zeigte.

»Egal«, entgegnete Gubkin. »Ich hab sie dir beschrieben. Das hätte genügen müssen.«

»Und jetzt?«, fragte Puschkin mit hungrigen Augen.

Gubkin blieb stehen und warf sein Haar nach hinten. Seine Hände steckten in den Taschen. Er bedachte Puschkin mit einem flüchtigen Blick und registrierte das Glitzern in seinen Augen.

»Was, und jetzt?«, fragte er. »Du musst deinen Fehler korrigieren. Also geh hin und bring sie um, verdammt.«

Sie waren beide stehen geblieben. Wie ein Fuchs um eine erstarrte Gans schlich Gubkin, weiter beide Hände in den Taschen, um Puschkin herum.

»Was? Jetzt? Jetzt soll ich sie umbringen? Wo es sicher nur so wimmelt vor Polizei auf der ganzen Insel?«

»Du kannst das.«

»Das glaube ich nicht.«

»Du hast ein Recht auf eigene Meinung.«

»Ja, mit dem Gewehr vielleicht. Mit einer oder zwei Kugeln aus der Entfernung.«

»Aha. Kugeln also. Aus der Entfernung. Weißt du, was ein Prinzip ist?«

»Freilich weiß ich, was …«

»Also. Mein Prinzip ist die Garrotte. Das hat Tradition. Da gehe ich nicht davon ab.«

»Tot ist tot. Egal, wie es zustande gekommen ist.«

»Du hörst nicht zu. Das kann Nachteile haben. Du musst genau aufpassen, was ich sage.«

»Tu ich doch. Krieg ich jetzt mein Geld?«

Gubkin wippte auf den Zehenspitzen. Er bedachte Puschkin mit einem seltsamen kleinen Halblächeln.

»Geld? Wie viel möchtest du denn ...«

»Alles nicht. Aber wenigstens drei Viertel.«

»Also nicht hunderttausend. Nur fünfundsiebzigtausend. Das hältst du für einen fairen Preis. Aha.«

Er musterte Puschkin. Betrachtete seine Stirn. Es war keine junge Stirn mehr. Mit einem Einschussloch sähe sie erst recht gezeichnet aus. Er baute sich vor ihm auf.

»Du verkaufst mir einen ordentlichen Mercedes, hunderttausend Euro. Hinterher stellt sich heraus, der Mercedes kommt aus Tschernobyl, ist total verstrahlt. Nicht benutzbar. Unverkäuflich. Wie viel Geld kriegst du von mir?«

Puschkin blieb die Antwort schuldig.

Gubkin ging nicht weiter darauf ein. »Deine Buben. Sie sind bei der Mutter. Für sie soll das Geld sein. Stimmt das?«

Puschkin stand übertrieben aufrecht, während er einen Kaugummi kaute. »Ja. Exakt. Ich brauch das Geld für ihre Ausbildung.«

Gubkin wandte sich ab, sodass er hinter Puschkin zu stehen kam. Er drückte sich die Faust auf den Mund und bekam einen unerwarteten Hustenanfall. Als er vorbei war, nahm er die Hände herunter und griff hinter sich.

»Was ist eigentlich los mit dir?«, fragte er, bevor sich die Schlinge um Puschkins Hals legte. »Was ist los mit dir, ha?«

Gubkins sensible Klavierspielerhände umklammerten die dünnen Holzgriffe und zogen das Seil enger. Immer enger. Langsam immer enger.

»Merkst du was?«, hauchte er aus Zentimeterdistanz in Puschkins Ohr. »So sollst du sie töten, verdammt. Und es soll Caroline sein. Penelope. Nicht Matilda oder eine andere. Hast du verstanden?«

Puschkin zappelte aufgeregt in der Schlinge.

»Reck den Daumen hoch, wenn du verstanden hast.«

Ein dicker, mächtiger Daumen schoss in die Höhe.

Schlagartig ließ der Druck um Puschkins Hals nach. Das Opfer war wieder frei.

Puschkin reckten sich zwei Hände entgegen. Aus den Fingern der einen Hand hing hässlich der Draht der Garrotte nach unten. Auf der anderen, offenen Hand lag flockig ein Bündel Banknoten.

»So und nicht anders«, sagte Gubkin und winkte mit dem Mordinstrument. »Und das ist für dich. Fünfundzwanzigtausend. Fünfundzwanzig Prozent. Okay?«

Puschkin strahlte. »Ja. Ja, danke. Ich …«

»Vorschuss. Es ist ein Vorschuss. Nur ein Vorschuss. Auf das, was du dann als Nächstes tun wirst. Und da winkt dir ein Vielfaches. Das mit der Garrotte ist nur eine Mutprobe. Danach wirst du richtig zuschlagen.«

Es dauerte eine Weile, bis Puschkin verstanden hatte, was Gubkin im Sinn hatte. Nicht weil er verblödet oder begriffsstutzig war. Nein, weil das, was Gubkin von ihm verlangte, außerhalb jeder Vorstellung lag. Doch er war sich sicher, dass er der absolut geeignete Mann für diesen Auftrag war. Er spürte sogar, wie die neue Mission ihn zu reizen begann.

Chili

Nadeschda Gubkin als Model in einer Bulgari-Werbung!

In einer Klinik – genau wie beim Orthopäden, beim Zahnarzt oder Autohändler – liegen ständig alte Zeitschriften herum. In solch einer fand ich Nadeschda Gubkin. Woher ich weiß, dass dieses interessante Gesicht und diese tolle Figur Nadeschda Gubkinowa gehören? Der Name stand darunter. Kaum vorstellbar, dass dieses Mädel die Frau eines Verbrechers sein soll oder selbst Dreck am Stecken hat.

Das nur so nebenher.

Zwar wünsche ich mir nichts sehnlicher, als endlich aus der Klinik entlassen zu werden und wieder meinem Beruf nachgehen zu können. Trotzdem beneide ich Ottakring zurzeit nicht um seine Aufgabe. Es war lediglich der lange behaarte Arm der Vorsehung gewesen, der sich ausgestreckt hatte, um den Mörder von Kemal, Engel, der Wirtin und dem Polizisten ans Messer zu liefern. Und der diesen Mörder dabei gleich selbst aus dem Weg räumte. Doch nun hatte mein verehrter Chef noch zwei Positionen offen: Den Mörder von Kosmos zu finden und den Mord an der garrottierten Ordensschwester aufzuklären, der die Gemüter erregte. Dieser dürfte besonders pikant sein. Warum wurde ausgerechnet eine fromme Klosterfrau umgebracht? Aus Habgier? Nein. Aus enttäuschter Liebe oder Eifersucht? Auch nicht anzunehmen. Wegen des Verlusts von Besitz oder Ansehen? Entfällt in jedem Fall. Aus Hass? Wäre denkbar. Das sind die wesentlichen Tatmotive für einen Mord. Blieb noch Erpressung. Oder dass sie jemandem gefährlich werden konnte. Was traf in diesem Mordfall zu? Eine packende Aufgabe, dieses Rätsel zu lösen.

Nein, er hat's nicht leicht, mein Ottakring. Genau besehen gibt's keinen wirklich Verdächtigen. Pistolnik vielleicht? Bei Kosmos, natürlich, da bietet sich dieser Gubkin als Hintermann an. Eine Fehde unter liebenswerten russischen Landsleuten. Aber nachweisen kann man ihm bisher nichts. Schließlich ist auch die Mordserie vorher, mit Kosmos als Mörder, total undurchsichtig und zusammenhanglos. Es gibt keinen gemeinsamen Nenner. Opfer, die nichts miteinander zu tun hatten, die sich nicht einmal kannten. Es gibt weder ein Motiv noch einen auslösenden Grund für die Taten. War es einfach Kosmos'sche Mordlust gewesen?

Bei der toten Nonne bietet sich überhaupt niemand an.

Der Fall wird zum Tagesgespräch der gesamten Region. Eine erwürgte Ordensschwester, das hat es noch nie gegeben.

Daneben verblasst die einspaltige, fünfzeilige Meldung von der Entdeckung der unterirdischen Gänge unter dem Kloster. Die Schwestern verfügen über eine eigene Wasserversorgung und hatten von einem Tag auf den anderen Probleme mit ihrem Wasser. Es schmeckte plötzlich eigenartig, nach Metall oder nach Sägespänen. Sie ließen Spezialisten kommen. Die Fachkräfte machten Probebohrungen und stießen dabei auf die Gänge. Zwar hatte es immer schon geheißen, dass sich irgendwo unterm Kloster Katakomben befinden sollten. Doch erstens hielt man es für ein Gerücht aus grauer Vorzeit, und zweitens dachte man eher an einen Keller als ein weitverzweigtes System.

Die Äbtissin wollte das Geheimnis weiterhin für sich behalten. Sie scheute den Gang in die Öffentlichkeit, denn er hätte noch mehr Touristen auf die Insel gebracht. Doch sie hatte nicht mit der Pfiffigkeit Heinrich Eusers vom Volksblatt gerechnet. Er hatte glänzend recherchiert.

Unglaublich!

Ohne weitere Vorrede eröffnet Ottakring das Gespräch. Er riecht nach kaltem Rauch, hat harte Linien im Gesicht und wirkt irgendwie verstört. Eingeschüchtert. Verwirrt. Mir fehlt das richtige Wort.

Unglaublich, dieser Gubkin. Er muss so etwas wie ein Genie sein. Wusstest du, dass er perfekt Geige spielen konnte, bevor er Pianist wurde? Nein, kannst du natürlich nicht wissen. In einer einzigen Woche hat er als Bub gelernt, perfekt Geige zu spielen. In der nächsten Woche kam das Klavier dran. Und …

Und woher weißt du das alles?, unterbreche ich.

Seine Hände krampfen sich um die Lehnen seines Besucherstuhls. Er hat einen Blick, als wolle er mir den Kopf abbeißen.

Und das fragst du mich? Woher soll ich solche Infos denn haben? Vom Bundesnachrichtendienst natürlich. Also pass auf …

Nicht nur mehrere Musikinstrumente beherrschte Gubkin meisterhaft. Sogar Musikkritiker haben zugegeben, dass er absolute Spitze war. Der BND hatte Ottakring Rezensionen zugefaxt, übersetzt natürlich. Einmal hat er sich für Astronomie interessiert. Nach ein paar Tagen hatte er jedes Buch zu diesem Thema durchgelesen und sich mit Professoren unterhalten. Im Moskauer Planetarium hat er Experten mit seinem unglaublichen Wissen erstaunt. Außerdem konnte er immer schon mit Zahlen zaubern. In weniger als einer Sekunde, schreibt der BND, rechnet dir Gubkin die Wurzel einer dreistelligen Zahl bis auf drei Dezimalstellen genau aus. Es gibt kein Wissensfeld, das er anpackt, in dem er nicht Höchstleistungen vollbringt. Du hast kaum mit dem Finger geschnippt, da hat er schon das Wesentliche begriffen, und in einer Viertelstunde lernt er Dinge, für die ein Normaler sehr, sehr lange die Schulbank drücken müsste.

Ottakring ist ehrlich beeindruckt, und ich muss sagen, mir imponiert das auch. Kein Wunder, dass unser Freund zu den erfolgreichsten Geschäftemachern im neuen System gehört. Dass er sich ein internationales Topmodel angeln und sich ein Schlösschen im allerschönsten Bayerischen leisten kann.

Und was fangen wir jetzt mit diesen Neuigkeiten an?, fragt mich Ottakring. Sein Lebenslauf spricht doch absolut dagegen, dass wir in ihm den Overkiller haben, der Tod und Verderben versprüht.

FÜNFZEHN

Ottakring betrachtete den Mann, dem er gegenübersaß. Er war bleich, sein Gesicht war eingefallen, die Augen matt. Er war kaum wiederzuerkennen, der Bürgermeister Wildschitz. Belastete ihn das neue Amt so stark? War es die Verantwortung? Private Probleme konnten es kaum sein, denn Wildschitz hatte keine Familie, jedenfalls nicht am Ort, doch darauf wollte Ottakring später zu sprechen kommen.

Das Aschbacher Rathaus war ein Barockhaus wie aus dem Bilderbuch, mit grünen Fensterläden, Lüftlmalerei und einer kleinen Freitreppe, die Ottakring um exakt dreizehn Uhr siebenundfünfzig hinaufgestiegen war. Punkt vierzehn Uhr klopfte er an die Tür zum Vorzimmer und wurde sofort ins Bürgermeisterzimmer durchgewinkt.

Ein Büro wie vor hundert Jahren, alles in dunklem Holz. Der geschnitzte Schreibtisch, die geschnitzte Kommode, der gedrechselte Schrank, selbst der Stuhl, auf dem Wildschitz residierte, hatte eine schulterhohe, reich geschnitzte Rückenlehne. Die schneebedeckte Kampenwand als Ölgemälde an der Wand. Der einzige Farbtupfer war ein dunkelvioletter Dahlienstrauß auf einem dunklen Holztischchen in der Ecke.

»Was führt Sie her, Herr Ottakring?« Der Bürgermeister trug einen grünen Janker und Krawatte.

Wie oft hatte er diesen Eröffnungssatz schon gehört? Was sollte den Chef der Mordkommission nach einem halben Dutzend Kapitalverbrechen schon in dieses gastfreundliche Haus führen? Er sandte einen seiner bösesten Blicke über den Schreibtisch und hielt Wildschitz den eingeschweißten Dienstausweis unter die Nase.

»Ihr Name?«, fragte er.

»Mein Name? Wir kennen uns doch. Mein Name steht auch draußen an der Tür.«

»Die gleiche saublöde Frage wie die Ihre«, sagte Ottakring scharf. »Lassen Sie uns wie unter erwachsenen Männern reden. Sie, der Bürgermeister von Aschbach. Ich, der Kriminalrat und Chef des Mordkommissariats in Rosenheim. Okay?«

Wildschitz wurde noch eine Spur blasser und nickte schwach.

»Gubkin. Felix Iljitsch Gubkin führt mich her, Herr Bürgermeister.«

»Sie meinen, er hat Sie zu mir geschickt?«

Ottakring schüttelte den Kopf. »Ich hab Sie bei Herrn Gubkin im Grattenschlösschen angetroffen. Das mag normal sein in Ihrem Amt als Bürgermeister. Muss aber nicht. Ich will alles über Gubkin wissen, was Sie von ihm wissen.«

»Warum? Ist er denn verdächtig?«

»Ich kläre auf. Ich verdächtige nicht notgedrungen.«

»Möchten Sie was trinken? Einen Kaff…«

Nein, etwas rauchen, hätte Ottakring am liebsten gesagt. »Nein, ich will nur Ihre Antworten. Am liebsten gleich ein paar hintereinander. Also, Gubkin. Sie stehen mit ihm in Verhandlung. Was wissen Sie über ihn? Wie schätzen Sie ihn ein?«

Nach dieser Ansprache lehnte sich der Kriminalrat zurück, faltete die Hände auf dem bürgermeisterlichen Tisch und ließ einige Sekunden verstreichen. In Gedanken war er bei der Observation, die er vor dem Grattenschlösschen hatte einrichten lassen.

Ein Einsatzfahrzeug, modernst ausgestattet. Zwei mobile Trupps, die in der Lage waren, auch hohe Bäume zu besteigen. Ein SAR-Hubschrauber mit Wärmebildkameras, der wie zufällig das Gebiet überflog. Dazu Durchsagen im Radio und lokalen TV, die eine Vermisstensuche im Gebirge vortäuschten.

Gubkin. Felix Gubkin. Und seine Frau Nadeschda. Welche Rolle spielten sie in Wirklichkeit? Er würde ihnen auf die Schliche kommen. Er musste es. Und zwar bald.

»›Kann sein, dass ich dich bald mal anrufen werde. Vielleicht gibt's Arbeit für dich‹«, zitierte Eva M. »So oder so ähnlich hast du dich ausgedrückt. Was hast du damit gemeint? Hast du bei unserer zufälligen Begegnung schon gewusst, dass etwas passieren wird? Dass das Licht deiner lieben Schwester Matilda ausgelöscht wird?«

Eva M. betrachtete ihre Bekannte von der Seite.

Penelope alias Schwester Caroline presste die Lippen fest aufeinander. Die Hände hatte sie vor der Brust gefaltet.

Sie gingen nebeneinanderher, den Inselrundweg entlang nach Norden. Bald würden sie die Stelle erreichen, an der Wimmerl II die tote Matilda aufgespürt hatte.

»Natürlich nicht«, sagte Penelope. »Das konnte niemand wissen. Das war ein Schlag für uns alle.« Sie blieb stehen.

Eva M. stellte sich vor sie hin. Eine Möwe sauste im Sturzflug dicht über ihre Köpfe.

»Ich kenne Kosmos«, sagte Penelope. Ihre Augen versenkten sich in Eva M.s Augen.

»Kosmos ist tot«, sagte Eva M. Sie unterdrückte ihre Überraschung. »Er starb am Samstag.«

»Ich kannte Kosmos«, verbesserte sich die Schwester ruhig. »Von früher kannte ich ihn. Deswegen wollte ich dich sprechen. Ich konnte mir ja denken, dass du an dem Fall arbeitest.«

»Das tue ich. Hier bin ich. Sprich, Schwester.«

»Versprechen Sie mir, dass Sie die Angelegenheit mit einer gewissen Diskretion behandeln werden? Meine Situation ist nicht ganz einfach.«

Wildschitz rutschte unruhig auf seinem geschnitzten Stuhl hin und her. Er wechselte immer wieder die Haltung, und sein Blick flatterte über den Boden, als suche er dort etwas, was er verloren hatte.

Weswegen war der Mann so aufgeregt?

»So diskret wie möglich, okay. Aber jetzt sagen Sie mir, Bürgermeister, was es da so Diskretes gibt.«

»Der Plan mit dem Biotech-Zentrum …«

Schlagartig musste Ottakring wieder an die Observation denken, die gerade stattfand.

»… geht natürlich nicht jeden was an. Es gibt Stimmen dafür und dagegen. Ich bin dafür. Wenn wir schon einmal …«

»… ja, klar. Weiter. Zu Gubkin.«

»Was wollen Sie über ihn wissen? Ich kenn ihn ja nur geschäftlich.«

»Wir haben uns schließlich bei ihm getroffen. Ich hatte den Eindruck, Sie gehen dort ein und aus.«

»Das war Zufall. Ich …« Wildschitz schien nicht mehr weiterzuwissen.

Ottakring spielte mit dem Zeigefinger an seiner Unterlippe herum.

»Wie viel Geld hat er Ihnen geboten? Oder gegeben?«

Wildschitz sprang auf. Er schäumte. Der Stuhl fiel um. Die Sekretärin stürzte herein. Ihr Chef winkte sie hinaus. Dann stützte er sich mit beiden Händen auf der Tischplatte ab und ließ sich langsam wieder in den Stuhl sinken.

»Wieso fragen Sie mich das?«, sagte er kraftlos.

»In welcher Beziehung stehen Sie zu Herrn Gubkin?«

»Er ist der Investor, und ich bin der Bürgermeister, mit dem er zu tun hat. Um den er nicht herumkommt, trotz seiner vielen Knete.« Er schaute angestrengt auf seine Armbanduhr. »Sie haben recht. Er hat mir Geld geboten für die Gemeinde. Wenn wir sein Großprojekt befürworten, wollte er uns einen ansehnlichen Geldbetrag spenden. Oder ein Projekt unserer Wahl auf seine Kosten übernehmen. Aber ich habe abgelehnt. Ich hab's nicht einmal dem Gemeinderat vorgelegt. Ich selber bin niemals in Konflikt geraten, im Gegenteil. Es gibt Tage, da möchte ich dieses ganze verdammte Kaff zurückgeben.« Noch ein kurzer Blick auf die Uhr. »Ich muss um halb auf einen Termin, Herr Ottakring. Wir müssen zum Ende kommen.«

»Mord hat kein Ende, Herr Wildschitz. Mord wird unendlich lang gesühnt. Und hier geht's um Mord. Nicht um Korruption. Das werden andere verfolgen.«

Ottakring hatte aufmerksam Wildschitz' Reaktion beobachtet. Nun schaute er ihm direkt in die Augen.

»Engel wurde am 23. September ermordet. Wo waren Sie an jenem Mittwoch früh um halb acht?«

»Das hab ich doch alles schon Ihrer Kollegin ...«

»... die jetzt schwer verletzt im Krankenhaus liegt, gesagt, ja. Deswegen frage ich noch einmal. Einmal haben Sie ausgesagt, Sie wären zu Haus gewesen. Dann sagten Sie, Sie wären am Berg gewesen. Dann wieder hätten Sie sich auf eine Tour auf den Geigelstein vorbereitet. Was stimmt nun?«

»Geigelstein. Ich war am Geigelstein gewesen. In aller Früh schon. Ich musste einfach mal raus.«

»Frau Toledo hat Sie am Tag danach befragt. Am Donnerstag also. Da mussten Sie doch noch wissen, dass ...«

»Ja, freilich. Aber man kann sich in der Aufregung doch mal vertun. Im Ernst, Herr Kriminalrat: Halten Sie mich denn für den Mörder meines Vorgängers?«

Nein, das tat Ottakring nicht. Die Spuren, die Kosmos hinterlassen hatte, waren eindeutig. Doch warum war dieser Wildschitz so nervös?

Der Bürgermeister erhob sich. »Wegen der Müllentsorgung«, sagte er resolut. »Ich muss weg. Es geht um die neue Entsorgungsmaschine. Wir stimmen im Finanzausschuss ab.«

»Bleiben Sie sitzen«, sagte Ottakring. Es klang drohend. »Oder ich lade Sie aufs Präsidium. Um drei viertel drei. In einer Stunde. Es sei denn, Sie beantworten mir noch eine persönliche Frage.«

Wildschitz nahm Platz, blieb aber auf dem Sprung.

»Sind Sie verheiratet?«

»Nein.«

»Geschieden?«

»Ja.«

»Kinder?«

»Zwei. Zwei Buben.«

»Wo leben die?«

»Bei der Mutter.«

»Wo?«

»In Brandenburg.«

»Wo da?«

»Potsdam.«

Seltsam, dachte Ottakring, dass er die Stadt erst auf Nachfrage preisgibt.

»Ihre Mutter«, hakte er übergangslos nach. »Ihre Mutter ist im Chiemsee ertrunken. Stimmt das?«

»Jetzt reicht's aber!«, donnerte Wildschitz heraus.

Die Tür öffnete sich einen Spalt. Entsetzen. Dann schloss die Tür sich wieder.

»Sie tun ja grad so, als sei ich verdächtig!«, rief der Bürgermeister. »Ich muss jetzt zu meinem Termin. Wenn Sie wollen, machen Sie einen Termin mit meiner Sekretärin.«

Als Ottakring das Haus verließ, rief Huawa an.

»Der Herr Pfarrer wollt Sie sprechen. Der Pfarrer Presidawo vo Aschbach. Soll ich Sie nachher verbinden?«

SECHZEHN

Am selben Nachmittag hatte Kriminalrat Ottakring einen Termin mit dem Kommandeur des Gebirgspionierbataillons in Pranburg.

»Moment, da muss ich mich erst schlaumachen«, sagte Oberstleutnant Soinwand auf die Frage des Kriminalrats hin. Er war ein schlaksiger Mann mit rasiertem Kopf und Brille. »Ich kenne Herrn Wildschitz nicht mehr persönlich aus seiner Soldatenzeit. Ich kenn ihn nur als Bürgermeister.«

Er telefonierte kurz.

Ein Hauptmann trat ein.

»Der S1. Unser Personaloffizier«, stellte der Kommandeur vor.

Zu dritt saßen sie um einen niedrigen Tisch herum. Couch, Sessel, Sessel.

»Andreas Wildschitz war Berufssoldat bei uns«, erfuhr Ottakring vom Offizier. »Er ist als Stabsfeldwebel ausgeschieden. Zuletzt Spieß in der dritten Kompanie, Bootsführer am Inn, Ausbilder für unsere Rekruten, stellvertretender Vorsitzender der Unteroffizierskameradschaft, Ranger, taffer Typ. Jetzt ist er Bürgermeister.«

Aber das wusste Ottakring ja flüchtig.

»Wenn er Berufsunteroffizier war, hat er dann die gesamte Zeit in Pranburg gedient?«

»Oh«, entfuhr es dem Hauptmann. »Sie legen auf die gesamte Dienstzeit Wert. Nein, Stabsfeldwebel Wildschitz kam aus dem Osten zu uns. Aus der Nationalen Volksarmee. Er wurde als Stabsunteroffizier in die Bundeswehr übernommen.«

Er verschränkte die Arme vor der Brust und sah seinen Kommandeur an. »Wildschitz war ein guter Soldat. Engagiert. Sehr gut beurteilt von seinen Vorgesetzten. Und immer gradaus.«

Ottakring nickte. »Gibt es in Ihren Unterlagen auch Angaben über seine Privatverhältnisse? Hat er getrunken, war er verschuldet, Frauengeschichten?«

Der Oberstleutnant meldete sich zu Wort. »Nein. Wir führen hier keine Stasi-Unterlagen. Es stünde nur etwas drin, wenn er sich etwas zuschulden hätte kommen lassen. Aber Sie …«, sein Blick kreiste zu dem Hauptmann, »… Sie hatten nach meiner Kenntnis doch früher persönlich mit ihm zu tun. Wissen Sie etwas von Bedeutung für den Kriminalrat?«

»Ob er verschuldet war? Nein, das …«

»Verheiratet? Kinder? Eltern? Vermögen? Leidenschaften? Hobbys?« Wie Pfeile schossen die Worte aus Ottakrings Mund.

»Motorradfahren«, kam es spontan über den Tisch. »Das war sein großes Hobby. Eine schwere Maschine, eine Kawasaki, glaub ich, an der hat er oft herumgebastelt.« Der Hauptmann überlegte kurz. »Ach ja, und das Unglück mit seiner Mutter. Das hat ihn damals schwer getroffen. Sie war Lehrerin von Beruf. Hatte eine kleine Jolle und verbrachte wohl jede freie Minute auf dem Chiemsee. Trotz Sturmwarnung ist sie eines Tages raus. Sie ist gekentert und ertrunken. Die Leiche wurde noch in derselben Nacht gefunden.«

Ottakring nahm sich vor, die Sache nachzuprüfen.

»Und?«, fragte er nach. Er schien auf eine Goldgrube an Wissen gestoßen zu sein. »Gab's auch einen Vater?«

»Entschuldigen Sie mich«, unterbrach der Kommandeur. »Fünfzehn Uhr dreißig. Ich muss zur Einheitsführerbesprechung. Hrrrm. Bitte, eine Frage noch, Herr Kriminalrat. Warum interessieren Sie sich so intensiv für das Leben von Bürgermeister Wildschitz?«

Die gleiche Frage stellte Ottakring sich auch. Er warf den Kopf nach oben, als wäre er in tiefsten Gedanken gestört worden.

»Ich ermittle in diversen Mordfällen, die sich auf kleinstem Raum ereignet haben. Da hängt vieles mit allem zusammen. Alles mit vielem. Und jeder hat irgendwelche Leichen im Keller.« Er hoffte, den Offizier ausreichend wohlklingend und nichtssagend verwirrt zu haben.

Doch der parierte erstaunlich konkret.

»Ja, genau wie bei uns«, sagte er. »Unsere Leichen haben die blöde Gewohnheit, dann aus dem Keller gekrochen zu kommen, wenn man es am wenigsten gebrauchen kann.«

Damit verschwand er nach draußen in den kahlen Flur.

Ottakring nickte. Auch das war ihm nicht unbekannt.

»Gab's auch einen Vater?«, wiederholte er.

»Meines Wissens waren die Eltern geschieden, schon bevor die Mutter mit dem jungen Wildschitz in den Westen kam. Könnt ja sein, dass er drüben geblieben ist?«

Eine wichtige Antwort war der Hauptmann schuldig geblieben.

Doch konkret hatte Ottakring die Frage gar nicht gestellt. Das holte er jetzt nach.

»Familie, ja«, sagte der Offizier. »In den Papieren stand: ›getrennt lebend‹. Ob er mittlerweile geschieden ist, kann ich nicht sagen. Und Kinder? Definitiv ja. Zwei. Zwei Buben. Die hat er vergöttert. In den Ferien waren sie immer hier. Er ist mit ihnen im Sommer in die Berge, im Winter zum Eishockey, er brachte sie zum Volleyballtraining mit – seltsam, ich hab nie mehr etwas von ihnen gehört.«

»Wo haben Frau und Kinder gelebt? Hier in der Nähe?«

Der Hauptmann rutschte unruhig hin und her. »Im Osten, denk ich. Da, wo die ganze Familie herkam. Aus dem Osten. Wo, weiß ich nicht.« Er fuhr sich nervös durchs Haar. »Entschuldigung, haben Sie noch viele Fragen? Ich müsste eigentlich zu der Kommandeursbesprechung. Ich bin auch Einheitsführer. Chef dritte.«

»Sie kennen meinen Wissensdurst. Fällt Ihnen spontan noch etwas ein?«

Bestimmt nicht. Der Hauptmann hatte sich innerlich schon verabschiedet.

Ottakring reichte ihm seine Karte.

Er hatte mehr Informationen erhalten, als er erwartet hatte. Er kannte die Familiengeschichte des Bürgermeisters. Doch was, zum Teufel, fing er jetzt wieder mal damit an? Gubkin hatte ihm am Herzen gelegen. Über ihn hatte er etwas erfahren wollen. Wie ums Verrecken war er überhaupt auf Wildschitz gekommen? Freilich, weil er ihn bei Gubkin angetroffen hatte. Wurde er von Gubkin geschmiert? Aber es war nicht sein Job, in Sachen Korruption zu ermitteln. Dafür waren andere zuständig.

»Auffällig viele Bewegungen innerhalb des Areals, reger Personenverkehr. Keine Ankünfte oder Abreisen. Gubkin und Frau nicht gesichtet, wahrscheinlich im Haus.«

Eine SMS, die vieles bedeuten konnte oder nichts. Ottakring wollte sich selbst ein Bild machen. Etwas war dabei, sich zu verändern. Etwas stimmte nicht. Er spürte, wie die Spannung stieg.

Wie es wohl Eva M. auf der Insel gehen mochte?

»Hier war es gewesen. Genau hier. Hier wurde Matilda aufgefunden«, sagte Penelope.

»Dann wohnt in diesem Haus der Finder mit seinem Hund?« Eva M. deutete auf das Reetdachhaus links von ihnen. »Der Herzland?«

»Ja. Und zu meinen Andeutungen – da gäbe es viel zu erzählen.«

Eva M. warf ihr einen äußerst interessierten Blick zu, während sie wieder Tempo aufnahmen.

»Du hast Kosmos gekannt? Woher kanntest du ihn? Sprich, Schwester. Sprich deutlich.«

»Ich hab ihn an der Anlegestelle gesehen. Kosmos im feinen Zwirn, wie immer. Und da, wo Kosmos auftaucht, gibt's immer Ärger.«

»Zunächst: An welchem Tag? Kannst du dich an das Datum erinnern?«

Penelope dachte nach. »Nein. Aber es war kurz vor seinem Tod. Er kam gerade vom Schiff. Ich habe mich geduckt und mein Gesicht weggedreht, obwohl ich ja in meiner Verkleidung …«, Penelope kicherte kindhaft, »… kaum zu erkennen bin.«

Sie passierten zwei Frauen mit Kinderwagen, die sich unterhielten. Nach wenigen Schritten fuhr Penelope fort.

»Zuerst war ich mir gar nicht einmal sicher, ob er nicht meinetwegen auf die Insel gekommen ist. Ob er nicht hier war, um einen Auftrag zu erledigen. Aber dieses Thema hat sich jetzt von selbst erledigt.« Sie putzte sich die Nase und sandte wie eine echte Schwester einen andächtigen Blick zum Himmel.

Eva M. spürte Zündstoff. »Und warum sollte er deinetwegen angereist sein? Wollte er dich finden? Und wenn ja, warum wollte er dich finden?«

»Ist doch nur eine Vermutung gewesen beziehungsweise eine Befürchtung.«

Eva M. fasste die Schwester am Arm und führte sie unter sanftem Druck zu einer Bank, von der aus man einen wunderbaren Seeblick hatte. Sie konnten nebenbei das gut besetzte Chiemseeschiff beobachten, das mit elegantem Schwung auf den Landesteg zusteuerte.

»Setzen wir uns doch kurz«, sagte Eva M.

Es war ein alltäglicher Anblick, die Ordensschwester auf der Bank in ihrer schwarz-weißen Tracht und eine weltliche Frau, die sich mit ihr unterhielt.

»Könntest du mir jetzt bitte zusammenhängend wiedergeben, was du mir eigentlich sagen willst? Im Moment ziehe ich dir die Würmer einzeln aus der Nase.« Penelopes beherrschtes Benehmen war nichts als Theater, das spürte Eva M. In Wirklichkeit kochte es in ihr. »Hat es mit deinem geschiedenen Mann zu tun? Wie hieß der eigentlich?«

Penelope verzog das Gesicht. »Mein Ex? Ja, wie hieß der doch gleich? Es scheint ewig her zu sein, dass ich mit ihm verheiratet war. Orlow hieß er. Igor Jurewitsch Orlow. Aber das wird dir nichts sagen, und es tut auch nichts zur Sache. Seit der Scheidung hab ich nichts mehr von ihm gehört. Ich vermute, er ist untergetaucht.«

Penelope beugte sich vor, der strahlend weiße Schleier ihres Ornats fiel ihr ins Gesicht und gab seitlich ein Büschel brauner Haare frei.

»Kosmos hat für Orlow gearbeitet. Das war mit ein Grund, dass ich mich schließlich scheiden ließ. Kosmos war – na ja, ein Berufskiller, vermute ich. Ich konnte es nicht länger ertragen, solch einen Typen in nächster Nähe zu haben.«

Eva M. machte sich Notizen. »Weiter«, bat sie.

Penelope versuchte, sich zu sammeln und aufzurichten. Es schien ihr schwerzufallen.

»Sag mal«, platzte sie heraus, »du hast doch sicher den kurzen Artikel in der Zeitung über die Katakomben gelesen? Oder sonst irgendwie davon gehört?«

»Lenk nicht ab!«, rief Eva M. »Du wolltest mir die Geschichte von Kosmos schildern.«

»Na ja, hätte ja sein können, dass Kosmos nicht meinetwegen, sondern wegen der Katakomben auf der Insel war.«

»Warum hätte sich ein Berufskiller für alte Katakomben interessieren sollen? Und wie davon Wind bekommen? Die Zeitungsmeldung erschien erst einige Zeit später.«

»Unterschätze diese Leute nicht, Eva M.! Die haben ihre Fühler überall ausgestreckt und ihre Nase überall drin. Da haben wir hier im Westen nicht die blasseste Ahnung, was abgeht. Gegen die sind wir Waisenkinder. Was hier über die Russenmafia verbreitet wird, ist kalter Kaffee gegen die Wirklichkeit.«

Eva M. stand auf und setzte sich in Hockstellung vor die Schwester hin.

»Die Äbtissin wollte das Geheimnis der unterirdischen Gänge nicht preisgeben, heißt es im Bericht. Wenn deine Vermutung richtig wäre, hätte das nicht weniger zu bedeuten, als dass dieser Kosmos eine Verbindung zum Kloster Frauenwörth hatte oder suchte. Ist dir das klar, meine Liebe?« Eva M. beugte sich vor und schleuderte ihren vorwitzigen Zopf über die Schulter nach hinten. »Die Vermutung liegt nahe, dass die tote Schwester diese Verbindung gewesen sein könnte.«

Penelope wurde dunkelrot im Gesicht.

An Zufälle glaubte Eva M. schon lange nicht mehr. Diese Verbindung war ihr zu-ge-fallen! Sie trifft eine früher stinkreiche Societylady, ihr leidlich gut bekannt, die sich ins Kloster begeben hat. Diese Bekannte erkennt den Serienkiller Kosmos, der früher für ihren Mann gearbeitet hat. Und nun soll es gar eine Vernetzung mit dem Kloster geben. Wenn das nicht Gottes Zeigefinger war!

Im selben Augenblick wurde Eva M. in ihrer Zufallstheorie bestärkt. Ihr Handy klingelte. Ottakring war dran.

»Hast du dein Zielobjekt vor dir?«

Oh je. Warum spricht er denn verschlüsselt?

»Ja.«

»Dann geh mal zur Seite. Oder ruf mich so bald wie möglich zurück.«

Eva M. legte eine Hand auf Penelopes Knie, drückte sich aus der Hocke hoch und versuchte, sich unbefangen zu geben.

»Muss ich kurz ran«, sagte sie und stellte sich ein paar Schritte weiter ins Gras.

»Schuster hat vor Tagen eine Mail an die Staatsanwaltschaft Halle gesandt«, hörte sie von Ottakring. Sie konnte seine Aufgeregtheit spüren. »Wegen Penelope Modrow. Nun hat er die Antwort. Jetzt halt dich fest, Kollegin. Frau Modrow steht unter Zeugenschutz. Sie ist Kronzeugin gegen ihren geschiedenen Mann, der untergetaucht ist. Er ist Haupt-Zielperson in einem laufenden Verfahren. Das mit der Klosterschwester ist die Tarnung.«

Penelope hatte sich erhoben. In ihrem Blick lag etwas Durchdringendes, Wissendes. So als hätte nicht Eva M., sondern sie selbst die Neuigkeit erfahren.

»Dienstlich?«, fragte sie. Die Röte stand noch immer in ihrem Gesicht.

»Ja.«

»Ging's um mich?«

»Ja.«

»Na. Irgendwann musste es ja herauskommen. Lebensabdrücke lassen sich schließlich nicht wie Fußspuren unter Wasser verwischen. Ich bin ganz froh darüber.« Sie wirkte nachdenklich. Nein, nicht nachdenklich. Eva M. erkannte Angst in ihren Augen. »Wirst du mich jetzt offiziell beschützen?«

Penelope im Zeugenschutzprogramm. Unglaublich.

»Ja«, sagte Eva M. und griff heimlich an ihre Waffe. »Ich werde dich beschützen.«

SIEBZEHN

Artur Josef Huber, genannt Huawa, nimmt einen Schluck und wischt sich mit dem rechten Handrücken sorgfältig seinen bayerischen Schnauzbart ab. An dieser Hand fehlen ihm zwei Finger, und seine eine Backe ist von einer falsch getimten Explosion unsauber vernarbt. Er spürt eine leichte Leere in der Magengrube, ein flaues Gefühl der Aufregung.

Huawa hat den Beruf des Spenglers erlernt und arbeitet bei einer Autofirma in der Kastenau als Ausschlachter. Heute hat er Bernadette, seine Frau, informiert, dass er einen Termin beim Zahnarzt hätte, für den Fall, dass sie auf die Idee kommen sollte, in der Firma anzurufen. Bernadette ruft öfter in der Firma an. Wenn der Wasserhahn tropft oder ein Habicht gegen die Scheibe geflogen ist. Sie ruft wegen eines Erdbebens in Südtibet an, wenn sie sich wieder einmal ausgesperrt hat oder einfach, weil ihr langweilig ist. Deshalb diese Notlüge ihres Mannes mit dem Zahnarzt. In Wirklichkeit aber ist er im Begriff, ein paar Nachforschungen am Schauplatz seines geplanten nächtlichen Verbrechens anzustellen.

Eineinhalb Stunden später kommt er zurück, setzt sich an denselben Tisch wie vorher, zieht sein Notizheft heraus und lässt das Maßband in der Tasche. Es war leicht gewesen. Er hatte lediglich ein Schließfach im Tresorraum der Bank mieten müssen und darin unwichtige Papiere verstaut. Zehn Minuten lang hatte er mit Abmessen und Zeichnen zu tun gehabt, wobei er hin und wieder einen Blick auf die Gittertür warf, durch die er gekommen war. Schließlich hatte er einen groben Plan des Raums skizziert, Größe und Beschaffenheit der Tür beschrieben und sich vergewissert, ob der Fußboden mit Stahlbeton verstärkt war, indem er in einer Ecke einen kleinen Streifen des Teppichs aufriss. Das würde wohl die lauteste Explosion verursachen, vermutete er. Der Rest würde sicher durch die umliegenden Tresortüren gedämpft.

Nun weiß er genau, wie dick der Stahl, die Wände und der Boden sind, um die Menge des benötigten Sprengstoffs exakt berechnen zu können.

Huawa hatte die Fächerreihen betrachtet und sich den Schnurrbart geleckt. Was und wie viel war da wohl drin? Gold? Juwelen? Erpressungsmaterial? Hunderttausende, Millionen von D-Mark?

Fürs Erste hat er genug Informationen gesammelt. Der Anmarschweg, also das Überwinden der Sicherheitssyteme, das Ausschalten der Alarmanlagen, sind reine Routine für Huawa, den gefürchtetsten Bankräuber und Tresorknacker der späten siebziger und frühen achtziger Jahre. Eine Art Rififi im Biedermeierformat. Er hatte seine Papiere im Fach Nummer 314 verstaut und dann abgeschlossen. Ja, die Nacht würde ziemlich laut werden.

So oder so ähnlich könnte es sich einst abgespielt haben, dachte Ottakring, während er zum dritten Mal die Personalakte des Pförtners Artur Josef Huber am Computer studierte. Huawas größter Coup – und dadurch erlangte er Berühmtheit – war der Kasinobruch gewesen. Mit einem gigantischen Caterpillar hatte er mit voller Wucht die Seitenwand der Bad Hinterseer Spielbank aufgerissen. Sämtliche Spieltische, die Spielgeldkasse und die Taschen der Gäste hatten unter dem Überfall heftig zu leiden gehabt. Angestellte und Gäste berichteten später, sie hätten drei, vier, fünf Täter ausgemacht. In Wirklichkeit war es Huawa gewesen. Josef Artur Huber ganz allein.

Zehn Jahre nach diesem Bruch war seine Jugend weitgehend

verblüht. Er hatte sie hinter Gittern verbracht. Solist war er gewesen, wie es in der Branche hieß. Er kundschaftete aus, recherchierte, plante, eroberte allein, zog sich allein zurück. Bis er eines Tages in eine Routinekontrolle in einer unübersichtlichen Autobahnkurve geriet und gefasst wurde.

Nach seinem Zwangsaufenthalt blieb Huawa sauber. Frech und findig, wie er immer war, bewarb er sich um die frei gewordene Stelle des Pförtners bei der Polizei, und er bekam sie. Seine Erfahrung war ein echter Schatz für das Kommissariat 2, Eigentumsdelikte. In der Theorie betrieb er den Bankraub weiterhin als Hobby. Da es weit und breit keine Weiterbildungskurse für seinen Berufszweig gab, musste er sich im Selbststudium helfen. Moderne Alarmanlagen in Gleichstrom- oder Bustechnik, Lichtschranken, Bewegungsmelder, Magnetkontakte, Ereignisdrucker, Videotechnik, sogar elektronische Schlüssel – alles kein Problem für Huawa.

In der Theorie.

Die Praxis sollte alsbald folgen.

Dummerweise hatte Felix Iljitsch Gubkin das Alarmsystem für das Grattenschlösschen nicht aus seiner Heimat einfliegen und von Landsleuten installieren lassen. Er hatte, nachdem sich diese Lösung als zu zeitraubend und unberechenbar erwiesen hatte, einen lokalen Spezialisten namens Embacher beauftragt.

»Etwas läuft dort droben«, so hatte es Ottakring zunächst begründet. »Die Observation meldet ein ziemliches Gewusel auf dem gesamten Anwesen. Irgendwas geht da ab. Ich möchte wissen was. Da müssen wir aktiv werden.«

Er wollte Embacher einschalten. Embacher sollte die Pläne herausrücken. Mit Überredungskunst, notfalls per Gesetz. Doch Artur Josef Huber riet davon ab.

»Des packmer scho, Herr Kriminalrat«, brachte Huawa vor. »Des, was der Embacher verkafft und installiert, des kenn i ois. Und i kann's entschärfen.«

Und so war es.

Es war Nacht, und sie arbeiteten mit abgedeckten Taschenlampen. Vorsichtshalber hatten sie Sturmhauben und Latexhandschuhe übergestreift. Man konnte ja nie wissen. Sie hatten Hunde auf dem Grundstück erwartet. Doch Gubkin hatte keine Hunde. Alles war still. Der Rest war für Huawa ein Kinderspiel. In weniger als fünfunddreißig Minuten waren sie im Musiksalon, dem Raum, in dem nicht viel mehr stand als der Konzertflügel. Ottakring erinnerte sich genau an seinen ersten Besuch, bei dem er Wildschitz angetroffen hatte.

Unbewusst hatten sie sich als Erstes den Raum mit dem Flügel vorgenommen. Diesmal war der Instrumentendeckel geschlossen. Helle Papiere lagen ausgebreitet auf dem geschwungenen Korpus. Ottakring ließ den Strahl der Lampe darübergleiten.

Huawa war ihm gefolgt. »Oh, oh«, machte er leise.

»Was ist?«

»Kommt mir so bekannt vor.«

Huawa war nicht sehr groß. Er musste sich auf die Zehenspitzen stellen, um sich über die Papiere zu beugen.

»Oh, oh«, kam es noch einmal. »Pläne.«

Das hatte auch Ottakring schnell erkannt. Es waren Architektenzeichnungen mit Grundriss, Aufriss und eingefügten Markierungen und Details, die ihm fremd waren.

»Sprengpläne«, sagte Huawa in einem Ton, der nach Andacht in der Kirche klang. »Unsereins kann Sprengpläne erkennen und sie lesen wie wahrscheinlich der Herr Gubkin seine Musiknoten.«

»Und? Was liest du?«

»Ham Sie was zum Zeigen? An langen Stift vielleicht?«

Ottakring sah sich um, holte einen langen Span vom Kamin und reichte ihn Huawa.

Der nahm den hellen Holzspan zwischen die drei restlichen Finger der kaputten Hand und ließ ihn über dem Plan kreisen.

»Hier«, flüsterte er und deutete auf ein Dutzend symmetrisch angeordneter Rechtecke. Er verfiel in ungewohntes Hochdeutsch. »Das sind Ladungspakete. Sprengstoff halt. Sie sind mit Drähten untereinander verbunden. Sprengschnüren halt.« Die Spitze des langen, glatten Spans in der verkrüppelten Hand folgte der Zeichnung. »Die Zahlen daneben bezeichnen die Menge des Sprengstoffs in der Ladung.«

»Das Gewicht?«

»Genau. Die Masse, hinter der sich die Sprengkraft versteckt. Und hier am Ende der Kette ist ein Millisekundenzünder, der die Detonationsübertragung auslöst. Der Zünder hat die Form eines kleinen Fingerhuts, sehen Sie, Herr Ottakring, hier.« Der Span zitterte stark. »Und da, am anderen Ende, dieses verdammte kleine Rechteck, das ist der Empfänger.«

Huawa blies die Backen unter der Maskierung auf und ließ geräuschvoll die Luft wieder ab. So geräuschvoll, dass Ottakring ihm die Hand auf den Mund hielt.

»Mann, ich bin geplättet«, sagte Huawa leise. »Was hat so ein Ding hier drin zum Suacha. Reschpekt!«

Ottakring fühlte sich, als wäre er unvermutet auf dem Mond gelandet. Sein Instinkt hatte ihn also nicht getrogen. Alles hätte er erwartet, nur keinen Sprengplan. Dass es sich dabei nicht um die Vorbereitung einer Alpendurchquerung handelte, war selbst ihm als Laien klar. Obwohl der Aufriss wie der Schnitt durch einen langen Gang oder ein Gewölbe aussah.

»Das ist der Empfänger?«, fragte er versonnen. »Was empfängt der denn?«

»Na, einen Funkbefehl. Den Auslöser.«

»Etwa von einem Handy?«

»Freili.«

Sein Hund Herr Huber war dem gleichen grauenhaften System zum Opfer gefallen. Wenn das hier ein Sprengplan war – wer oder was sollte diesmal gesprengt werden? Und warum?

Als sie später draußen die Sturmhauben abzogen, glänzte Artur Josef Hubers vernarbte Backe im silbrigen Licht.

ACHTZEHN

Noch in derselben Nacht hatte Ottakring den Schreibtischstuhl zu Hause ans offene Fenster am Hochriesweg Nummer neunzehn geschoben. Er konnte nach dem Erlebten nicht einschlafen. Zu viel ging ihm durch den Kopf.

Lola war seit gestern in München beim Intendanten, um sich einzuarbeiten. Er konnte sich also frei im Haus bewegen und störte nicht. Ein frischer Wind wehte aus dem Priental herunter. Die enge Häuserzeile funktionierte wie ein Windkanal. Klock-klock-klock. Am Haus gegenüber schlugen die Fahnenseile rhythmisch gegen die hölzerne Stange. Vierundzwanzig Stunden am Tag war in Nachbars Garten die Bayernfahne mit den Rauten gehisst. Die Glocke vom Kirchturm schlug zweimal. Die halbe Stunde. Halb drei zeigte die Wanduhr im Arbeitszimmer hinter Ottakring. Er goss sich ein Weißbier ein und legte die Füße aufs Fenstersims. Er nahm einen Schluck und stellte das Glas beiseite. Aus alter Gewohnheit legte er einen Bierdeckel über die Öffnung.

So blieb er eine Weile sitzen, die Hände im Nacken verschränkt. Während er mit zusammengekniffenen Augen in den Nachthimmel starrte, begann er die Konturen des neuen Verbrechens zu erahnen.

Selbstverständlich hatte Felix Iljitsch Gubkin den Einbruch verfolgt. Er hatte die beiden vermummten Gestalten gesehen und gehört, wie sie in den Musiksalon schlichen. Dort sprangen automatisch die Wanzen an, anhand deren er mithören konnte. In Sekundenschnelle war ihm klar, dass es Polizei war.

Die Polizei brach heimlich bei ihm ein! Sie hatten nicht ausreichend Beweise, um es offiziell zu machen. Wahrscheinlich dieser Kommissar. Er grinste belustigt. Den Kleineren, der die Drecksarbeit machte, hätte er gerne engagiert. Immer wieder fragte er sich, was gut war an diesem westlichen System.

Gubkin war kaltblütig genug, nicht einzugreifen. Er wusste, was sie finden würden, und er ahnte, was kurz darauf die Reaktion sein würde. War er verrückt, oder machte er sich vielleicht nur nichts daraus, gefasst zu werden? Er war weit weg davon, seine Gegner zu unterschätzen. Doch auch dieses Mal würden sie wieder den Kürzeren ziehen, und dann war es sowieso egal. Für alternative Lösungen hatte er gesorgt. Wichtig waren lediglich seine Rache und Penelopes Tod. Und das war gewährleistet.

Als sie verschwunden waren, nahm Gubkin den Weg vom Arbeitszimmer zum Musiksalon. Vom Turm im Tal schlug es zuerst vier Mal, dann, etwas lauter, zwei Mal. Er sah sich um und lächelte. Klar. Sie hatten die Pläne entdeckt. Nur – sie würden sie nicht zuordnen können. Doch Gubkin wollte sichergehen. Er benutzte ein Handy mit jungfräulicher Nummer.

»Puschkin, alles klar?«

Er flüsterte, obwohl außer ihm, Nadeschda und Agnessa niemand im Haus war. Und die Frauen schliefen weit entfernt.

»Alles klar. Neun Uhr siebzehn«, sagte Puschkin.

Noch über sieben Stunden. In dieser Zeit konnte viel passieren. Sehr viel. Er konnte nur hoffen, dass der Kommissar nicht die richtigen Schlüsse zog oder sonst wie auf dumme Ideen kam.

»Also neun Uhr siebzehn«, bestätigte er zum letzten Mal.

Ab neun Uhr waren die Klosterfrauen morgens in der Kapelle versammelt. Eine von ihnen war Penelope. Um neun Uhr entlud das zweite Schiff die Touristen, die sich dann auf den Weg zur Kirche machten. Neun Uhr siebzehn. Nicht neun Uhr, nicht neun Uhr fünfzehn. Neun Uhr siebzehn. Um neun Uhr siebzehn würde die Kirche beginnen, sich von unten zu heben.

»Neun Uhr siebzehn. Alles ist vorbereitet«, sagte Puschkin.

Gubkin ging die Treppe hinunter, durchquerte die Küche und entfernte die vier Fliesen, die den Geheimgang freigaben. Er kletterte die Wendeltreppe hinab und informierte Alterchen.

»Nicht mehr lange, dann wirst du gerächt sein. Exakt zur gleichen Zeit.«

Und in sieben Stunden würde Penelope sterben. Danach hatte er nichts mehr zu befürchten. Auch Nadjuscha hatte nichts mehr zu befürchten. Er zog sich zufrieden in sein Schlafzimmer zurück. Er hatte einen aufregenden Tag vor sich. Aufregend selbst für seine Verhältnisse.

Dieser Sprengplan in Gubkins Hand. Konnte es sich um ein Vorhaben im Zusammenhang mit dem Biotech-Zentrum handeln? Dagegen sprach der Aufriss.

Ottakring ahnte, dass er heute keinen Schlaf mehr finden würde. Er saß am Fenster, schob das Weißbier zur Seite und trank Mineralwasser aus der Flasche. In seinem Gehirn kreiselte es. Im Hinterkopf flatterten kleine Falter. Zwischendurch Blutleere im ganzen Kopf. Er hatte etwas gehört, jemand hatte ihm in den vergangenen Tagen etwas gesagt, was sich auf den Sprengplan reimte. Undeutliche Erinnerungen, die er nicht festhalten konnte. Unruhe machte sich breit. Er hielt es für enorm wichtig, sich zu erinnern.

Da war etwas wie ein lang gestreckter Gang, systematisch angefüllt mit Ladungspaketen. Huawa war gut im Erklären. Einfach und präzise. Zündschnüre, Millisekundenzünder, Empfänger, Auslöser – die Begriffe hämmerten durch Ottakrings Kopf. Eine Weile ging er auf und ab. Wäre Herr Huber noch hier, er würde mit ihm spazieren gehen. Der Aufriss. Der Querschnitt.

GEWÖLBE!

Huawa hatte »Gewölbe« gesagt. »… angebracht wie Fackeln in einem alten Gewölbe«, waren seine Worte gewesen.

»Lola! Aufwachen! Ich hab's!«, rief er laut. Er musste es mit jemandem teilen. Da fiel ihm wieder ein, dass Lola nicht da war.

Die unterirdischen Gänge, die Katakomben auf der Fraueninsel! Nicht gehört hatte er es, er hatte es in der Zeitung gelesen. Wollte Gubkin diese Gänge sprengen? Was hätte er davon? Wenn er Huawa richtig verstanden hatte, gaben die Zahlen neben den Positionen die Sprengkraft an.

Er griff zum Telefon. »Huawa!«

Auch Huawa konnte noch nicht schlafen. »I tat sonst mei Bernadette aufwecka«, sagte er sanft.

Ottakring schilderte seinen Verdacht.

»Mit dene Ladungen tat ja die ganze Insel in die Luft fliagn«, meinte Huawa sehr ernsthaft. »›PETN‹ stand im Sprengplan. Das ist Nitropenta. Plastiksprengstoff. Da ist TNT ein Dreck dagegen. Was machmer jetzt, Herr Kriminalrat?«

»Wir treffen uns im Präsidium«, schaffte Ottakring an.

»Denken Sie dran. Der Pfarrer Prisedo vo Aschbach …«

Er wählte Eva M.s Nummer.

»Alarmier das Kloster. Sie sollen alles evakuieren.« Er schilderte kurz, worum es ging.

»Kann sein, dass ich falschliege, dann war's für die Katz. Aber wehe, wenn nicht. Und krieg mal die Penelope dazu, zu sagen, was wirklich los ist. Alles deutet darauf hin, dass sie uns etwas verschweigt. Sie soll damit rausrücken. Das Huhn, das blöde.«

Dann riss er den Chef, Polizeidirektor Schuster, aus dem Schlaf. Erklärte ihm die Situation.

»Bitte organisieren Sie ein Einsatzkommando, sechs bis zehn Mann. Und eine Anordnung von Staatsanwalt Goldner, um das Grattenschlösschen zu durchsuchen. Besser gesagt, zu stürmen. Mit Waffengewalt. Ich kümmere mich um den Rest.«

»Einsatzzentrale! Kriminalrat Ottakring. Ich brauch zwei Hubschrauber. Einen für einen Einsatz über Land, den zweiten für eine Mission auf der Fraueninsel. Außerdem brauch ich die Telefonnummer von Oberstleutnant Soinwand.«

»Oberstleutnant Soinwand?

»Kommandeur vom Gebirgspionierbataillon in Pranburg. Dalli, dalli. Fragt nicht lang.«

»Herr Ottakring, Sir? Eva M. hat mich angerufen und mir Ihre Nummer gegeben. Es könnte wichtig sein. Ich habe … Sir Francis, bist du ruhig! Hör auf zu kläffen! … recherchiert. Eva M. meint, es sei wichtig und ich soll Sie sofort informieren. Ich hätte es Ihnen sonst heute tagsüber gesagt.«

»*Me during the day say. Yes. Go*, Adamina. Ich hab aber so gut wie keine Zeit.«

»*Listen* … es geht um Felix Gubkins Großvater, ich fasse mich kurz. Dass er mit dem Komponisten Schostakowitsch befreundet war und 1942 mit siebenundzwanzig Jahren bei einem Luftangriff der Deutschen gefallen ist, habe ich bereits berichtet. Und dass sein Enkel Felix ihn hoch verehrt, ist auch bekannt.«

»Jajaja …«

»Warten Sie. Pjotr Iljitsch Gubkin, also der Großvater, wurde nach dem Untergang seines U-Boots wegen vermeintlicher Feigheit vor dem Feind von der Roten Armee zur Zwangsarbeit verpflichtet. Er arbeitete in einem Munitionslager. Raten Sie mal, wo dieses Lager in jenen Kriegszeiten untergebracht war.«

»Keine Zeit zum Raten. Sagen Sie schon.«

»*Well.* In einem orthodoxen Kloster in der Nähe von Minsk. Die deutsche Luftwaffe griff dieses Kloster mit ihren Stukas mehrfach an und machte es dem Erdboden gleich. Kein Wunder bei der Explosionskraft, die dort schlummerte.«

In der nächsten Sekunde war Ottakrings Geist hellwach.

»Adamina, sind Sie sicher, dass unser Gubkin seinen Großvater so sehr verehrt …«

»… Oh ja, er soll ihn Alterchen nennen und mit ihm sprechen.«

»Interessant. Und Alterchen ist in einem Kloster gefallen?«

»Oh ja. Es war am Freitag, dem 16. Oktober 1942 um neun Uhr siebzehn morgens, so ist es dokumentiert. Ich hab das Fax hier vor mir liegen.«

»Wer ist Ihre Quelle? Ich muss es wissen, Adamina. Das ist jetzt absolut wichtig. Im Detail wichtig.«

»*Very well.* Es gibt ein Schostakowitsch-Museum in St. Petersburg in der Maratstraße 9. Ich hab es im vergangenen Jahr selbst besucht. Schostakowitsch hat hier viele Jahre gewohnt, und Gubkin senior senior hat ihn oftmals besucht. Dieses Museum ist eine Tochter des Petersburger Theatermuseums. Dessen Direktor wiederum ist Schotte und ein Jugendfreund von mir. Sean kennt jede Minute aus Schostakowitschs Leben. So kennt er auch die Todeszeit von Schostakowitschs engem Freund Pjotr Iljitsch Gubkin. Der 16. Oktober 1942, neun Uhr siebzehn, ist in fetten Lettern in den Aufzeichnungen des Komponisten vermerkt.«

Die Röte stieg aus Ottakrings Hemdkragen, und seine Augen weiteten sich vor Schreck.

»Welcher Tag ist heute?«, fragte er.

»It's Friday«, sagte sie in aller Unschuld.

»Und welches Datum?«

»Der … *For God's sake!«*

»Genau! Der sechzehnte Oktober!«

Ottakring sah auf die Uhr. Es war sechs Uhr zwölf.

NEUNZEHN

Ottakring fühlte sich wie in einem schrillen Musical, in dem alles drunter und drüber ging und ein Ereignis das andere jagte. Aber so war das Leben eben manchmal.

Sein Handy rührte sich. Die Einsatzzentrale gab Oberstleutnant Soinwands Privatnummer durch. Der Kommandeur war sofort bereit, mitzumachen. Ottakring und Soinwand sprachen höchstens drei Minuten miteinander und hatten keinerlei Verständigungsschwierigkeiten.

Mit einem mulmigen Gefühl im Bauch fuhr Ottakring los in Richtung Präsidium, um Huawa zu treffen. Es war kurz vor Sonnenaufgang.

Unterwegs koordinierte er die beiden geplanten Helikoptereinsätze. Den auf der Insel und den beim Russenschloss. PD Schuster hatte zurückgerufen, Staatsanwalt Goldner hatte eingewilligt. Als er im Präsidium ankam, wartete Eva M. im Innenbereich.

»Bitte kommen Sie mit und fragen Sie nicht«, sagte sie. Ihre Wangen waren rot gefleckt, und das Haar hing wirr herunter. Ohne Zopf hatte er sie noch nie gesehen. Sie führte ihn zu der kleinen Arrestzelle im zweiten Stock neben dem Verhörraum.

Ottakring traute seinen Augen nicht, als die Tür aufschwang.

»Pfarrer Presidio!«, sagte er leise und sah Eva M. verständnislos an.

»Grüß Gott«, sagte der Pfarrer.

»Er wollte Sie unbedingt in der Zelle treffen«, erklärte Eva M. »Weil der Herr Pfarrer glaubt, sie sei abhörsicher.«

Im Augenwinkel fiel Ottakring ein matt glänzendes Kissen auf, das auf dem kleinen Tischchen in der linken Ecke lag. Doch seine Augen blieben auf den Pfarrer geheftet.

»Kinder der Gemeinde«, begann der Geistliche, »die in jüngster Vergangenheit am Altarsakrament teilgehabt haben, treffe ich hinterher häufig auch im Beichtstuhl an. Manchmal höre ich da Sachen, die nicht ganz alltäglich sind. Bestimmt haben Sie Verständnis dafür, dass ich ans Beichtgeheimnis gebunden bin.«

»Jajaja …«, sagte Ottakring. Er fühlte sich wie ein Tiger im Käfig. Auf dem Sprung, doch eingesperrt. Eva M.s missbilligenden Blick nahm er hin.

»Sie haben sicher schon von meinen Stickkünsten gehört, Herr Ottakring? Ich werde da oft zu Unrecht derbleckt. Es heißt, Hirsch- und Landschaftsstickereien hingen bei mir zu Haus herum. Das stimmt. Aber bestimmt keine nackerten Frauen.« Er griff rechts hinter sich nach dem Kissen. »Dies ist mein neuestes Werk. Fertiggestellt in der vergangenen Nacht.«

Er drehte das Kissen um und bettete es auf seinen Schoß.

Ottakring fielen fast die Augen aus dem Kopf. Das, was er sah, ließ den Kriminalrat den Atem anhalten und trieb ihm Schweißperlen auf die Stirn.

»Deshalb hab ich Sie mitgeschleift«, erklärte Eva M. ruhig. Es klang wie eine Entschuldigung.

Pfarrer Presidio erhob sich. »Übrigens, wussten Sie, dass es unter dem Kloster Frauenwörth drüben auf der Chiemseeinsel unterirdische Gänge gibt, mitten ins Wasser gebaut? Sie wurden soeben erst entdeckt.«

Er wandte die Augen zur Decke. »Sie stecken ganz schön in der Tinte, Ottakring, was?«

Chili

Ein feuchtkalter Morgen. Vor Nässe glänzende Straßen, die Berge im Dunst verschwunden, missmutige Gesichter. Man sieht Ottakring die Anstrengungen der vergangenen Tage an. Er sieht aus, als hätte er seit Tagen von faulen Eiern gelebt. Wenn er spricht, klingt es, als käme seine Stimme aus einem hohlen Baumstamm.

So einen Einsatz haben wir im Rosenheimer Land noch nie gehabt, sagt er. Unser SEK ist in zwei unbeleuchteten Hubschraubern im Tiefflug über die Häuser und das Tal hinaufgedonnert. Vermummte, schwer bewaffnete Polizisten haben das Grattenschlösschen umstellt. Es hat an drei Stellen irrsinnig geknallt. Das SEK hat Türen gesprengt und das Gebäude gestürmt …

Hat denn Goldner …

Klaro. Denkst vielleicht, wir führen so eine Aktion ohne Staatsanwalt durch? Die Freigabe hat Schuster besorgt. Sekunden später bringen die Beamten eine ältere Frau aus dem Haus, führen einen Mann und eine Frau ab. Spektakulär. Ein absolut unblutiger Zugriff.

Also Gubkin?

Felix und Nadeschda Gubkin, absolut. Ich glaub nicht, dass wir der Frau ernsthaft etwas nachweisen können. Oder auch wollen. Aber Gubkin war reif. Die ältere Frau war Agnessa, die Haushälterin. Sie wird eine wertvolle Zeugin sein. Sie beginnt schon aufzuweichen. Sie hasst ihren Herrn.

Ottakring nickt zufrieden vor sich hin. Doch er wirkt nachdenklich. Wie eingeschüchtert.

Ich war täglich fünfundzwanzig Stunden im Dienst, sagt er. Ein ernsthaft arbeitender Polizist, der behauptet, er habe Zeit, der lügt. Die Zeit war mein Feind. Ich hatte keine. Und da war noch ein weiteres Problem. Was wäre gewesen, wenn Gubkin vollkommen unschul-

dig gewesen wäre? Immer wieder hab ich mich gefragt, ob ich womöglich die falsche Person eingekreist habe. Hatte ich handfeste Beweise gegen ihn? Nein! Eine Indizienkette, an der mein Opfer zappelte, fehlte. Alles, was ich hatte, waren meine greifbare Befürchtung, mehr meine Vorahnung, und die Sprengpläne aus Gubkins Wohnsitz. Goldner musste großes Vertrauen in uns und mich setzen, um überhaupt mitzumachen. Ein Fehlgriff hätte ihn den Kopf gekostet.

Da war er wieder, der alte Ottakring. Erfahren, schlau und risikobereit, so wie ich den Freund meines Vaters schon immer erlebt hatte. Hol's der Teufel, wird er sich gesagt haben, entweder meine Theorie stimmt, oder ich kann gleich das Handtuch werfen.

Wie war denn deine Theorie?, frage ich ihn.

Die Situation in meinem Krankenzimmer hat sich verkehrt. Ottakring sitzt schlapp auf dem Besucherstuhl, und ich spaziere auf und ab. Zwischendurch bleibe ich stehen und halte den Atem an. Übermorgen soll ich endlich entlassen werden.

Meine wacklige Theorie? Ein Muster für wissensdurstige Nachwuchskräfte ist sie nicht grad.

Ich will es wissen, stelle mich ans Fenster und stütze mich mit den Ellenbogen ab.

Ich höre, sage ich.

Also. Gubkin will unbedingt sein Biotech-Projekt durchziehen. Bürgermeister Engel ist dagegen, Wildschitz ist sein Stellvertreter. Es liegt also nahe, dass Gubkin ein vitales Interesse daran haben muss, Wildschitz in das Amt zu befördern. Gubkin weiht Wildschitz flüchtig in seine Pläne ein und verspricht ihm Geld. Viel Geld. Unter der Bedingung, dass Wildschitz sich für Biotech engagiert. Gubkin setzt Kosmos auf Engel an. Dass Kosmos den Bürgermeister getötet hat, wissen wir ja. Nur kannten wir das Motiv nicht.

Und damit ist Wildschitz zum Mitwisser geworden, richtig? Und Gubkin hat ihn in der Hand.

Absolut. Jetzt lass dir aber erst noch schildern, wie der weitere Zugriff vor sich ging. Wir mussten ja schließlich damit rechnen, dass die halbe Fraueninsel gesprengt, dem Erdboden gleichgemacht würde. Die Polizeihubschrauber mit dem SEK kümmerten sich um Gubkin und das Schlösschen. Oberstleutnant Soinwand flog mit seinen Leuten klammheimlich zur Fraueninsel. Pioniere sind schließlich Experten in allem, was mit Sprengung zu tun hat. Das Kloster war evakuiert, und die Äbtissin höchstpersönlich führte das Bundeswehrkommando in die Katakomben. Mit Eva M. im Schlepptau, die ein massives Interesse daran hatte, denn das Grab ihrer Mutter liegt ziemlich genau zwanzig Meter über dem geplanten Ground Zero. Wie mir gesagt wurde, dauerte es keine fünf Minuten, da waren die Sprengladungen und der Empfänger entschärft. Profis eben, diese Pioniere.

Ich staune nicht schlecht.

Wer hat denn überhaupt die Ladungen gelegt? Wer hat den Sprengplan gefertigt, den du und Huawa gefunden habt?

Na, rate mal!

Einer von Gubkins Leuten?

Falsch. Wildschitz! Bei der ersten Befragung von Wildschitz haben wir zwar erfahren, dass er früher Soldat in der Armee der DDR war, in die Bundeswehr übernommen wurde und ein wichtiger Mann bei den Pranburger Pionieren war. Dass er dort aber Sprengmeister gewesen war und sogar junge Soldaten ausgebildet hat, müssen wir damals wohl überhört haben. Oder wir haben einfach nicht nachgefragt. Wildschitz hat den Sprengplan erstellt. Und er war es auch, der zusammen mit einigen Helfern aus Gubkins Personal das Material in Koffern aufs Schiff und die Gänge gebracht hat. Die Chiemseeschifffahrt ist noch nicht so weit, dass sie ihre Passagiere durchleuchtet und durch Kontrollschleusen schiebt. Um neun Uhr siebzehn sollte Wildschitz die Sprengung per Mobiltelefon auslösen.

Und ich?, ertönt es von der Tür her. Ein Hund kläfft heiser. Und ich habe Ihnen doch hoffentlich den Floh von Gubkins Großvater ins Ohr gesetzt. Und von seiner Todeszeit am 16. Oktober 1942 um neun Uhr siebzehn.

Dr. Adamina Tordarroch steht in der offenen Tür, Sir Francis hechelnd daneben. Wir lassen sie ausreden. Ihre Beziehungen nach St. Petersburg waren schließlich Gold wert gewesen.

Ich wollte Ihnen nur noch einmal die Hand schütteln, Chili, sagt Adamina entschuldigend. Sie werden ja bald aus der Klinik entlassen, wiederhergestellt, thank goodness.

Gott sei Dank, übersetzt Ottakring.

Ich bin zurückbeordert nach Edinburgh. Jetzt, da auch dieser Fall gelöst ist und sie mich dort dringender benötigen.

Ohne Ihren Hinweis, warf der Kriminalrat ein, wären wir zu spät gekommen. Gubkin wollte seinen Großvater rächen. Auf seine Art wollte er es den Deutschen heimzahlen. Genie und Wahnsinn. Sind kreativ begabte Menschen nicht oft anfällig dafür, seelisch zu entgleisen?

Und Matilda?, wende ich mich wieder an Ottakring. Warum wurde Schwester Matilda so brutal getötet?, frage ich. Wenn mir etwas schleierhaft erscheint, dann das.

Verwechslung!, rufen Ottakring und Adamina wie aus einem Mund. Das muss eine Verwechslung gewesen sein.

Penelope war das eigentliche Zielobjekt gewesen, erklärt Ottakring. Das vermuten wir zumindest bis auf Weiteres. Gut, dass Sie da sind, Adamina. Dann können Sie ja selbst die ganze Geschichte schildern.

Die Schottin hat sich an die gegenüberliegende Wand gelehnt. Als Ottakring merkt, dass er neben einem Bett und zwischen zwei stehenden Frauen sitzt, steht auch er auf und fühlt sich etwas deplatziert im Raum. Vor lauter Verlegenheit fischt er eine Zigarette heraus, steckt sie aber gleich darauf wieder ein.

Ein Teil der Informationen stammt von Eva M., sagt er. Sie kannte Penelope von früher, wie wir wissen. Aber den interessanteren Teil hat unsere schottische Freundin recherchiert. Aus Quellen, die wir kennen, die aber nicht in die Öffentlichkeit gehören.

Adamina hüstelt. Und spricht etwas sehr nüchtern und trocken aus, was für mich wie eine Sensation klingt.

Penelope Modrow war mit dem stinkreichen Russen Igor Jurewitsch Orlow verheiratet. Orlow war im Waffengeschäft groß geworden. Und er, Orlow, hat Kosmos beschäftigt. Kosmos hatte sich in den USA – sagen wir – unbeliebt gemacht und wurde von Orlow übernommen. Oberstleutnant Modrow wiederum, Penelopes Vater, war nach der Wende ebenso eine Größe im Waffenhandel. Alles, was im Besitz der NVA gewesen war, bot er weltweit an. Schiffe, Kampfjets, Minen, Handfeuerwaffen, Drohnen. Die ganze Palette. So wurde er zur Gefahr für Orlow, der parallel dazu den Ausverkauf der damaligen GUS-Staaten betrieb, hauptsächlich über Litauen. Irgendwann kam es zum Showdown zwischen den beiden.

Mord ist in diesem Milieu die einzig wirksame Möglichkeit zur Konfliktlösung. Orlow plante, Modrow von Kosmos ermorden zu lassen. Üblich war in diesen Kreisen, dass der Boss dem Killer genau vorschrieb, auf welche Weise er das Opfer umzubringen hatte. Modrow sollte garrottiert werden. Doch in letzter Sekunde platzte der Deal. Kosmos wurde in einen stinknormalen Verkehrsunfall verwickelt, und Orlow musste Modrow selbst töten. Er erschoss ihn. Sein Pech war, dass es eine Zeugin gab. Nicht irgendwen, sondern Modrows Tochter Penelope. Und wie das Leben so spielt, das wissen wir, war Penelope auch Orlows Ehefrau. Von da an stellte sie eine latente Gefahr für ihren Mann dar.

Als schließlich der Prozess gegen Orlow anstand, meldete sich Penelope als Kronzeugin. Noch bevor es zu den erwarteten Repressalien ihres Mannes kam, wurde sie ins Zeugenschutzprogramm aufgenommen. Ihre Tarnung, Klosterschwester auf einer weit entfernten bayerischen Insel nämlich, schien perfekt.

Ich versuche, mich in Penelopes Psyche einzuklinken. Mein Mann tötet meinen Vater. Nicht aus Eifersucht oder verletzter Ehre. Sondern aus einem niederen Beweggrund. Habgier, Macht. Was würde in mir vorgehen? Würde ich meinen Mann deswegen hassen? Ich sehe zu Ottakring hinüber. Er scheint meine Gedanken erraten zu haben.

Was den Behörden seinerzeit entglitt, sagt er, war Orlows Flucht. Von einem Tag auf den anderen war er verschwunden. Und nun kommt's, Chili. Der Typ taucht bei uns in Bayern wieder auf. Keiner weiß davon, weil bei unseren deutschen Polizeibehörden alles immer noch nicht hundertprozentig koordiniert abläuft. Die Bayern wissen oft nicht, was in Sachsen abläuft, und umgekehrt. Erst seit wenigen Tagen wissen wir, wer Orlow ist.

Seine Augenbrauen heben sich.

Ein langer Augenblick des Schweigens tritt ein. Niemand bewegt sich. Mir ist klar, dass dies eine Art Test meines Geisteszustands ist. Ich soll aus dem Gesagten kombinieren, wer Orlow ist. Vermutlich in anderer Gestalt, unter anderem Namen. Meine Gedanken werden durcheinandergewirbelt wie in einer Zentrifuge.

Gubkin etwa?, frage ich zögernd.

Treffer! Adamina strahlt.

Sir Francis bellt kurz auf.

Bisher konnte keiner einen Zusammenhang herstellen, erklärt Ottakring. Aber Gubkin ist definitiv Orlow. Wir haben vier ver-

schiedene Originalpässe bei ihm gefunden. Selbst Penelope hat keine Ahnung von seiner Identität. Sie hatte telefonischen Kontakt mit ihm aufgenommen, besaß aber nur die Handynummer. Gubkin ist einfach reif.

Dem kann ich folgen. Nur der Matilda-Mord ist mir immer noch nicht klar.

Kosmos, der Penelope ursprünglich erledigen sollte, war tot. Gubkin brauchte einen anderen. Einer erschien ihm dazu besonders verpflichtet …

Wildschitz!, platze ich heraus, bevor ich wieder zum Raten aufgefordert werde.

Ottakring nickt. Wildschitz, ja. Selbstverständlich hat der Pfarrer mir einen entscheidenden Anhaltspunkt gegeben. Der Name, den er in das Kissen eingestickt hatte, hätte auch den Dümmsten vom Hocker gehauen.

W-I-L-D-S-C-H-I-T-Z!

Der Hinweis kam wie gerufen. Wildschitz als gläubiger Christ war im Anschluss an das Altarsakrament zu Beichte gegangen. Das, was er dort gesagt hat, konnte der Pfarrer mir ja schlecht mitteilen. Also hat er den Umweg über das gestickte Kissen gemacht. Wir sind noch nicht ganz hinter das Motiv gestiegen. Aber Wildschitz war der Täter. Nicht nur Russen morden russisch. Sein Problem war, dass er die beiden Klosterschwestern verwechselt hat. Sie sehen sich in ihrer Tracht auch wirklich sehr ähnlich.

Ich denke nach, während Ottakring pausiert.

Gubkin hat Wildschitz mit Sicherheit mit Geld gelockt. Mit viel Geld. Habt ihr seine Konten schon überprüft?

Ottakring nickt. Läuft gerade. Wenn Geld geflossen ist, wollte Wildschitz es für seine zwei Buben einsackeln, die bei der Mutter leben. Er liebt sie abgöttisch, wird gesagt. Als Bürgermeister hätte er im ganzen Leben nicht so viel verdient.

Ich gehe an mein Bett und gieße mir ein Wasser ein. Trinke es in einem Zug leer. Ich erwarte nicht, dass dieses Gespräch noch lange dauert.

Der Prozess gegen Gubkin, fügt Ottakring hinzu, der wird übrigens in der streng bewachten Pranburger Pionierkaserne stattfinden. Solange es sie noch gibt. Nächstes Jahr wird sie aufgelöst. Die Kaserne ist besser bewacht als ein Hochsicherheitstrakt.

Was mir schon lange auf der Zunge liegt, spucke ich jetzt aus.

Warum hatte es Kosmos auf Kemal und mich abgesehen? Gibt's da schon Erkenntnisse?

Ottakring wiegt den Kopf.

Das wird das Erste sein, sagt er, was ich persönlich aus Gubkin rauskriegen werde. Vorerst kann ich nur vermuten. Du hast damals Wildschitz vernommen, Kemal war auf einer Drogenspur. Das kann ein Grund sein, vielleicht dazu beigetragen haben.

Aber ich vermute, es hat klein angefangen und ist eskaliert. Mit dem Kampf um meinen Parkplatz und seinen Folgen ging es los. Und schaukelte sich sehr schnell hoch bis zum Mord an Herrn Huber und zu diesem Überfall auf euch bei meiner Hochzeit. Hier laufen die Fäden zusammen. Ich vermute sogar, die Ereignisse sind ihnen aus dem Ruder gelaufen. Machtgier und Machtstreben, sagt Eva M., sind wesentliche Motive der Mafiamitglieder. Sie können keine Niederlagen einstecken, und Leben bedeutet ihnen nicht viel.

Ottakring tritt vor und legt mir die Hände auf die Schulter.

Ich werde es herausfinden, Chili, das verspreche ich dir.

Dann werden wir ja vielleicht auch noch zu wissen bekommen, bemerke ich, warum sich der Kosmos ausgerechnet als Gebirgsschütz verkleidet hat.

Gubkin, sagt Ottakring. Gubkin wird es mir verraten. Eva M. meint, es sei die gottverdammte Eigenart der Mafia, sich ständig mit geheimern Zeichen zu umgeben. Ähnlich ihren Tätowierungen.

Ich seufze und denke daran, dass ich übermorgen draußen bin. Ob ich mir diesen Pistolnik vornehmen soll? Auf meine Art, nicht auf die meines Chefs. Doch das behalte ich vorerst für mich.

Mei, sage ich. Mei, so war die Gschicht also.

Yes, *sagt Adamina. Ziemlich kompliziert.*

Ottakring lässt Luft durch die Zähne ab.

Rather complicated. Absolutely, *sagt er. Das war's.*

ZWANZIG

Der Waldparkplatz kam Ottakring bekannt vor. Nicht dass er je dort angehalten hätte, wozu auch. Aber der Beschreibung nach war's der Parkplatz, auf dem die junge Anhalterin knapp dem Tod entkommen war, als sie im richtigen Augenblick die richtige Hand wählte, in der die schwarze Rose nicht lag.

Er fuhr links raus, um zu bieseln. Eine Art Prophylaxe vor der Fahrt nach München, um mit Lola ihren erneuerten TV-Vertrag zu feiern.

Als er vom Baum zurückkam, saß da ein Hund. Ein braun-weiß gesprenkelter, halbhoher Kurzhaar mit flachem Schädel. Er saß aufrecht vor der geöffneten Fahrertür des orangefarbenen Porsche und äugte den Mann, der da im Wald verschwunden war, mit glänzenden Augen an. Der Hund hatte weder Halsband noch Steuermarke.

»Ja, wer bist du denn?«, fragte Ottakring. Wie man einen Hund halt etwas fragt.

Der Hund gab keine Antwort. Als der Mensch die Hand nach ihm ausstreckte, machte der Hund einen Satz. Nicht zum Wald hin oder weg von Ottakring oder zu ihm hin. Nein, er machte einen Satz ins Auto und erwartete Ottakrings Gunst vom Fahrersitz aus. Ein buschiger Schweif fegte den Staub aus den Rissen des Leders.

»Jetzt aber! Gehst du vielleicht von meinem Sitz …«

Nach dem fünften Versuch gab er es auf.

»Rutsch rüber«, sagte er und quetschte sich neben den Hund auf den Fahrersitz.

Der Hund gab nach. Er rutschte rüber.

Ottakring schlug die Tür zu.

Der Hund saß auf Herrn Hubers früherem Platz. Gleichberechtigt rechts neben dem Fahrer.

»Das ist vielleicht ein komischer Anfang«, sagte Ottakring halblaut. »Sitzt schon wieder so ein von Flöhen bewohnter Organismus neben mir. Aber du kriegst einen anderen Namen. ›Herr Huber‹ ist schon vergeben.«

Dann brausten die zwei ab nach München, Lola zu besuchen.

Anmerkung des Verfassers

Gibt es die Kloster-Geheimgänge wirklich?

Das Kloster Frauenwörth auf der Fraueninsel im Chiemsee wurde in einer der dunkelsten Zeiten des finsteren frühen Mittelalters gegründet. Man stelle sich vor: Ein Haus voller unschuldiger Nonnen und die heidnischen Hunnen rücken an! Ungarische Reiterheere überfallbereit am nahen Ufer! Das Leben in diesen unruhigen Zeiten war für Frauen ohnehin besonders schwer und riskant. Es war ein misogynistisches Zeitalter. Man musste sich vor Gefahren schützen. Mauern halfen gegen die Angreifer nicht, also musste man unter die Erde gehen.

Der bayerische Herzog Tassilo III. war es, der im achten Jahrhundert die Benediktinerinnen-Abtei als Stift für adelige Damen erbauen ließ. Irmingard, eine Urenkelin Karls des Großen, war die erste namentlich bekannte Äbtissin (das Konterfei jeder einzelnen seither amtierenden Äbtissin hängt übrigens im sogenannten »Äbtissinnengang« des heutigen Klosters, siehe Titelbild). Kriege, Brände, Hungersnöte, Epidemien, der Investiturstreit, Reformation und Säkularisation nahmen in den folgenden Jahrhunderten einen verheerenden Einfluss.

Die Klosterordnung ist in karolingischer Zeit bereits fest ausgeprägt. Der Grundriss geht auf das römisch-britannische Heerlager zurück, das Claustrum. Und so hat jeder romanische Sakralbau eine Krypta. Also eine Gruft unterhalb des Altars, die sich im Fall der Abtei Frauenwörth als Stollenkrypta entpuppt. Der Stollen verläuft kreuzförmig in mehr als zehn Metern Tiefe unter dem Gebäude. Ein idealer Unterschlupf – und Weinkeller – für die Ordensfrauen! Selbstverständlich ist man bei Untersuchungen und Grabungen in der Neuzeit auf die verschiedensten Spuren aus dieser Frühzeit des Klosters gestoßen. Doch von unterirdischen Gängen ist in all den wissenschaftlichen Abhandlungen nicht die Rede.

Ein Hauptgrund mag sein, dass das Klostergebäude in der ersten Hälfte des achtzehnten Jahrhunderts von Grund auf neu und größer errichtet wurde. Es wurde nicht etwa versetzt, sondern an dem Ort, wo es heute steht, komplett neu hochgezogen, wenige hundert Meter vom alten Komplex entfernt. Reste des alten Klosters existieren unterirdisch im Raum um den heutigen Friedhof, dem Campanile des Münsters und dem Mesnerhaus.

Unter dem jetzigen Friedhof liegen also die Gänge! Es waren von Beginn an – notgedrungen – Geheimgänge. Und sind es bis zum heutigen Tag geblieben.

Im frühen Mittelalter bestand der größte Teil der Bevölkerung aus Analphabeten. Ob das auch für die Nonnen von Frauenwörth gilt, ist nicht erwiesen, schließlich sprechen wir von adeligen Damen. Doch auch unser Wissen um Bildungsstand und Schreibkunst des damaligen Adels ist nicht ganz schlüssig. Eine außerordentliche Armut an schriftlichen Quellen ist unbestritten. So muss man sich heute bei der Erforschung dieser Epoche zumeist auf bruchstückhafte, unvollständige, verstreute, widersprüchliche und unzuverlässige Dokumente stützen. Es gibt in Frauenwörth keine Gerichtsakten, keine Unterlagen über Landvermessungen, kaum Tagebücher oder Aufzeichnungen über das tägliche Leben.

Als sensationell gilt ein Fund des deutschen Gelehrten Friedhelm von Gottesbach. Danach erhält im Jahre 1432 ein Benediktinermönch namens Gallus Aufenthaltserlaubnis auf der Insel – »zu Studienzwecken«. Während der zweieinhalb Monate seines Aufenthalts führt Gallus sorgfältig Buch über seine Beobachtungen und Tätigkeiten. Die Seiten 49 bis 52 dieses Tagebuchs handeln von den Gängen unterhalb des Klosters. Der Augenzeugenbericht ist jedoch nicht unumstritten.

Ein anderes stichhaltiges historisches Beweisstück findet sich in den Akten eines ausführlich dokumentierten Prozesses, der 1433 gegen die damalige Äbtissin geführt wurde. Sie hatte einen Sohn entbunden und ihn in den unterirdischen Gängen in Tüchern gewickelt versteckt, sodass er starb. Die Ordensfrau wurde verbrannt. Dass zu jener Zeit die Gänge – vermutlich die Stollenkrypta mit Abzweigungen – existierten, darüber gibt es demnach keinen Zweifel.

Ein uraltes Exemplar einer Schrift, in der Irmingards Amtszeit verzeichnet ist, existiert noch heute. Darin werden die Äbtissinnen – »in aller Zukunft« – zum Stillschweigen über die unterirdischen Gänge verpflichtet. Nur in absoluten Notfällen dürfe man von deren Existenz Gebrauch machen. Die Schrift befindet sich in keinem Museum und ist der Öffentlichkeit nicht zugänglich. Sie ruht in einem meterdicken Safe im Gemach der Äbtissin des Benediktinerklosters.

Berücksichtigt man die Wirren der Zeit, den Mangel an Quellen und die Verschleierungsbemühungen der jeweiligen Äbtissinnen, wird sich aus damaliger Zeit die Existenz der Gänge nie mehr genau nachweisen lassen.

Es ist ein Wink des Schicksals, eine Fügung Gottes, ein Gottesurteil – je nach Auslegung –, dass die Existenz des Gangsystems ausgerechnet durch moderne Probebohrungen entdeckt wurde, die vom Kloster selbst in Auftrag gegeben worden waren.

Juana, die heutige Äbtissin vom Ordo San Benectini, setzte zwar alle Hebel in Bewegung, um das über tausendjährige Mysterium zu bewahren. Doch sie hatte nicht mit der Findigkeit Heinrich Eusers, des Redakteurs beim Oberbayerischen Volksblatt, gerechnet. Jeder gute Journalist hat seine Kontakte. Euser in diesem Fall zum Leiter des Bohrteams.

In der Folge fragte sich Euser, welche Bewandtnis wohl die übermannshohe Mauer habe, die sich ostwärts des Friedhofs bis zum quer liegenden Münster erstreckt und für Uneinsehbarkeit sorgt. Er fand heraus, dass sich dahinter der Klausurgarten verbirgt, in dem die achtundzwanzig Schwestern, die heute dort leben, sich meditierend ergehen und Fuß für Fuß ein von ihnen neu geschaffenes Labyrinth abschreiten. Hinter einer weiteren dichten Hecke verbirgt sich, angelehnt an die Ostwand des Münsters, der Schwesternfriedhof. Man kann nur spekulieren, dass dort der verheimlichte Einstieg zu den unterirdischen Gängen ist.

Euser ist sich dessen sicher. Eine Jahrhundertentdeckung! Im Text seines Zeitungsartikels hat er dieses Geheimnis jedoch nicht gelüftet. Er berichtete nicht öffentlich darüber.

Wie allerdings die Architekturzeichnung der Gänge tatsächlich entstand, die Ottakring in Gubkins Schlösschen gefunden hatte, wurde nie wirklich entschleiert, selbst im schärfsten Verhör nicht. Gubkin blieb ebenso stumm wie die Männer des Entschärfungskommandos, wie Oberstleutnant Soinwand und die Mitglieder

der Rosenheimer Kripo. Selbst Wildschitz hat nie gestanden. Äbtissin Juana hatte sich ihrer Verschwiegenheit mit der Hand auf der Bibel versichert.

Der Zugang wird damit – so Gott will – auf ewig verborgen bleiben. Doch dass es die Geheimgänge unter dem Kloster Frauenwörth tatsächlich gibt, diese Kenntnis hat Gott freigegeben.

Hannsdieter Loy
ROSEN FÜR EINE LEICHE
Broschur, 208 Seiten
ISBN 978-3-89705-559-9

»Ein spannender Krimi, der mit Witz, Menschlichkeit und Authentizität überzeugt. Ein Buch, das mit raffinierter Figurenkonstellation bis zum überraschenden Schluss den wahren Täter geheim hält.« Oberbayerisches Volksblatt

»Ein absolut lesenswerter Roman.«
Rosenheimer Nachrichten

www.emons-verlag.de